出走

Runaway

艾莉絲・孟若
Alice Munro

汪芃——譯

謹以此書記念我的故友瑪麗・凱瑞、

珍恩・李佛莫和梅妲・布坎南

目次

出走

這條路有一段稍微隆起，這裡的人都稱之為小丘，而那輛車還沒開到小丘頂，卡爾拉便聽見了，她心想，是她。賈米森太太——西維雅，她從希臘度假回來了。卡爾拉站在穀倉門邊（但站得夠裡面，不容易被看見），看著前方賈米森太太還得開的路程，她家得從克拉克和卡爾拉家沿這條路再往前開半哩。

若那車準備轉進他們的門，這時早該減速了，但卡爾拉仍懷抱著希望。希望別是賈米森太太。

然而就是。賈米森太太很快撇過頭來一下——她還得小心開車，石子路給雨淋得這裡一道水、那裡一個窪的。但她沒從方向盤舉起手來揮，她沒看見卡爾拉。卡爾拉瞥見一條曬黑的胳膊，從肩膀以下都是光裸的，那頭髮的顏色漂得比以前更淺了，不像銀金色，更像白色，而那臉上的表情呢，顯得堅決、惱火而又不禁為自己的惱火發噱似的——賈米森太太面對這種路況時就是那模樣。她轉過頭來的時候，神情彷彿閃閃發光，帶著一點探詢、期盼的意味，卡爾拉不禁向後瑟縮。

就這樣了。

也許克拉克還不曉得。如果他正坐在電腦前，他可能背對著窗戶和馬路。但賈米森太太可能還會再開出來。她從機場開車回家時或許沒去採買食品雜貨——總得回到家才曉得缺什麼。到時克拉克就會看到她了。再說等到天黑，她家的燈光也會給看到的。但現在是七月，天很晚才黑，她或許累得根本不開燈，早早睡了也說不定。

話說回來，她也可能打電話來。隨時可能。

這個夏季，雨下得沒完沒了。早上首先入耳的就是雨聲，嘩啦啦打在活動房屋的屋頂上。小路泥濘不堪，高草都泡著水，有時即使沒下雨、雲散了，頭頂上的樹葉仍不時灑落點點細雨。卡爾拉出門時總戴著一頂高高的澳式寬邊舊氈帽，並將她長長的粗髮辮塞進衣服裡。

沒人來玩原野騎馬。克拉克和卡爾拉已經到處去張貼告示，所有露營場、小館子、遊客中心的布告欄，以及各種他們能想到的地方都貼了，但只有幾個小學生來上課，都是常客，不是那種大批的度假學童，那種一車車的夏令營孩子，去年夏天他們就是靠那些客人撐過的。而且就連他倆仰賴的常客也少來了，他們或者去度假，或者因為天氣不佳，索性取消課程。有的人太晚打來取消，克拉克就照收那時段的費用，其中有幾個人抱怨，便再也不來上課了。

他們仍有一點收入，是照顧別人寄養的三匹馬。那三匹馬和他倆自己的四匹馬，此刻正在空地晃，在樹下草叢四處挖挖找找，看起來似乎絲毫沒注意到雨暫時停了。下午總會停這麼一陣，讓人撩起一點希望——雲層透白，稀薄了，漫著光線，但還稱不上真的放晴，而通常晚餐前就又下起雨來。

卡爾拉剛掃完穀倉。她是慢慢掃的——她喜歡這些例行事項的節奏，喜歡穀倉挑高的空間，裡頭的氣味。這會兒她走到訓練跑道上看地面乾了沒，或許五點鐘的小朋友會來。

這些規律的小雨都不怎麼大，風也很少跟著颳，但上週突然一陣動靜，樹頂便颳起暴風，雨勢滂沱，幾乎是橫著掃來，令人視線模糊。暴風雨不到十五分鐘就結束，但仍吹得樹枝散落路面，輸電線倒了，訓練跑道的塑膠屋頂也鬆脫了一大塊。跑道盡頭出現大如池塘的水坑，克拉克一直忙到天黑，忙著挖一道溝來排水。

屋頂到現在還沒修。克拉克架起了鐵絲網，防止馬匹走進泥巴地；而卡爾拉畫出了條短一點的跑道頂著。

此時克拉克正上網找地方買屋頂建材，看有沒有什麼出清商店的價格是他們能負擔的，或有沒有人有二手材料要脫手。克拉克不肯去市區的巴克利建築材料行，他總叫那家店「巴克利賤人材料行」，因為他欠店家太多錢，跟店家吵過一架。

克拉克不只跟他欠錢的對象吵架，他平常待人殷勤得緊，翻臉卻比翻書還快。有些地方他避而不去，總要卡爾拉跑腿，都是因為他在那些地方吵過架。例如藥局，曾有位老婦人插了他的隊——其實她是去拿一件忘了的東西，回來後直接排在前頭，沒有到後面重新排起，克拉克抱怨，收銀員便對他說：「她有肺氣腫呢。」克拉克回他：「是嗎？我還有痔瘡咧。」店經理給找來了，結果反倒說他沒必要這樣反應。至於公路上那家咖啡館，有次為了廣告的早餐優惠不能使用，因為那時已經過了早上十一點，克拉克便跟店員爭論，然後把他的外帶咖啡潑到地上——他們說差點沒潑著一個嬰兒車上的孩子。克拉克說那孩子根本遠在半哩外，還說他之所以灑了咖啡，是因為他們沒提供杯套。店裡說他沒要杯套。他說，還得他開口才有嗎。

「你太激動了。」卡爾拉說。

「男人就是這樣。」

對於克拉克跟喬伊・塔柯兒的爭執，卡爾拉則沒對他說什麼。喬伊・塔柯兒是鎮上的圖書館員，她把馬寄養在這裡。那馬是一匹暴躁的栗色小母馬，名叫莉茲。喬伊・塔柯兒有騎馬的興致時，會叫她「莉茲・波登」[1]。昨天她來騎馬，顯然一點興致也沒有，回來便抱怨屋頂還沒修，還有莉茲看起來很糟，似乎受了風寒。

其實莉茲沒什麼問題，克拉克也努力安撫喬伊・塔柯兒——他自認努力了，都是喬伊・塔柯兒太激動，說他們這地方像垃圾場，說莉茲該去更好的地方，克拉克便說：「隨妳高興。」與卡爾拉所想的不同，喬伊並沒有帶走莉茲——或者是還沒，然而以往把這匹母馬當成寵物的克拉克卻不肯再理她了。因此莉茲心裡受傷，訓練時杵著不肯走，替她清理馬蹄時她又小題大作——他們每天都要清理蹄子，預防黴菌感染。卡爾拉還得提防被她咬。

但最讓卡爾拉憂心的，是不見蹤影的芙蘿拉。芙蘿拉是一頭白色小山羊，在穀倉裡和空地上陪伴馬群，已經兩天不見蹤影，卡爾拉怕她給野狗或土狼咬了，甚至是被熊咬了。

卡爾拉昨晚和前天晚上都夢到芙蘿拉。第一個夢裡，芙蘿拉走到卡爾拉床前，嘴裡刁了顆紅蘋果，但第二個夢裡——就是昨晚的夢，卡爾拉一過去她便跑開，她的一條腿似乎受了傷，但她仍然跑開，把卡爾拉引到一處像是戰場上才有的帶刺鐵絲柵欄，鑽了過去，拖著傷腿，一扭一扭像白鱔似的，轉眼消失無蹤。

馬群看見卡爾拉走向跑道，都湊到柵欄邊，一隻隻看起來溼透骯髒（儘管牠們都穿著防水的紐西蘭馬鞍毯）——牠們巴望她走回來時能注意牠們一下。她低聲對牠們說話，說對不起呀她空手來。她撫著牠們的脖子，摸摸牠們的鼻子，問牠們曉不曉得山羊芙蘿拉的下落。

葛雷絲和杜松哼兩聲，頭挨過來，彷彿知道這名字，也跟她一樣擔憂似的。但莉茲隨即從兩匹馬中間擠過來，從卡爾拉輕撫的手底下撞開葛雷絲的頭，往她手上大大咬了一口，卡爾拉不禁斥罵她好一段時間。

一直到三年前，卡爾拉從未正眼看過活動房屋，她也不說什麼活動房屋，她和她父母一樣，覺得「活動房屋」是一種矯飾的說法，有些人住在拖車裡，就是這麼回事，而所有拖車都一樣。當卡爾拉住進拖車，當她選擇與克拉克過這樣的生活時，她看事情的角度就不同了。她開始稱拖

---

1 莉茲．波登（Lizzie Borden）是美國十九世紀末著名的弒親謀殺案嫌犯，被控以斧頭殘殺父親和繼母。

車為「活動房屋」，也會看別人怎麼改裝拖車、掛哪種窗簾、怎麼油漆飾條，擴建了哪些雄心勃勃的涼臺、露臺或額外的房間。她等不及想改裝了。

克拉克也支持她的點子，至少有陣子是。他搭了新的臺階，並花許多時間找舊的鍛鐵欄杆裝在臺階上，花錢買廚房和浴室的油漆或窗簾材料時，他也沒吭一聲。他漆油漆十分潦草——卡爾拉當時不曉得，原來櫥櫃門的鉸鏈應該先拆下來，原來窗簾應該加襯布。布簾後來都褪了色。

克拉克猶豫的是撕掉地毯。所有房間都鋪著相同的地毯，那是她最指望想換掉的東西。那地毯是小塊小塊的咖啡色方格，每一塊的花樣由各種深棕、鏽紅、黑褐的彎線和形狀組成。曾有很長一段時間，卡爾拉以為每一塊的彎線和形狀都是一樣的，排列方式也一樣，後來她閒了下來，閒了許多，有空觀察地毯，才發現是四種花樣組合成一塊相同的大方格。有時她能一眼看出那排列，有時得多費點勁。

她觀察地毯的時候，就是外頭下著雨，而屋裡氣氛給克拉克弄得低迷的時候，他會什麼也不想管，只管盯著電腦螢幕。但這時其實最好是想出或想起一些能去穀倉做的活兒。她悶悶不樂時，那些馬都不看她，但沒給綁著的芙蘿拉總會走過來蹭蹭她，抬頭望她，那神情不太像同情，倒像患難姊妹之間的譏笑，從她那閃爍的黃綠色眼眸透出來。

當年帶芙蘿拉回家時，她還是個半大不小的孩子。克拉克去一座農場討價還價買馬具時看到了她；那農場的人不想過農村生活了，至少不想再養動物——他們賣掉了馬，但山羊脫不了手。克拉克曾聽說山羊在馬廄裡能帶來舒緩安撫的功效，便想一試。他倆打算讓她繁殖，但她始終沒有發情的跡象。

起初她完全是克拉克專屬的寵物，他走到哪她跟到哪，直要吸引他注意，她像貓崽一樣，矯捷、優雅而撩人，純真的熱戀小姑娘模樣常使兩人哈哈大笑。但她年紀大了點後，似乎變得比較依戀卡爾拉，而且在與她的關係中也突然顯得聰明許多，沒那麼緊張不安，而彷彿帶著點淡淡的、諷刺的幽默。卡爾拉對待馬群溫柔但嚴格，有母親的姿態，然而她與芙蘿拉那種患難姊妹的情誼卻不同，芙蘿拉可不讓她高高在上。

「還是沒有芙蘿拉的下落嗎？」她邊脫穀倉靴邊說。克拉克已經在網路上貼了一則尋羊啟事。

「沒有。」他回得心不在焉，但不致冷淡。他說芙蘿拉可能只是去找公羊了。他已經不是第一次這麼說。

他沒提起賈米森太太。卡爾拉便去燒開水。克拉克哼著歌，他用電腦時經常這樣。有時他會對電腦說話。**鬼扯**，他看到哪個人在反駁時會這麼說。或者他有時會大笑——但事後她問他笑什麼，他又記不得是什麼笑話了。

卡爾拉喊：「你想喝茶嗎？」令她吃驚的是，他竟起身走到廚房。

「所以，卡爾拉。」他說。

「怎樣？」

「她打來了。」

「誰？」

「女王陛下啊，西維雅女王，她剛回來。」

「我沒聽到車聲。」

「我沒問妳有沒有聽到。」

「所以她打來做什麼？」

「她要妳去幫忙整理家裡，她說的，明天。」

「那你怎麼回她？」

「我說好啊，但妳最好打去確認一下。」

卡爾拉說：「是你答應的，為什麼我要去。」她把茶倒進他倆的馬克杯。「她走之前我才打掃過她家，我不覺得有什麼事可以做。」

「說不定她不在的時候，有浣熊跑進去，弄得一團糟啊，妳怎麼知道。」

「我不想現在打，我想先喝茶，沖個澡再說。」卡爾拉說。

「妳最好快一點。」

卡爾拉端著茶走進浴室，然後回頭喊：「我們要去自助洗衣店啦，毛巾乾了都還有霉味。」

「不要轉移話題，卡爾拉。」

就連她進了淋浴間，他都還站在門外對她喊。

「我不會這樣放過妳喔，卡爾拉。」

她以為她出去時他還會站在那裡，但他已經坐回電腦前。她套上進城會穿的衣服——她心想，也許他們離開這裡，去洗衣店，去咖啡店外帶食物，或許就能換個方式說話，或許氣氛能輕鬆點。她踩著輕快的步伐走進客廳，從背後抱住他，然而她一抱，一股悲傷便湧上來——肯定是沖澡的熱度使淚水決堤了。她俯在他背上，崩潰痛哭。

他從鍵盤上移開了手，但仍坐著不動。

「你不要生我的氣嘛。」她說。

「我沒生氣，我只是很討厭妳這樣，就這樣。」

「是因為你生氣我才這樣。」

「不要說我怎樣。我快被妳掐死了。去弄晚餐啦。」

她便去準備了。都這個時候了，顯然五點鐘的人不會來了。她拿出馬鈴薯，準備削皮，眼淚卻止不住，她的視線一片模糊，拿出一張廚房紙巾擦臉，又撕了一張新的拿著，出門走入雨中。

她沒進穀倉，因為那裡沒有芙蘿拉，太淒涼了。她沿著小路，走回林子裡，馬群在另一塊地上，牠們都湊到柵欄邊看著她，只有莉茲除外，她在一旁精神抖擻地跳躍、噴鼻息，十分識相，曉得她的心思不在這裡。

* * *

一切都是從他倆看到訃聞開始的，賈米森先生的訃聞，登在城市報上，他的臉也出現在晚間新聞。一直到前一年，他倆對賈米森夫婦的認識就是一戶不跟別人往來的鄰居，太太在四十哩外的大學教植物學，因此她得花相當多的時間通勤，而先生是個詩人。

大家就只知道這些。但賈米森先生似乎還有其他的事忙。以一個詩人和老年人來說（他可能比賈米森太太老二十歲），他算是有粗獷的魅力，也很有活力，他會改良自家的排水系統，清理涵洞、砌上石頭，還挖了一塊園子，種東西、圍籬笆，也在林子裡闢了小徑，打理他家房子的修繕工作。

那房子呈奇怪的三角形狀，是他十年前和幾個朋友一起蓋的，蓋在一座廢棄農舍的地基上。那些人被稱為嬉皮——儘管賈米森先生當嬉皮似乎稍嫌老，即便在還沒娶賈米森太太的那時，他也不年輕了。有人說他們在林子裡種大麻來賣，把錢放在密封玻璃罐裡，埋在房子附近，克拉克聽他在城裡認識的人說的，但他說那全是鬼扯。

「不然早就有人去把錢挖起來了，早就有人想辦法要他說出錢在哪了。」

卡爾拉和克拉克讀到訃聞時，才知道李昂·賈米森在他過世的五年前曾獲頒一項大獎，表揚他的詩作。從來沒人提過這件事；似乎大家寧可相信藏在玻璃罐裡的販毒錢，而不願相信寫詩贏得的獎金。

在那之後不久，克拉克便說：「我們應該讓他付錢。」

卡爾拉馬上知道他在說什麼，但她當他在說笑。

「來不及了，死人怎麼付錢。」她說。

「他不能，他太太可以。」

「她去希臘了啊。」

「她不會一直待在希臘。」

「那事她又不知道。」卡爾拉語氣嚴肅了些。

「我沒說她知道。」

「她完全不曉得。」

「這我們可以處理。」

卡爾拉說：「不要——不要。」

克拉克繼續講，彷彿她沒說話似的。

「我們可以說要告他，大家不都這樣拿到錢。」

「怎麼可能？人死了怎麼告。」

「威脅說要告訴報社啊，大詩人耶，每家報紙都會大肆報導，我們只要威脅一下，她就會妥協了。」

「你只是在幻想，你在開玩笑。」卡爾拉說。

「沒有，我不是。」克拉克說。

卡爾拉說她不想再談這件事。克拉克說，好吧。

但他們隔天又談，再隔天、再隔天都談到。克拉克有時會有這類不切實際的念頭，甚至是違法的事，他會愈說愈興奮，然後（她不確定為什麼）又突然放棄。如果雨不再下，如果今年變成一個正常的夏天，他或許會放棄這想法，像其他各種念頭一樣，但這情況沒發生，而過去一個月以來，他一直反覆嚷著這計畫，好像這事完美可行，很認真似的。問題在於該要多少錢，要少了怕那女人不把他們當回事，覺得他們在嚇唬人，要多了又怕她被惹毛，反倒硬起來。

卡爾拉不再說他說笑，她轉而告訴他那不會成功，一來因為大家眼中的詩人本來就是那樣，這事根本不值得付錢封口。

他說只要方法對就能成功，就讓卡爾拉崩潰、跑去向賈米森太太全盤托出，克拉克再接棒，表現出他很驚訝、剛得知這事的樣子，然後憤慨不已，說要昭告天下；他要讓賈米森太太自己開口談錢。

「妳被傷害了，被他猥褻，被他羞辱，我也受傷、被羞辱，因為妳是我老婆，這是尊重的問題。」

他一次次這樣跟她說，她努力想扭轉他的想法，他卻堅持。

「妳答應我，答應我。」他說。

這都是因為她跟他說的，那些她現在沒法收回的話，沒法否認的事。

有時候他好像會對我有興趣。

那老傢伙？

有時候他太太不在，他會叫我進房間的樣子。

嗯。

他太太去買東西，護理師又不在。

當時她走運，靈機一動，這話立刻讓他感到興趣。

那妳怎麼辦？妳就進去嗎？

她故作羞怯。

有時候會啊。

他叫妳進他房間，然後呢？卡爾拉？然後呢？

我就進去，看他想要什麼。

那他想要什麼？

他倆一問一答，都壓低嗓音，即使根本沒人聽見，即使只是在他倆的床上——一座夢幻島。一則床邊故事，細節至關緊要，並且每次都要加油添醋，搭配令人信服的勉強、羞怯、咯笑，以及一聲聲的**很色**——**很色**。而熱切感激的不只有他，她也是，她熱切地想取悅他、讓他興奮，也讓自己興奮，她也感激每次都仍然奏效。

而她腦中也有一部分覺得那是**真的**。她彷彿能看見那老色胚在被單下鼓脹，他確實臥病在床，幾乎沒法說話，但手語純熟，表達著他的欲望，想輕推她、觸碰她，讓她成為共犯，提供熱心的招數和親密。（她當然得拒絕，但奇怪的是，克拉克似乎有些悵然若失。）

有時一個情景會浮現她腦中，她得趕緊壓抑，以免壞了一切。她會想起那具真正的身體，晦暗、蓋著被子，被藥物麻醉，在那張租來的醫院病床上日益萎縮，她只在賈米森太太或訪視護理師忘記關門時瞥見幾次，她本人與他最近的距離便是那樣。

說實話，她害怕去賈米森家，但她需要那份收入，而且也同情賈米森太太，她看起來是那樣驚懼迷惘，彷彿夢遊一般。有一、兩次，卡爾拉忍不住要做件蠢事，好舒緩一下氣氛，就像一些初次騎馬的人笨拙、驚嚇，感覺丟臉時，她也會做類似的事。以前克拉克陷入低潮時她也這麼做，這招對他已經不管用了，但賈米森先生的故事卻很管用，發揮了明確的效果。

小徑上處處水窪，兩旁淨是溼漉漉的高草叢，還有那些最近開花的野胡蘿蔔，這些她都沒法避開，但氣溫夠暖，她不覺得冷。她的衣服溼透，彷彿是被她自己流的汗、或隨著綿綿細雨滑落的淚水沾溼的。她漸漸不哭了，手上沒東西能擦鼻子——那張紙巾已經溼軟不堪，她便俯身，把鼻涕用力擤在一個水窪裡。

她抬頭，設法吹了聲拖得老長、顫抖的哨音，她總這樣喚芙蘿拉——克拉克也是。她等了兩、三分鐘，又叫了芙蘿拉的名字；一次又一次，吹哨、叫喚，吹哨、叫喚。

芙蘿拉沒回應。

然而感受芙蘿拉失蹤所帶來的這一種痛苦幾乎像寬慰，芙蘿拉或許永遠找不到了，但比起她弄出來的賈米森太太那件事，以及她與克拉克起起伏伏的悲慘狀況，至少芙蘿拉走丟不是因為她做錯了什麼。

在這屋裡，西維雅無事可做，她只能打開窗戶，想著等等就能見到卡爾拉——她對自己心裡這份熱切並不驚訝，只覺得沮喪。

所有與疾病相關的用品都清除了。西維雅和丈夫的臥室、後來他死在裡面的那個房間已經清掃乾淨，看起來彷彿什麼事也沒發生過，在火葬和她動身前往希臘之間短暫而忙亂的日子，卡爾拉幫忙做了這些事。李昂穿過的每一件衣物，和一些他從未用過的東西，包括他姊妹送他、連包裝都沒拆的禮物，都堆上車子後座送去了二手商店。他的藥錠，他的刮鬍用品，一罐罐沒開、曾經看似有效的營養強化飲品，那整盒整盒、他曾經一次要吃上十來片的芝麻餅，那一瓶瓶塑膠罐裝、讓他舒緩背部用的乳液，他躺過的羊毛皮——所有東西都丟進塑膠袋，當成垃圾拖去扔了，而卡爾拉不曾質疑過半件事。她從沒說什麼「這東西可以給別人用」，或指出那成箱的飲料都沒開封，當西維雅說「我不該把衣服送進城，應該全丟進火化爐燒了」，卡爾拉也沒露出半點驚訝神情。

她倆清了烤箱、擦了櫥櫃，牆壁和窗戶也都抹過。一天，西維雅坐在客廳看她收到的那些弔唁信。（沒有久積的文件和筆記本需要她處理，與大家所想像的作家不同，李昂沒留下未完成的作品或手寫草稿。他幾個月前便跟她說過，他把所有東西都扔了，而且**毫不後悔**。）

房子那面往南斜的牆有大扇大扇的窗，西維雅抬頭一看，一陣驚訝，或許是因為那淡淡的陽光，也或許是因為看見卡爾拉的影子，她光裸著手腳，站在梯上，那張臉十分堅毅，上頭頂著一些短得沒辦法梳進髮辮、蒲公英似的鬈髮。她正精神奕奕地灑水擦洗窗玻璃，而一看見西維雅盯著她，便停下動作，張開雙臂，彷彿她給展開在那兒似的，還做出傻里傻氣、像教堂屋頂那種滴水怪獸石雕的表情，兩人都大笑起來。西維雅感覺這笑像一道嬉鬧的溪水流過她全身。卡爾拉繼續擦洗，她則回頭讀信，她決定這一切真心或敷衍的善意話語，這些頌揚和惋惜，都該跟那些羊毛皮和餅乾去同樣的地方。

當她聽見卡爾拉下了梯子、靴子踩在露臺上的聲音，她突然一陣靦腆。她坐在原位，垂著頭，而卡爾拉進了屋內，準備走到廚房把水桶和抹布放回水槽底下。她經過西維雅背後時幾乎沒停下，動作敏捷如鳥，卻來得及在西維雅俯著的頭上輕吻一下，然後便繼續吹著她的口哨。

那個吻從此留在西維雅的腦海中。其實沒什麼特別，大概代表**打起精神**或**快做完了**，或代表她倆是一起完成許多沮喪工作的好朋友，又或者只是因為太陽出來了，因為她想到能回家，回到她那些馬身邊。然而在西維雅心中，這個吻就像一朵明豔的花，花瓣在她心中舒展開來，帶著紛亂的熱度，好似更年期的潮熱。

她教植物學的班上不時會有特別的女學生——她們的聰穎、認真和令人尷尬的自負，甚至是對自然世界發自肺腑的熱忱，總令她想起年少的自己。那樣的女孩子會徘徊在她身邊，滿懷崇拜，企盼得到一點她們夢寐以求的親密情誼——多數情況都未如她們的意，而她們很快就惹得她心煩。

卡爾拉則完全不像她們。若要說她像西維雅人生中認識的誰，大概就是一些她中學認識的女孩子，那種女孩有點聰明又不會太聰明，體能表現不錯但又不會拚死拚活競爭，活潑又不致失控。自然而然快樂的女孩子。

「我去的地方啊，是一個小村，我跟兩個老朋友一起在那個小得不得了的村子，嗯，就是那種很偶爾會有觀光巴士停下的地方，好像迷路似的，那些觀光客下車，四處張望，非常迷惘，因為那裡什麼也不是，沒東西可買。」

西維雅聊著希臘的事，卡爾拉坐在離她幾步遠的地方。這手腳健碩、不甚自在、燦爛耀眼的女孩子終於坐在這裡了，這個充滿關於她的念頭的房間。卡爾拉微微笑著，頭點得有些慢。

「一開始，一開始我也很迷惘，那裡好熱，但大家說陽光很好是真的，非常棒，接著我找到能做的事了，那裡只能做些很簡單的事情，但還是能充實一天，就往路的一頭走個半哩，去買油，再往另個方向走半哩，去買麵包或酒，早上就過完了，然後就在樹下吃個午餐。午餐後，天氣熱得什麼事也沒法做，只能關上百葉窗，躺在床上，可能看點書。剛開始還看書，後來也不想了，看什麼書呢？晚一點妳發現影子變長了，就起床去游個泳。」

「噢。」她打斷自己的話。「噢，差點忘了。」西維雅說。

她跳起身，去拿她買的禮物。其實她一直沒忘，是不想馬上拿給卡爾拉，她希望送的時機自然一點，而她剛剛說話時，便想到晚點可以提到海邊，提到去游泳，然後就能像她這會兒說的：「說到游泳讓我想到這個，因為這個小複製品，妳知道，是他們在海底找到的一匹馬，青銅鑄的，他們把它撈起來，這麼久的東西了，應該是西元前二世紀的東西。」

稍早，卡爾拉來了，四處看著找事做時，西維雅說：「啊，妳先坐一下吧，我回來之後都還沒人能說話呢，請坐吧。」卡爾拉便在椅子邊緣坐下，雙腿張開，手擱在膝蓋之間，神情有些淒涼，然後似乎為了要展現一點淡薄的禮貌，便問：「希臘好玩嗎？」

這會兒她站著，拿著那尊裹著皺棉紙的小馬，她沒有完全拆開。

「聽說這是一匹賽馬，在做最後衝刺，在比賽裡做最後的努力。那騎師也是，那個男孩子。妳看他在激勵牠將體能發揮到極限。」西維雅說。

西維雅沒提那男孩令她想到卡爾拉，而且她現在也說不上為什麼了。男孩只有約莫十或十一歲，或許是因為他手臂抓著韁繩的勁道和優雅，或是因為他那皺起的稚氣前額，那種心無旁騖和全然投入，有點像卡爾拉今年春天擦著大窗子的模樣，她那穿著短褲的健美雙腿、寬闊的肩膀，她用力抹窗玻璃的力道，還有她打趣張開雙臂的模樣，是在邀請、甚至命令西維雅該笑。

「真的耶。」卡爾拉認真打量起那尊銅青色的小塑像，並說：「真是謝謝妳。」

「不客氣，我們喝咖啡吧？我剛煮了咖啡。希臘的咖啡滿濃的，對我來說有點太濃，不過麵包真是人間美味，還有成熟的無花果，真是令人驚嘆。妳再坐一會兒吧，拜託。妳應該阻止我這樣說下去。這裡呢？你們在這裡的生活如何？」

「大部分時間都在下雨。」

「看得出來，我看得出來。」西維雅從大房間一端的廚房喊道。她倒著咖啡，心裡決定不提起她帶的另一件禮物，不是她花錢買的（那尊馬是女孩大概猜想不到的貴），只是一塊美麗的粉白小石子，她在路上撿的。

「這要送給卡爾拉。」當時她對走在旁邊的朋友瑪姬說：「我知道很蠢，我只是想把這裡的一小塊土地送給她。」

她已經跟瑪姬提過卡爾拉，也跟她在那裡的另一位朋友索拉亞提過。她告訴她們那女孩對她愈來愈重要，她倆之間逐漸產生難以言喻的連結，並在過去這春天悲苦的幾個月裡撫慰了她。

「就是看到一個人，一個這麼有活力、這麼健康的人，進到家裡來。」

瑪姬和索拉亞都笑出聲，那笑帶著善意，卻十分惱人。

「總是有這樣一個女孩呀。」索拉亞邊說，兩隻肥胖的棕色手臂懶洋洋地伸展。瑪姬說：「我們都會有這樣的時候——迷戀一個女孩子。」

西維雅隱隱被這個過時的字眼激怒了——**迷戀**。

「可能因為我跟李昂沒生小孩吧。很蠢，放錯地方的母愛。」她說。

她的兩位友人同時接話，措辭稍有不同，但要表達的語意相同：傻歸傻，可畢竟還是一種愛。

但今天，眼前的女孩一點也不像西維雅記憶中的卡爾拉，不是那個冷靜開朗的心靈，那無憂無慮、仁慈慷慨、在希臘時也陪伴著她的青春生命。

卡爾拉對她的禮物沒什麼興趣，伸手接過咖啡時幾乎是繃著一張臉。

「那裡有個東西我覺得妳一定會很喜歡。」西維雅精神奕奕地說：「就是山羊，那裡的山羊就算長大了也都滿小的，有些有斑點，有些是白的，牠們在岩石上跳來跳去，就像——就像那地方的幽靈。」她造作地笑出聲，無法停下。「就算牠們角上戴了花圈我都不驚訝囉。妳的小羊最近怎樣了？我忘記她叫什麼名字。」

「芙蘿拉。」卡爾拉回答。

「芙蘿拉呀。」

「她不在了。」

「不在了？你們把她賣了嗎？」

「她不見了，我們找不到。」

「噢，我很遺憾，真遺憾，可是她說不定會再回來吧？」

沒有回話。西維雅直視女孩，在此之前她一直不太有辦法這樣看她。她發現卡爾拉淚水盈眶，臉都哭花了——甚至看起來很邋遢，而且她似乎憂愁滿腹。

她毫不迴避西維雅的目光。她將雙唇緊抿在牙齒上，閉上眼，來回搖晃身子，彷彿在無聲號叫，接著，她真的悲號起來，令西維雅心驚。她悲號、哭泣，大口大口地吸氣，淚水滾落雙頰，鼻涕從鼻孔流出來，她慌忙往四下張望，想找東西擦。西維雅趕緊跑去抽了滿手的面紙來。

「不要擔心，來，給妳，沒事的。」西維雅說著，心想她或許應該擁抱女孩，但她一點也不想，而這可能使情況更糟。女孩或許察覺到西維雅絲毫不想抱她，察覺到自己這樣大吵大鬧其實令西維雅嚇壞了。

卡爾拉開口說話，然後又重複說相同的話。

「好糟，好糟。」她說。

「不會，我們有時候總要哭一下的，沒關係，不要擔心。」

「好糟。」

此刻西維雅不禁感覺，女孩展現出悲慘模樣的每一刻，她都變得愈來愈平凡，愈來愈像平常她辦公室裡那些淚汪汪的學生。她們有的是為了分數而哭，但那通常是策略性的短暫嗚咽，沒什麼說服力；比較少見、真正哭得像關不上的水龍頭，通常關於男女情事，或父母，或是懷孕。

「妳哭其實不是因為羊，對不對？」

「對，不是。」

「喝杯水吧。」西維雅說。

她慢慢地倒著開水，讓水冷卻，一邊思索她還能做些或說些什麼。她拿著水回去，卡爾拉已經平靜下來了。

「好了，好了。」女孩大口喝水，西維雅說：「這樣好多了吧？」

「對。」

「不是因為羊，那是因為什麼？」

卡爾拉說：「我再也受不了了。」

她能有什麼事受不了？

原來是丈夫。

他總是看她不順眼，表現得像是很討厭她。她怎麼做都錯、怎麼說都錯，跟他住在一起快把她逼瘋了。有時她覺得自己已經瘋了，有時她覺得是他瘋了。

「卡爾拉，他會傷害妳嗎？」

沒有，他沒傷害她的身體，但他討厭她，鄙視她。他受不了她哭，而她總是忍不住哭，因為他對她是那樣凶。

她不知道該怎麼辦。

「其實妳可能知道該怎麼辦。」西維雅說。

「逃走嗎？要是有辦法我就走了。」卡爾拉又嚎啕大哭起來。「我願意付出一切代價逃走，可是沒辦法，我完全沒錢，也沒有地方可以去。」

「這個嘛，妳想想呀，真的是這樣嗎？」西維雅表現出最好的諮商的一面：「妳父母呢？妳不是說妳在金斯頓長大嗎？妳在那裡沒有家人嗎？」

她父母搬去英屬哥倫比亞了，他們很討厭克拉克，他們不會在乎她是死是活。

兄弟姊妹呢？

有個大她九歲的哥哥，結婚了，住多倫多。他也不會在乎她的，他不喜歡克拉克，而且嫂嫂很勢利。

「那妳考慮過婦女庇護中心嗎？」

「除非被打他們才會收，而且去的話會鬧得大家都知道，這樣對我們的生意不好。」

西維雅微笑。

「現在是想那種事的時候嗎？」

卡爾拉哈哈笑出聲來。「我知道，我瘋了。」她說。

「聽著。」西維雅說：「妳聽我說，如果妳有錢可以離開，妳會離開嗎？妳想去哪？」

「我想去多倫多。」卡爾拉幾乎毫不遲疑地回答。「但我不會去找我哥，我會住汽車旅館之類的地方，然後找個馬場的工作。」

「妳覺得妳找得到是嗎？」

「我認識克拉克的那年夏天就在馬場工作，我現在經驗又比那時候多了，多很多。」

「聽起來妳好像都想得很清楚了。」西維雅若有所思地說。

卡爾拉說：「我現在都想清楚了。」

「所以，如果妳有辦法走，妳想什麼時候走？」

「現在，就今天，立刻。」

「就只差沒錢嗎？」

卡爾拉深呼吸，然後說：「對，就只差沒錢。」

西維雅說：「那好，妳聽聽我的提議。我認為妳不該去住旅館，妳應該搭巴士去多倫多，然後去住我一個朋友家，她叫茹絲．史戴歐斯，她有一棟很大的房子，她自己住，她不會介意妳去借住，妳找到工作前可以住在那裡，我可以給妳一些錢。多倫多那一帶一定有很多很多馬場。」

「有。」

「所以妳覺得呢？妳想要我打電話去查巴士出發的時間嗎？」

卡爾拉說好。她顫抖著，雙手來回摩擦大腿，用力搖著頭。

「我真不敢相信，我會還妳錢，我的意思是，謝謝妳，我會還妳錢，我不知道該說什麼才好。」她說。

西維雅已經在電話前，正撥給巴士站。

她說：「噓，我在聽時刻表。」她聽了一會兒，掛上電話。「我知道妳會還我，那妳願意去住茹絲家嗎？我告訴她。不過有個問題。」她打量卡爾拉的短褲和T恤：「妳不能穿這身衣服去。」

卡爾拉驚慌地說：「可是我不能回家拿東西呀，我沒問題的。」

「巴士有空調，妳會凍僵的，我應該有些衣服妳能穿，我們差不多高不是嗎？」

「妳比我瘦十倍。」

「我以前可不是這個樣子。」

最後她們挑了一件棕色亞麻外套，西維雅幾乎沒怎麼穿過（她一直覺得這件外套買錯了，樣式太粗獷），搭上訂做的棕褐色長褲，以及米白絲質襯衫。這身衣服只能配卡爾拉的球鞋了，因為她的腳比西維雅大了兩號。

卡爾拉去沖了澡——她早上那心情，沒想到要洗澡。西維雅則打電話給茹絲。茹絲當晚有個會議要參加，但她會把鑰匙留給樓上房客，卡爾拉只要去按他們門鈴就行了。

「不過她要自己從巴士站搭計程車來喔，她應該沒問題吧？」茹絲問。

西維雅笑出聲來。「她又不是沒用的人，不用擔心，她就是個遇到不好狀況的普通人，就是遇到了。」

「那很好，我是說她能離開很好。」

「她可不是沒用的人。」西維雅說著，想起卡爾拉試穿訂製長褲和亞麻外套的模樣。年輕人多快就能從絕望中恢復啊，那女孩穿著一身新衣服看起來多麼俊俏。

巴士兩點二十分到市區，西維雅決定煎蛋捲當午餐。她也決定要鋪上深藍色桌巾，把水晶玻璃杯拿下來用，還要開一瓶酒。

「希望妳餓了，能吃點東西。」她說。此時卡爾拉正走出來，穿著一身借來的行頭，看來清爽耀眼，她帶著淺淺雀斑的肌膚因為沖澡而泛紅，溼漉漉的頭髮色澤變深了，原本綁的髮辮也拆了，可愛的毛躁頭髮這會兒貼著頭。她說她餓了，但想扠起煎蛋捲吃時，手卻抖得不聽使喚。

「我不知道為什麼抖成這樣，一定是太興奮了，沒想過事情會這麼順利。」她說。

「因為很突然啊，可能感覺不太真實吧。」西維雅說。

「其實不會，我覺得現在一切都很真實，好像我之前才是昏過去一樣。」

「可能當妳決心要做一件事、真的下定決心的時候就會這麼突然，或者說就該這麼突然。」

「因為我有一個朋友。」卡爾拉說著，露出局促自覺的微笑，額頭發紅起來。「一個真正的朋友，我指的是像妳這樣的朋友——」她放下刀叉，雙手笨拙地捧起酒杯說：「敬真正的朋友。」她說得不太自在。「我可能連一口都不該喝，但我要喝。」

「我也是。」西維雅配合著做出愉快的模樣。她喝了酒，但接著說了句煞風景的話：「妳要打電話給他嗎？或是？一定要告訴他的，至少要在他覺得妳會到家的時候告訴他吧。」

卡爾拉警戒起來：「不要用電話，我不敢打，還是妳幫我——」

「不行，不行。」西維雅說。

「對，太蠢了，我不該那麼說，我只是頭腦很亂，可能我應該——應該放紙條在信箱裡，可是我不想他太早看到，我連我們等一下開車到市區的時候都不想經過，我想繞後面。如果用寫的——如果我用寫的，妳可以，妳可以回來之後再幫我投信箱嗎？」

西維雅答應了，因為她也想不到更好的做法。

她拿了紙筆來，又倒了一點酒。卡爾拉坐著，思考一陣，然後寫了幾個字。

我走了，我沒問提的。

西維雅離開巴士站，回程時攤開紙條，看到這幾個字，卡爾拉把「沒問題」寫成了「沒問提」。西維雅確定卡爾拉會分辨這兩個字，寫錯只是因為她當下十分興奮混亂，或許比西維雅以為的還要混亂。那酒確實打開了話匣子，但卡爾拉說起話來似乎不見悲痛或心煩，她說起她十八歲、高中剛畢業時工作的馬廄，她就是在那裡認識克拉克。當時她父母希望她升大學，她也同意了，只要她能選擇當獸醫就好。她真正想要的，她這輩子真正希望的，是做能接觸動物的工作，以及住在鄉下。她在高中是那種拙拙的女孩子，會被別人開糟糕玩笑的那種，但她不在意。

克拉克是那馬廄最好的騎馬教練，一大堆女人對他有意思，她們來學騎馬只是為了讓他教她們。卡爾拉拿那些女人的事揶揄他，一開始他好像挺喜歡的，後來他生氣了，她就道歉，又抱著補償的心態，跟他聊他的夢想——其實那些已經能算是計畫——他想開一間騎馬學校，一間馬廄，開在鄉下。一天，卡爾拉走進馬廄，看見他正在掛馬鞍，她突然意識到已經愛上了他。

現在她覺得那是性吸引。應該只是性。

秋天來臨，她應該結束工作，離家到貴湖讀大學，但她不肯去，說想休息一年。

克拉克頭腦很好，但他甚至懶得讀完高中。他已經跟家人完全斷絕聯絡，他認為家庭就像流在血液裡的毒藥。他當過精神病院的醫護助理，在亞伯達省萊斯布里奇的一間電台當過ＤＪ，當過樂團巡迴演出時的工作人員、在桑德貝一帶的公路上奔波，也當過理髮師學徒、軍用品店業務，這些還只是他說過的工作。

她給他取了個暱稱叫「吉普賽浪人」，因為那首歌，一首她媽媽以前常唱的老歌。現在她一天到晚在家裡唱這首歌，她媽媽便知道有事發生了。

「昨夜她還睡著鵝絨床
蓋一件柔軟如絲的被
而今夜她將睡在冷硬的地上——
在她的吉普賽愛人身旁」

她媽媽說：「他會讓妳心碎，一定的。」她的繼父（他是個工程師）甚至不認為克拉克有這般能耐。他這樣稱他：「就一個廢物，根本是流浪漢。」好像克拉克是隻他巴不得從衣服上撥掉的蟲子。

因此卡爾拉說：「流浪漢有辦法存錢買農場嗎？告訴你，他已經存了那麼多錢了。」繼父只回：「我不想跟妳吵。」他又補了一句：反正她也不是他女兒。好像這是決定的關鍵似的。

因此卡爾拉自然得跟克拉克私奔了，她父母那種表現，根本是力促了這樣的結局。

「那等妳安頓好，妳會聯絡妳父母嗎？到多倫多的時候？」西維雅問。

卡爾拉抬起眉毛，臉頰往中間嘟，做出一個粗野的「O」的嘴形。「不會。」她絕對有點醉了。

西維雅把紙條投進信箱，回到家，洗了還放在餐桌上的碗盤，也洗了蛋捲煎鍋，上了油，並把藍色餐巾和桌巾扔進洗衣籃，然後打開窗戶，同時心中有一種惱悔的感覺，令她自己困惑。早先她拿了塊全新的蘋果味香皂讓女孩洗澡，此時那氣味迴蕩在屋裡，一如剛剛也瀰漫在車上。雨暫時停了。她靜不下來，便去散步，走李昂闢的那條小徑。他曾在泥濘的地方鋪了石子，如今大部分都給沖走了。以前他倆每年春天都會來散步，找野蘭花，她會教他每一種野花的名字；但他除了延齡草之外，一個也記不得。他從前總喚她是他的多蘿西．華茲華斯[2]。

今年春天，她曾經出去一次，摘了一小束豬牙花給他，然而他望著花束，臉上卻只流露疲憊和否認——他有時看著她也是那樣的神情。

卡爾拉一直浮現在西維雅眼前，她上巴士的模樣。她對她說的感謝發自內心，但已經有些隨便，揮手時一副快活樣子。她已經對這場救贖感到理所當然。

西維雅回到家裡，約莫六點鐘時，她撥了通電話到多倫多找茹絲，她明知道這時卡爾拉還沒

2　多蘿西．華茲華斯（Dorothy Wordsworth）是英國浪漫主義詩人威廉．華茲華斯（William Wordsworth）的妹妹，喜愛在日記中描述大自然花草。

到。是答錄機接的。

「茹絲，我是西維雅，我要說我送去的那個女孩子，希望她不會打擾妳，希望一切都沒問題，她可能有點自以為是，可能因為年輕吧。有什麼事再跟我說，好嗎？」

她就寢前又打了一次，仍然是答錄機，她便說：「還是我，西維雅，只是來問問。」然後掛上電話。這時才九點多，天都還沒全黑，茹絲想必還在外頭，女孩在那陌生的房子裡也不可能接電話。她努力回想茹絲樓上的房客叫什麼名字，他們想必還沒睡吧，但她記不得。這樣也好，打給他們也太小題大作，太焦慮，太超過了。

她爬上床，但根本躺不住，便拿著一條薄被，走到客廳，躺在沙發上，李昂死前的最後三個月，她都睡在這裡。她覺得在這裡她也不可能睡著，這一大片窗戶都沒掛窗簾。她看天空就知道月亮已經升起了，儘管她沒看見月亮。

接著一回神，她已經坐上一輛巴士，在某個地方——是希臘嗎？車上有許多人，她都不認識，而巴士的引擎發出令人心驚的叩叩聲響。她醒來，發現那叩叩聲是有人在敲著她的前門。

卡爾拉嗎？

＊　＊　＊

卡爾拉一直低著頭，直到巴士開出城外。窗玻璃是暗色的，外頭的人看不到裡面，但她得讓自己別往外看，以免看到克拉克。也許他剛好走出某家店，或等著過馬路，渾然不知她拋棄了他，還以為這是個尋常午後，不，應該說以為這是他倆的計畫——他的計畫——啟動的午後，迫不及待想得知她的進展如何。

巴士開到鄉間，她抬頭張望，深深呼吸，田野盡收眼底，透著玻璃窗看曠野，帶著一點紫羅蘭色。賈米森太太的存在將她籠罩在某種非凡的安全和清明之中，使她覺得逃走是再理性不過的事，應該說，是她這處境的人唯一能展現自尊自重的行為。卡爾拉感覺生出一股陌生的信心，甚至是成熟的幽默感，能對賈米森太太娓娓道出自己的人生，她說的方式似乎必然能引人同情，同時帶著嘲諷和真實，並且迎合了賈米森太太——西維雅——的期望，至少在她看來如此。她確實感覺賈米森太太可能會對人失望，在她心中，賈米森太太是個十分敏感而嚴格的人，但她自認不會惹她失望。

畢竟她不需要跟賈米森太太相處太久。

陽光燦爛，太陽已經出來好一陣子，她倆坐著吃午餐時，陽光照得酒杯閃閃發光，大清早後就沒再下雨了。此時颳著風，路旁一簇簇溼透的草和野草叢都給吹了起來，天上掠過夏日的雲朵——不是烏雲。整個鄉間正在蛻變，掙脫拘束，變成真正明媚的七月天。巴士疾駛，她已經看不到那不久前的過去的痕跡——看不到那些地上的大水窪，露出種子被沖刷掉的景象，也看不到那可憐兮兮的瘦長玉米桿或倒伏的穀物。

她突然想到她得告訴克拉克一件事：或許他們莫名挑到一個特別潮溼而沉悶的鄉間，或許他倆當初選其他地方就能成功了。

或許他倆現在還能去其他地方？

她這才想到，她當然不可能告訴克拉克什麼，永遠不可能了，自此無論他發生什麼事，或葛雷絲、邁克、杜松、黑莓和莉茲．波登發生什麼事，都輪不到她操心，要是芙蘿拉回去，她也不會知道了。

這是她第二次拋下一切出走。第一次就像那首披頭四的老歌[3]——她留了紙條在餐桌上，在清晨五點溜出家門，跟克拉克在路那頭的教堂停車場碰頭，他倆開著嘎嘎響的車離開時，她嘴裡還真的哼著那首歌。她要離家，拜拜。這會兒她想起那時太陽是如何從他倆背後升起，而她看著克拉克放在方向盤上的雙手，看著他那幹練的前臂上的深色汗毛，同時吸著卡車裡的氣息，混雜了油和金屬、工具和馬廄的氣味，秋天早晨的寒冷空氣從卡車鏽蝕的縫隙吹進來。這種車她家裡人從沒開過，甚至很少出現在他們居住的這一帶。

克拉克那天早上放在交通上的心思（他們已經開到四〇一號省道[4]）、他對卡車車況的擔憂、他短促的答話、瞇起的眼，甚至對她飄飄然喜孜孜的模樣露出些微不耐——這一切都使她興奮，如同他過往人生的失序，他自己宣稱的孤寂，他對待馬的溫柔，以及對待她的溫柔，在在使她興奮。她把他看成他倆前方人生的建築師，她則是俘虜，向他臣服十足恰當，十足絕美。

「妳不曉得妳拋下了什麼。」她媽媽在信裡這樣寫。那是她收到的唯一一封信，她從未回信。但其實在那清晨出走的顫抖時刻中，她是知道自己拋下什麼的，即使她對將面對的事只有朦朧的概念。她鄙視她的父母，他們的房子，他們的後院，他們的相簿，他們的假期，他們的美膳雅電器，他們的**化妝間**[5]，他們的更衣室，他們的地下草坪灑水系統。在她寫的那張簡短紙條裡，她用了**真實**這個詞。

我一直覺得我需要過一種更真實的生活，我知道不能期待你們理解這點。

此時巴士在路上的第一個城鎮停下，巴士站是個加油站。她和克拉克以前會開車來這裡，買便宜的汽油——一開始的時候。一開始的日子，他倆的世界包括了好幾個周圍鄉間的城鎮，他們有時還會像觀光客，到骯髒的旅館酒吧嘗嘗地方特產，像豬腳、德國酸菜、薯餅和啤酒等等，然後他們會一路唱歌回家，儼然像兩個發瘋的鄉巴佬。

但過了一陣子，出遊變成浪費時間和金錢，是還不了解現實生活的人做的事。

這時她已經哭了起來，她還沒意會過來，淚水已經盈眶。她設法去想多倫多的事，眼前的起步——等下要搭的計程車，那棟她第一次見到的房子，那張她將獨睡的陌生床鋪，以及明天要在電話簿裡查馬廄場的地址，去那些地方，向他們要工作。

但她沒法想像那些情景——她自己搭乘地鐵或有軌電車，自己照顧新的馬匹，自己跟新認

---

3 指披頭四樂團於一九六七年發行的歌曲〈她要離家〉（*She's Leaving Home*）。
4 北美最繁忙公路之一。
5 委婉語，有些人認為是做作的稱法。

識的人說話，自己日復一日住在那些沒有克拉克的人群之中。

這種生活，這個地方，就為了單單一個理由而選擇——那就是把克拉克排除在她的人生之外。

關於那個未來的世界，她突然清楚明白一件詭異而可怕、她現在已經能想像的事，那就是她將不會真正活著，儘管她的身體將走動來去，她的嘴將開闔說話，她的人將做這做那，但她的靈魂不會在那裡。而這事的詭異之處在於，她搭上這巴士，所盼望的正是找回自己，如同賈米森太太可能會說的，她自己也可能會心滿意足地說出口的——掌握自己的人生，不再遭他人怒視，不再遭他人愁雲慘霧的情緒影響。

但那種生活裡，她還在意些什麼事呢？她要如何知道自己還活著？

在她努力從克拉克身邊出走的時候，也就是現在，他仍在她人生中占有一席之地，但當她的出走結束，當她繼續生活，她將拿什麼取代他呢？還有什麼事——還有什麼人，是比他更具體鮮活的挑戰？

她已經努力止住哭泣，卻轉而顫抖起來。她的狀態很差，得穩住，得控制住自己。「妳控制一下自己。」有時她蜷縮成一團、努力止住眼淚時，克拉克走過她在的房間，便會對她這麼說。這正是她現在該做的事。

巴士在另一個城鎮停下。這是她上車後的第三個鎮，也就是經過第二個城鎮時她根本沒注意到，剛剛巴士應該停過，司機報了地名，而她在自己驚懼的迷霧中聽而不覺、視而不見。很快他們就會開上高速公路，朝多倫多疾駛而去。

到時候她就迷失了。

她就會迷失了。去到那裡搭計程車、遞上新住址的意義是什麼？早晨起床、梳洗面對世界的意義是什麼？她去謀生、餵飽自己、去讓大眾運輸從一處載到另一處又是為了什麼？

她的雙腳此時似乎離身體很遠，膝蓋在陌生硬挺的長褲裡彷彿壓了鋼鐵般沉重。她正沉到地上，像一匹遭到重創、不願起身的馬。

這鎮的寥寥幾個乘客和包裹都上了車，下頭有個婦人和坐在推車裡的嬰孩正向某人揮手道別，而他們背後的房子——那兼作巴士站的小館子，也正冉冉動著，那磚塊和窗戶看似水波蕩漾，彷彿即將溶化。在那人生存亡的關頭，卡爾拉將她碩大的軀體、僵硬如鐵的四肢往前拋，跌撞著腳步，大喊出聲：「讓我下車。」

司機煞了車，不耐煩地喊：「妳不是要去多倫多嗎？」車上的人隨意地打量她，帶著好奇，似乎沒有人明白她正身處萬分痛苦之中。

「我要在這裡下車。」

「後面有洗手間啊。」

「不是，不是，我要下車。」

「我不能等妳，妳知道嗎？妳有行李放在下面嗎？」

「沒有——有——沒有。」

「妳沒有行李嗎？」

巴士上有個人說：「幽閉恐懼，她一定是幽閉恐懼症發作了。」

「妳不舒服嗎？」司機問。

「沒有，沒有，我只是要下車。」

「好吧好吧，隨便妳。」

「你來接我好不好，拜託，來接我。」

「好。」

＊＊＊

西維雅忘了鎖門。她意會到應該把門鎖上而不是打開，但來不及了，她已經開了。沒看到人。

但她很確定，很確定剛剛聽見了敲門聲。

她關門，上了鎖。

有個淘氣的聲響，叮叮咚咚直敲，從那面滿是大扇窗戶的牆傳來。她打開燈，沒看見那裡有什麼東西，又關上了燈。是動物吧——或許是松鼠？窗戶之間通往露臺的落地格子窗也沒鎖，甚至連關也沒關，她稍早為了讓房子通風，留了約莫一吋的縫隙。她正準備關上落地窗時，旁邊有人笑出聲來，聲音很近，似乎跟她在同個房間裡。

一個男人說：「是我，我嚇到妳了嗎？」

他抵著窗玻璃，人就站在她旁邊。

「我是克拉克，住前面的克拉克。」他說。

她不想讓他進屋，但又不敢直接在他面前關上門，他可能會在她關門前一把抓住門；她也不想開燈，因為她只穿了一件長版T恤睡覺，她應該拿沙發上的被子裹著的。

但現在太遲了。

「妳想穿衣服嗎？我拿來的可能就是妳需要的東西。」克拉克說。

他手裡拿著個購物袋，把袋子一把推向她，但人沒進來。

「什麼？」她用支離破碎的嗓音說。

「妳看看啊，不是炸彈，喏，拿去。」

她把手探進袋子裡，眼睛沒看。摸起來軟軟的。接著她摸出了那外套的鈕釦、那襯衫的絲質、那長褲上的腰帶。

「我想應該還給妳，這些衣服是妳的吧？」克拉克說。

她緊箝下巴，以免牙齒打顫。嘴裡和咽喉乾得緊。

「我知道是妳的。」他輕聲說。

她的舌頭動起來渾像一團羊毛，只能勉強自己開口：「卡爾拉人在哪？」

「妳說我太太卡爾拉嗎？」

這時她能看清楚他的臉了，她看到他一臉得意。

「我太太卡爾拉在家裡床上，在床上睡了，在她應該在的地方。」

他這男人生得英俊但看起來不怎麼聰明，身材高瘦結實，但像是刻意壓低肩膀，散發一種裝出來、彆扭的威脅意味。他額前垂著一綹深黑的頭髮，唇上蓄著一點不成樣的小鬍子，眼眸看起來充滿希望但又帶著嘲弄，男孩似的笑容隨時在惱怒邊緣。

西維雅始終不喜歡他的樣子。她還跟李昂提過；李昂說這男人只是不夠有自信，有點太友善罷了。

他不夠有自信，可不會讓她此刻覺得安全些。

「衣服有點破爛了，被她穿著去小小探險了一番啊。妳應該看看妳自己的臉，看妳剛剛認出這些衣服的表情，妳在想什麼？妳以為我把她殺了嗎？」

「我是驚訝。」西維雅說。

「我想妳是啦，畢竟讓她逃走妳幫了大忙。」

「我幫忙她是——」西維雅很艱難地說：「我幫忙她是她感覺很痛苦。」

「痛苦。」他說著，彷彿在檢視這個字眼。「我猜她是很痛苦吧，她跳下巴士、打電話叫我去接她的時候，感覺非常痛苦沒錯，她哭到說話我都聽不清楚了。」

「她自己想回來的嗎？」

「對，她當然想回來，她歇斯底里地想回來，她就是個情緒起起伏伏的女孩子，但我想妳不會比我了解她。」

「她好像很開心能走啊。」

「是這樣嗎？嗯，我就相信妳說的吧，我不是來跟妳吵架的。」

西維雅沒回話。

「我是來告訴妳，我不喜歡妳干涉我跟我太太的生活。」

「她除了是妳的太太。」西維雅說，儘管她知道自己該閉嘴。「也是一個有血有肉的人。」

「我的天啊，是嗎？我太太也是一個有血有肉的人啊？真的啊？謝謝妳告訴我噢，但妳不要擺這種樣子跟我講話，**西維雅**。」

「我沒有擺什麼樣子。」

「很好，很高興妳沒有，我不想發脾氣。我只有幾件很重要的事想跟妳說，第一，我不想要妳再管閒事，無論何時何地，不要干涉我和我太太的生活；第二，我也不想要她再來妳這裡，而且我相信她自己也不會多想來。她現在對妳的評價沒多好，妳也該學著自己打掃家裡了。

「好了，好了，這樣妳聽清楚了嗎？」

「很清楚。」

「噢，希望如此，希望如此。」

西維雅說：「好。」

「妳知道我還在想什麼嗎？」

「什麼？」

「我覺得妳還欠我。」

「什麼？」

「我覺得——可能——妳還欠我一個道歉。」

西維雅說：「好吧，如果你這樣覺得，那我向你道歉。」

他動了動，或許只是要伸出一隻手，但他一動，她便尖叫出聲。

他大笑，又一手抓住門框，讓她沒辦法關門。

「那是**什麼**？」

「什麼什麼？」他回道，彷彿她的伎倆騙不了他。但他旋即在窗戶倒影看到某個東西，猛地轉身去看。

房子的不遠處有一塊寬廣低淺的空地，每年這時節常瀰漫著夜霧，今晚也有霧，一直都有，但此時突然有變化，霧氣濃密起來，聚成了個形狀，變得有稜有角、煥發光芒，先是像一團蒲公英似的往前翻，又縮聚成某種不屬於世間的獸，純白色，一心一意地，渾像一隻巨大的獨角獸，直朝他倆奔來。

「老天爺。」克拉克說得輕柔而虔誠，並抓住西維雅一邊肩膀。她絲毫沒驚慌——她知道他這個舉動只是要保護她，或是安定他自己的思緒。

那景象接著炸裂開來，從那霧中、那放大的光線中——這會兒已經能看出那是車燈的光，應該是一輛車駛過這僻徑，或許在找停車位——附近有一隻白山羊舞動著，小小的，沒比牧羊犬大多少。

克拉克鬆開手，開口說：「天啊，妳從哪裡跑回來的？」

「是你們的羊，那不是你們的羊嗎？」西維雅說。

「芙蘿拉，芙蘿拉。」他說。

羊在距離他倆約莫一碼的地方停下腳步，害臊地低下頭。

「芙蘿拉，妳到底從哪裡跑回來的？妳把我們嚇死了。」克拉克說。

我們。

芙蘿拉走近了，但仍沒抬頭。她用頭蹭著克拉克的雙腳。

「該死的蠢畜生，妳跑到哪裡去了？」他顫抖地說。

「就是迷路了吧。」西維雅說。

「對，她迷路了。說真的，沒想到我們還能再看到她。」

芙蘿拉抬起頭來，眼眸在月光下瑩瑩閃耀。

克拉克對她說：「妳把我們嚇死了，妳去找男朋友嗎？把我們嚇死了，是不是？我們還以為看到鬼了。」

「因為有霧吧。」西維雅說。她這時走出門，站到露臺上。感覺安全了。

「嗯。」

「又有那輛車的車燈。」

「像幽靈一樣。」他說著，逐漸回過神來，並且很得意想到這詞來描述。

「對呀。」

「真是一隻外太空來的羊，就是妳，妳真他媽是一隻外太空來的羊。」他邊說邊輕拍芙蘿拉。但當西維雅也伸出她空著的手想拍拍的時候（她另一手還拎著那袋卡爾拉穿過的衣服），芙蘿拉立刻低下頭，像準備要用力頂她。

「山羊很難捉摸，可能看起來很溫馴，但其實不是，成年的山羊都是這樣。」克拉克說。

「她成年了嗎？她看起來好小。」

「她就只能長這麼大了。」

他倆站著，低頭看著這羊，像是想從她身上再找些話題，但顯然無話可說了。這一刻起，他倆進退兩難。西維雅確定他臉上掠過一絲懊惱，懊惱這處境。

但他說出口了：「不早了。」

「應該吧。」西維雅答道，彷彿這是尋常的客人登門造訪。

「好啦，芙蘿拉，我們該回家囉。」

「我需要找人幫忙的話我會再想辦法，但我現在大概也不需要了。」她說。她幾乎是帶著笑補了這一句：「我不會再去煩你們。」

「嗯，那妳趕快進去吧，不要著涼了。」他說。

「以前人都認為晚上的霧很危險。」

「我倒是第一次聽到。」

「那就晚安了。晚安，芙蘿拉。」她說。

這時電話響了。

「我先進去了。」

他揮起一隻手，轉過身去。「晚安。」

來電的是茹絲。

「啊，計畫改變了。」西維雅說。

西維雅沒睡，想著那頭小山羊，她從夜霧中冉冉現身，西維雅愈想愈覺得魔幻，她甚至想，這事有沒有可能跟李昂有關。倘若她是詩人，她便會寫一首這樣的詩。但在她的經驗中，她認為詩人能寫的主題，李昂從來都不喜歡。

卡爾拉沒聽見克拉克出門，但他回來時她醒了。他說他只是去穀倉那裡看看。

「剛剛有一輛車開過這條路，我在想那輛車想幹麼，就睡不著了，所以出去看看一切是不是都還好。」

「那還好嗎？」

「我沒看到什麼囉。

「然後我反正醒了，就想說去前面拜訪一下，去還衣服。」

卡爾拉在床上坐起身。

「你沒把她吵醒吧？」

「她醒了，可是沒怎麼樣，我們聊了一下。」

「噢。」

「沒怎麼樣。」

「你沒提那件事吧？」

「我沒提。」

「那都是編的，真的是編的，你一定要相信我，那是瞎掰的。」

「好啦。」

「你要相信我。」

「我相信妳。」

「都是我掰的。」

「好。」

他爬上床。

「你的腳好冰，好像碰過水。」她說。

「露很重。」

他說：「妳過來。我看到妳的紙條時，感覺像整個人被掏空了，真的，如果妳走掉，我會覺得我整個人都空了。」

依然是明媚的天氣。在街頭，在店裡，在郵局，大家打招呼時都說夏天終於來了。牧場上的草、甚至是飽經風霜的作物都抬起頭來；水窪乾了，爛泥變回沙土。和煦的風吹著，大家都有了動起來的勁。電話開始響了，大家來電問原野騎馬、騎馬課，一些夏令營也取消參觀博物館的行程，對騎馬有了興趣。休旅車一輛輛停下，載來一車車靜不下來的孩子。馬匹脫下了馬鞍毯，沿著柵欄歡欣騰跳。

克拉克設法弄到一塊夠大的屋頂材料，價格不錯，「出走日」的隔天（他們如此稱呼卡爾拉那天的巴士之旅），克拉克花了一整天修理訓練跑道的屋頂。

有那麼幾天，兩人忙著日常雜事之餘，會不時向彼此揮揮手。偶爾卡爾拉經過克拉克身旁，還會隔著他短袖襯衫的薄布，親一下他的肩膀。

「妳再從我身邊逃走一次，我就剝了妳的皮。」他說。卡爾拉說：「**真的嗎？**」

「什麼真的？」

「你會剝我的皮嗎？」

「沒錯。」他這時整個人充滿生氣，和她初識他時一樣煥發魅力。

處處是鳥兒。有紅翅黑鸝，有知更鳥，有一對鴿子啁啾報曉，還有許多烏鴉，和從湖泊來執行偵察任務的鷗群。半哩外一株死櫟樹的樹枝上，高踞著大大的紅頭美洲鷲，牠們起先只是坐在那裡，晾乾牠們豐厚的羽翼，偶爾才抬起身子試飛一下，拍翅在附近飛飛，然後又鎮定下來，把這工作交給陽光和溫暖的空氣。約莫一天光景，牠們便精力充沛了，高飛入空、迴旋轉圈又往地面俯衝，一會兒消失在林子另一邊，一會兒又折回，在那熟悉的禿樹上休憩。

莉茲的主人喬伊．塔柯兒出現了，曬得一身黑，態度友善。她給雨悶壞了，去落磯山脈健行，度假回來了。

「看這天氣，妳回來得正是時候。」克拉克說，很快他和喬伊．塔柯兒已經說笑起來，彷彿沒發生過任何事。

「莉茲看起來滿好的，但她那小小的朋友呢？她叫什麼名字——芙蘿拉嗎？」她說。

「不見了，可能去落磯山脈了吧。」克拉克說。

「那裡很多野山羊，頭上長著好大的角。」

「我也聽說過。」

一連三、四天，他們忙碌得沒空去檢查信箱。後來卡爾拉去開信箱，看到電話帳單、一張說他們訂雜誌就可能贏得百萬元的傳單，最後還有賈米森太太的信。

親愛的卡爾拉：

我一直想著過去幾天所發生（頗高潮迭起）的事，發現自己自言自語，但其實是在對妳說話，實在太頻繁了，因此我想一定得找妳說說話，儘管此刻我能做的就是寫在信裡給妳。而且別擔心，我不要求妳回信。

賈米森太太接著寫，她恐怕參與卡爾拉的生活太多了，也誤以為對卡爾拉而言，幸福應該等同於自由，但她其實只希望卡爾拉幸福，而她現在也明白了，卡爾拉必定能在婚姻中找到幸福。她說她只希望卡爾拉那次逃跑和紛亂的情緒已經帶出她的真實感受，或者也使她丈夫體認到他真實的感受。

她說如果卡爾拉未來想避開她，她完全能理解，她也永遠感激卡爾拉陪她度過人生中那樣艱難的時光。

這一連串事件中，對我來說最奇異也最美妙的事就是芙蘿拉回來了，事實上這儼然像奇蹟，這段日子以來，她都上哪去了，又為何挑在那一刻現身呢？我相信妳先生已向妳描述過，那時我和他在露臺門口說話，我面對外面，是我先看見一個白色東西，從夜色中翩然降臨到我們面前，當然，那是地面霧氣的效果，但真的嚇人，我好像還尖叫了。我這輩子從未感受過那樣的魔幻，真正的魔幻，我想我應該老實說那是恐懼，總之我們就那樣，兩個成年人，僵在那裡，看那小小的迷路的芙蘿拉從霧中降臨。

這事必有特別之處。我當然知道芙蘿拉只是一隻尋常的小動物，她去外頭大概是忙著懷上身孕，某種意義上，她回來和我們的人類生活完全無關，然而她在那一刻現身，確實對我和妳先生發揮了深遠的影響，兩個被敵意分隔開來的人類，在同一時間為同一幽靈感到迷惑不解——感到驚懼，兩人之間立即產生某種聯繫，以最意想不到的方式連結起來，人性的部分連結起來了——這是我所能想到唯一的描述，我們分開時幾乎像朋友一般了，因此芙蘿拉在我生命中有著天使般的地位，或許在妳和妳先生的生命中也是。

衷心祝福妳的西維雅．賈米森

卡爾拉讀完，立刻把信揉成一團，在水槽裡燒了，火焰令人驚惶地竄起，她趕緊打開水龍頭，接著撈起那團黑糊糊的噁心玩意，扔進馬桶沖掉。她該直接沖入馬桶。

接下來整天她都很忙，隔天也是，再隔天也是，這期間她帶了兩組客人去原野騎馬、替小朋友上課，個人和團體課都有。晚上克拉克的手攬過來——他忙歸忙，卻從不會太累、從不發火，她不覺得配合有多難。

只是彷彿有根要命的針扎在她的肺裡，她只要小心呼吸，就不會感覺到，但每隔一陣子她得深呼吸，便會感覺到那針仍扎著。

西維雅到她任教的大學城租了公寓。原本的房子沒打算出售，至少門口沒放牌子。李昂・賈米森身後獲得追頒一個獎，消息上了報，這回沒提到任何獎金。

秋高氣爽的黃金時節來臨，在這振奮人心又能賺錢的季節裡，卡爾拉感覺已經習慣了那常駐體內的尖銳念頭，那念頭已經沒那麼尖銳，事實上，已經不再令她驚訝。如今進駐的是一個近乎勾人的想法，一個隱約持續的誘惑。

她只要抬起眼，只要望向一個方向，就知道她該走到哪裡去。或許某日她做完了整天的工作，傍晚去散步，她會走向樹林邊，那株禿樹——紅頭美洲鷲的歡宴之地。然後她就會看見草叢裡小巧骯髒的骨頭，一個頭骨，或許上面還沾著一點帶血的皮，像茶杯般，她能一手拾起。她能一手拾起的真相。

或者不是，或者那裡什麼也沒有。

說不定發生了其他事。克拉克可能把芙蘿拉趕走了，或把她綁在卡車後面，開了一段路，放她走了，或者帶她回到原本的農場。就只是不想留在身邊，提醒著他倆。

她可能自由了。

日子一天天過去，卡爾拉不曾走近那地方。她抵擋著那誘惑。

冒險

一九六五年六月中旬，托倫斯學院的學期結束了，茱麗葉沒拿到正職——她幫忙代課的老師已經恢復健康，因此她現在能回家了。但套她自己的說法，她稍微繞了一點路，繞這點路，是為了去找一位住西岸的朋友。

約莫一個月前，她和另一位老師瓦妮塔一起去看重映的《廣島之戀》，瓦妮塔是唯一與她年齡相仿的同事，也是她唯一的朋友。事後瓦妮塔向她坦承，她自己也像片中的女人一樣，愛上了有婦之夫，是個學生家長。茱麗葉說，她曾有類似情形，只是沒讓關係發展下去，因為對方妻子的悲慘境遇，那妻子臥病在床，幾乎是腦死狀態。瓦妮塔說，真希望她愛人的太太也腦死，但沒有——那太太活得可好了，很有辦法，還可能弄掉她的工作。

不久後，彷彿在這不值得一提的謊言，或者該說虛實摻雜的說法召喚下，一封信來了。信封灰撲撲的，似乎放在口袋裡好一陣子，上面只寫著是寄給「英屬哥倫比亞溫哥華市馬克街一四八二號托倫斯學院」的「茱麗葉（老師）」。校長把信交給茱麗葉說：「這應該是寄給妳的吧，很奇怪，沒寫姓氏，但地址是對的，我想地址可能查得到吧。」

親愛的茱麗葉：

我忘了妳任教的學校，但前兩天突然想起來，感覺這是個徵兆，要我寫信給妳。希望妳還在這裡教書，不過工作得要很糟糕妳才可能在學期結束前辭職吧，再說在我看來妳不像是會輕言放棄的人。

妳覺得我們西岸的天氣如何呢？如果妳覺得溫哥華多雨，想像那雨量再添一倍，就是我們這裡的天氣了。

我經常想起妳坐起身看是星星的模樣，妳看我把「星」寫成「是」了，現在很晚了，該是我睡覺的時間。

安妮的情況差不多。我回家後，感覺她衰退很多，但主要是因為我一下子看到她這兩、三年的惡化吧，之前每天看著她時，就沒注意到她的退化。

我應該沒告訴妳，當時我正要去雷吉納停留一下，看我兒子，他今年十一歲了，他和他媽媽住在那裡。我發現他改變很多。

很高興終於想起妳學校的名字，然而我恐怕記不得妳姓什麼了，不管怎樣，我就把信封上了，希望之後還能想起妳的姓。

我常想起妳。

我常想起妳

巴士載著茱麗葉，從溫哥華市中心到馬蹄灣，然後駛上渡輪，穿越大陸半島，又上一艘渡輪，然後再次登上大陸，開往那寫信男人居住的鎮。鯨魚灣。即便還沒開到馬蹄灣，四周景觀便已經迅速從城市轉換為荒野。整個學期，她都住在克洛斯岱爾的草坪和花園之間，天氣晴朗時，北海岸的山如舞臺布幕般映入眼簾，校園土地充滿遮蔽，十分文明，周圍石牆環繞，四季輪流綻放各色花卉，而四周各學院的土地都一模一樣，修剪整齊，花草繁茂——淨是杜鵑、冬青、月桂和紫藤。但此時還沒到馬蹄灣，真正的森林（而不是公園林地）已經一擁而上，接著湖海岩礫、黝黑林木、披垂苔蘚都映入眼簾，偶爾還能見到潮溼破敗的小屋，飄著幾縷輕煙，院裡塞滿了柴火、木料和輪胎，汽車或汽車零件，壞掉或還能用的腳踏車、玩具等沒有車庫和地下室的人得擱在屋外的各種雜物。

巴士沿途停靠的小鎮也絲毫沒有經過規畫，某些地方會有些一模一樣的房子蓋在一起，是企業蓋的，但多數房屋都像森林裡的那些房子，每一戶都坐落在各自寬廣而雜亂的院子裡，彷彿僅是出於偶然，才把房子蓋在彼此能遙望的距離內。除了這條穿越其間的公路，不見其他鋪築的馬路，也沒有人行道，沒有稍大、像樣的建築能容納郵局或市公所，沒有美侖美奐、招搖惹眼的商店街區，沒有戰爭紀念碑、沒有飲水臺，沒有花團錦簇的小公園。偶爾會見到旅店，但看上去僅僅像酒吧似的，偶爾也會見到現代的學校和醫院，是夠像樣，但仍然低矮簡樸得像小棚屋。

從某一刻，特別是登上第二艘渡輪時，她開始質疑這整件事，感覺胃都翻攪起來。

我常想起妳

我常想到妳

這些不過是說來安慰人的話，或是隱約帶著想綁住人的欲望。

但鯨魚灣總該有旅館，或至少有幾間木屋民宿，她就去吧。她已經先將大行李留在學校，待回程時拿，這時她只在肩上扛了個旅行袋，不會引人注目的。她就待一晚，或許打通電話給他。

但要說些什麼呢？

就說她順道經過，她是去找朋友，找瓦妮塔，她是學校同事，有間避暑的房子，在哪呢？瓦妮塔有棟小木屋在森林裡，她是個勇敢、熱愛戶外的女性（與現實中的瓦妮塔天差地別，瓦妮塔其實幾乎總是穿著高跟鞋），而且那木屋原來就在鯨魚灣南邊不遠處，去木屋找完了瓦妮塔，茱麗葉便想——她便想，既然都到這附近了，她想她不如就……

岩石，樹木，湖海，冰雪，這些景物不斷排列重組，組成了六個月前的景象。當時是聖誕和新年之間的一個早晨，在火車窗外，沿途岩石十分碩大，有些突出，有些平滑如大圓石，有的深灰，有的黝黑。樹木多是常綠的樹，松樹、雲杉或雪松。那些雲杉——是黑雲杉，樹頂生著像是多長出來的小樹，縮小版的。不是常綠的樹則都嶙峋光禿，約莫是些白楊、美洲落葉松或赤楊，有的樹幹斑駁。雪在岩石頂上積成厚厚一層，也抹上了樹木的向風面，大大小小的結凍湖面也覆著柔軟的雪。只有偶然在快速流動、黝黑狹窄的小溪裡，能見到未結冰的水。

茱麗葉腿上攤著一本書，但她沒在讀，她盯著窗外飛掠的景色，目不轉睛。她獨自坐在雙人座位，對面也是空著的雙人座，這就是她夜鋪的空間。此時這臥鋪車廂的列車員正忙著拆掉夜間的配置，而有些地方的墨綠色拉鍊遮罩仍垂掛到地上，空氣中帶著那布料的氣味，像帳篷布，或許還混雜著一點睡衣和廁所的味道，而只要有人打開車廂任一頭的門，新鮮的冬日空氣便直灌進來。最後一批人去吃早餐了，也有些吃完回來的人。

雪地裡有足跡，小動物的足跡，成串如珠鏈，一圈圈的，逐漸隱沒。

茱麗葉二十一歲，已經取得古典文學的學士和碩士學位，正在寫博士論文，不過她抽出一段時間，要到溫哥華的一間私立女校教拉丁文。她沒受過教書的訓練，但那所學校在學期中突然缺了一位老師，因此願意聘她，或許只有她回應徵才廣告吧。薪水很低，有資格的教師都不太可能接受，但茱麗葉能賺到錢就很開心了，畢竟她多年來只領微薄的獎學金。

她是個高䠷的女孩子，皮膚白皙，骨架纖細，頂著一頭即使噴了髮膠也蓬鬆不起來的淺棕頭髮。她看上去有那種機警的女學生模樣，頭抬得高高的，下巴精緻圓潤，大嘴薄唇，鼻子塌，眼睛明亮，額頭經常因費勁或憂慮而發紅。她的教授都對她很滿意，他們對於這年頭還有人肯學古代語言都心存感激，而且還是這樣有天分的人——但他們同時也憂慮。問題就在於她是個女孩。假使她結婚——她是可能結婚的，以領獎學金的女學生的標準而言她不算難看；她長得一點也不難看；而一旦結婚，她和他們下過的苦功就都白費了。而如果她沒嫁人，她可能會變得乏味孤僻，升職贏不過男人（男人比較需要升職，因為得養家），那樣她便沒辦法辯護自己為何選擇這冷僻的古典文學，沒法接受大家認為古典文學不切實際或枯燥乏味的事實，沒法像男人一樣將這些拋到腦後。冷僻的選擇對男人而言就是比較容易，他們多半能找到願意嫁他們的女人，但倒過來情況就不同了。

因此那學校讓她去教書時，教授們都鼓勵她去。恭喜妳，去外頭世界看一看吧，體驗一點現實生活。

茱麗葉對這類建議已經習以為常，只是這些男人看起來或聽起來似乎也不太想走進現實生活，卻同樣說出這些話，令她頗失望。在她成長的小鎮，她這樣的天資經常被跟瘸腳或多隻拇指歸到同一類，大家會很快指出她的聰明所伴隨的缺點——她不會用縫紉機啦，沒法打個漂亮的包裹啦，或襯裙露出來都不自知啦。她會成為一個怎麼樣的人始終是個問題。

甚至以她為榮的父母也想過這樣的問題。她母親希望她受人歡迎，因此敦促她學溜冰和彈鋼琴，她兩樣都學得不怎麼情願，也學得不怎麼好。她父親則只希望她融入人群。他告訴她，妳要融入一點，不然別人會使妳像活在地獄裡一樣。（他忽略了一件事，那就是他自己，以及茱麗葉的母親更是，他倆同樣不怎麼融入人群，但過得也不太糟，或許他認為茱麗葉不會有一樣的好運吧。）

我很融入啊，她搬出去讀大學後，曾有一次這麼回道，我在古典文學系很融入啊，一點問題也沒有。

但這會兒又來了相同的訊息，還來自那些似乎對她重視又歡喜的老師們，他們友善愉快的樣子底下是隱藏不了的憂慮，他們說，去外頭世界看一看吧，彷彿在此之前她都沒活在這世界上。

儘管如此，在火車上，她仍很快樂。

是泰卡[1]，她心想。她不確定眼前看到的是不是泰卡。某種程度上，她可能將自己想像成俄國小說中的年輕女子，正進入一片陌生、駭人而令人興奮的地貌，夜裡會有狼群嗥叫，而她將在此遭遇命運。這命運（在俄羅斯小說中）很可能淪於沉悶，或悽慘，或兩者皆是，但她不在意。

而且無論如何，個人命運不是重點，吸引她的，應該說使她著魔的，是這前寒武紀地表的不規則狀所呈現的那種漠然，那種重複，那種隨意，那種蔑視和諧的姿態。

一道陰影進入她眼角餘光，接著映入眼簾的是一條腿，穿著長褲。

「這位子有人坐嗎？」

當然沒有，她還能怎麼回答？

流蘇平底便鞋，土黃便褲，土黃和棕色相間的格子外套，栗色細線的深藍襯衫，藍金斑點的栗色領帶，除了腳上的鞋，其餘全是新的，但看上去稍嫌大，彷彿購買後那穿著的身體縮水了。

這是個約莫五十來歲的男人，淺金棕的頭髮一綹綹貼在頭皮上（那頭髮不可能是染的吧，誰

1 Taiga，源自俄語，在加拿大意指最北方的寒帶針葉林。

會染那麼稀疏的頭髮？）他的眉毛稍深，顏色帶紅，眉型尖聳，毛茸茸的，而臉上的皮膚頗凹凸不平，厚厚一層，像酸奶的表皮。

他的模樣醜嗎？是，當然，他是醜，但在茱麗葉看來，許許多多他那年紀的男人都是那樣，事後回想，她不會說這男人長得特別醜。

他揚起眉毛，那雙彷彿隨時會流出淚來的淺色眼睛睜大，彷彿想發射友好歡樂的情緒。他在她對面坐下，開口說：「外頭沒什麼可看的。」

「對。」她垂下視線，看著她的書。

「啊。」他又說，彷彿話題已經有了愉快的開場。「那妳要去哪裡？」

「溫哥華。」

「我也是，穿越了整個加拿大，既然來了這趟就好好看看，對吧？」

「嗯。」

但他兀自說下去。

「妳也在多倫多上車嗎？」

「對。」

「我住那裡，多倫多，我一輩子都住在那裡。妳家也在那裡嗎？」

「不是。」茱麗葉說著，又低頭看書，努力拖長這陣沉默，但她實在撐不下去，或許出於教養，出於難為情，天曉得，或許出於同情，總之她終是托出了她家鄉的名字，又說了那個鎮與幾個稍大城鎮的距離，以及與休倫湖和喬治亞灣的相對位置，讓他明白方位。

「我有個親戚住科林伍德，很棒的鄉下，就在那附近，我去那裡找過她和她家人，去過幾次。妳自己一個人長途旅行嗎？跟我一樣嗎？」

他一手不斷揮打自己的另一隻手。

「對。」夠了，她想，夠了。

「這是我頭一次出遠門，好一趟旅程呢，自己出門。」

茱麗葉沒接話。

「我剛看到妳一個人在看書，我就想，可能她也是自己一個人，要搭很久的車，說不定我們可以作個伴之類的？」

聽到「作個伴」，茱麗葉感到一陣涼，胸中一陣翻攪。她聽出了他不是在向她搭訕。有時有那種令她洩氣的情況，就是一些笨拙、寂寞、缺乏吸引力的男人會毫不掩飾地接近她，暗示她跟他們應該同是天涯淪落人，然而眼前這男人不同，他想找的是朋友，不是女朋友，他想要的是**作個伴**。

茱麗葉知道在很多人看來，她或許古怪、獨來獨往——也因此某方面來說她確實是，然而這輩子她身邊也常有一些需索她注意力、時間和靈魂的人，她也常順著他們的意。

要來者不拒，要殷勤友善（特別是如果妳不怎麼**受歡迎**的話）——這便是住小鎮和女生宿舍會學到的事。任誰想向妳需索，即便他們對真實的妳一無所知，妳都得張開雙臂。

她直直望著男人的眼睛，不帶笑容。他察覺她的決心，臉上不禁驚慌抽搐。

「妳那本書很好看啊？講什麼的？」

她不會告訴他這書是關於古希臘，以及古希臘人對非理性的信奉。她去那女校不會教希臘文，但會上一堂叫「古希臘思想」的課，因此她正重讀多斯[2]的書，溫習一下。她說：「我想看書了，我想去觀景車廂。」

說完她便起身走開，心想她不該說自己要去哪。他搞不好會起身跟著她，向她道歉，又想出另一套說法；再說觀景車廂一定很冷，她真該帶上毛衣的，現在不可能回去拿了。

觀景車廂在火車末端，這裡能見到的全景倒不比她從臥鋪車廂的窗戶看到的景色好，現在她的視線前面總擋著火車本身。

或許問題在於她太冷了，跟她預料的一樣，而且又心煩。但她並不後悔，再多待片刻，恐怕她就要被迫握他那溼黏的手了——她覺得他的手想必溼溼黏黏，不然就是乾燥脫屑。接著一定得向彼此介紹自己的名字，那她就脫不了身了。這是她生平第一次在這種事情上取得勝利，而對手是個再可憐、再悲傷不過的人。她現在耳邊還有他的聲音，他斟酌地說出那句「作個伴」。既抱歉，又無禮，抱歉是他的習慣，無禮則是由於某種希望或決心突破了他原本的孤單和飢渴。

她那是不得不的反應，但做起來並不容易，一點也不，事實上，對抗一個那樣狀態的人，當然更顯成就，比對抗一個油腔滑調、自信滿滿的人還了不起。然而她心裡著實不好受了一陣子。

觀景車廂裡只坐了另外兩個人，兩個年長的婦人，都獨坐著。當茱麗葉看見一匹很大的狼穿越一座小湖白皚皚的冰封湖面時，她知道她們一定也都看見了，但沒人打破沉默，這使她很高興。狼絲毫沒注意這列火車，沒有遲疑或加快的樣子。牠的毛很長，銀中帶白，牠是否認為在那身毛皮下，沒人能看見牠呢？

她看著那匹狼的時候，另一位乘客來了，是個男人，在她旁邊的位子坐下，隔著走道。他手上也拿著一本書。接著來了一對老夫婦，太太個頭小，模樣精神奕奕；先生則碩大笨拙，發出無禮的沉重呼吸聲。

「這裡好冷。」他倆坐好後，那丈夫說。

「要我去幫你拿外套嗎？」

「不用麻煩。」

「不會麻煩啊。」

「不用，沒關係。」

過一會兒，那妻子說：「這裡視野很好耶。」丈夫沒接話，她又試著說下去。「四面八方都看得到。」

「有什麼好看的。」

---

2 E. R. Dodds，英國古典學者，著有《希臘與非理性》（*The Greeks and the Irrational*）一書。

「等下過了山你再看，景色會很好。你覺得早餐好吃嗎？」

「蛋很生。」

「我知道。」婦人同情地說：「我就想，我應該衝進廚房自己煎的。」

「是廚艙，他們叫廚艙。」

「我以為在船上的才叫廚艙。」

茱麗葉和隔壁男人同時把目光從書上抬起來，恰巧相視，兩人都一臉鎮靜，沒露出什麼表情，而就在這一、兩秒，火車減速，停了下來，他倆便移開了視線。

此地是森林裡的一小處聚落，火車一側是漆成暗紅色的車站，另一側有幾棟房子，也漆成相同顏色，該是住家或宿舍，鐵路員工住的。廣播宣布火車將停駛十分鐘。

車站月臺的積雪都清除了，茱麗葉望向前方，看到一些人下車晃晃，她也想，但她沒帶外套。

走道旁的那男人站起身，走下臺階，沒往四周打量半眼。下面某個車門開了，冷空氣直竄進來。那位老先生開口問，車停在這裡做什麼，這裡是哪裡呀。他太太便走到車廂前面，想看站名，但沒看到。

茱麗葉正讀到酒神女信徒的脫序行為。根據多斯的說法，這些儀式發生在仲冬夜晚，那些女人會爬到帕納塞斯山頂，而一旦她們給暴風雪困住，就得派出搜救隊，這些欲成為酒神信徒的女人在狂亂的情緒中接受了救援，人給帶下山時，衣服都凍僵如木板。茱麗葉看來，這行為頗有當代風格，這些女祭司不光彩的事能以現代觀點理解。那些學生會這麼看嗎？不大可能，她們大概會提防自己有任何興趣或投入，學生就是這樣，就算有些學生不防備，也不會願意表現出來。

廣播請乘客上車了，新鮮空氣給切斷，列車開始頗不情願地轉軌。茱麗葉抬起眼睛，看到前方的火車引擎消失在拐彎處。

接著突然一個晃動，或是一顫，那震顫似乎傳遍整列火車，坐在這上面都能感覺車廂搖晃。列車急煞。

所有人都坐著等火車重新啟動，沒人說話，就連那個愛發牢騷的丈夫都沒開口。幾分鐘過了，車門開開關關，幾個男人叫喊，一股驚嚇躁動的氣氛漫開。而在觀景車廂正下方的頭等車廂裡，傳來權威人士說話的聲音——或許是列車長，但聽不清他說了什麼。

茱麗葉起身，走到車廂前，望向前方所有車廂的車頂。她看見幾個人在雪地裡奔跑的身影。

那兩位獨坐的婦人其中一位走過來，站到她旁邊。

「我剛剛就有一種好像要出事的感覺，剛在後面，車還沒開的時候我就覺得了，我不希望車發動，因為我覺得好像要出什麼事了。」婦人說。

另一位婦人也走過來，站在她倆背後。

「沒事吧，應該是軌道上掉了樹枝之類的。」她說。

「有個東西會走在火車前面啊，會清掉軌道上的樹枝那些東西。」第一位婦人說。

「說不定是剛掉下去的樹枝。」

這兩個婦人說起話來帶著相同的北英格蘭口音，也沒有陌生人或點頭之交的禮貌。茱麗葉這會兒端詳了她們，才看出她倆大概是姊妹，其中一個的臉年輕些，寬闊些。所以她們是一起搭車，但分開坐，或者是剛吵了架吧。

列車長正爬上通往觀景車廂的階梯，他爬到一半，轉身說話。

「大家不用擔心，沒什麼嚴重的事，應該是撞到鐵軌上的障礙物，抱歉耽擱了，我們會盡快恢復行駛，不過可能還要停一陣子。服務員跟我說幾分鐘後會送免費的咖啡來。」

茱麗葉跟在列車長後面走下樓梯。她剛剛一站起身，便意識到自己有個問題，使她不得不回到座位和行李那裡，不管她剛剛冷落的那男人還在不在。她穿過一個個車廂，沿途遇到一些走動的乘客，還有些人貼在火車一側的窗戶上，也有些人停在車廂的連接通道，似乎期待車門打開。茱麗葉沒時間去打聽，但她輕巧往前鑽的時候，聽到有人說可能是熊，或是麋鹿，或是牛，大家說著牛跑到這堆灌木裡做什麼呢，或說熊這時怎麼沒在冬眠，也有人說會不會是哪個人喝醉酒，在鐵軌上睡著了。

在餐車裡，大家都坐在桌前，白桌巾已經撤下，大夥兒正喝著免費的咖啡。

茱麗葉的位子空無一人，對面的座位也是。她拿了行李，急急往女廁走去。每月例行的流血為她的人生帶來諸多麻煩，偶爾甚至妨礙她考三小時的重要考試，因為沒辦法中途離場去進行補強工程。

她臉上潮紅，腹部絞痛，微微暈眩噁心，她往馬桶一坐，拿下吸飽的衛生棉，捲在衛生紙裡，扔進廁所設置的容器，然後站起身，把從行李中拿出的新棉片貼好。她看到馬桶裡的尿水給她的血染得殷紅，手按在沖水鈕上，這才注意到眼前有個告示，說火車未行駛時不得沖水，這當然指的是火車靠近車站的時候，東西會排到大家看得到的地方，令人不舒服，但在這裡，她就冒個險吧。

但她準備按下沖水鈕時，聽見附近有人聲，不在車內，是在廁所的毛玻璃窗戶外。或許是火車員工經過吧。

她可以待到火車重新發動，但不知道要多久。而且如果有人急著要上廁所怎麼辦？她決定她只得把馬桶蓋上，走出廁所。

她回到自己的座位。隔著走道，一個四、五歲的孩子正拿蠟筆在著色本上使勁畫，而他母親跟茱麗葉說起免費咖啡的事。

「咖啡免費，可是好像要自己去拿。我去拿咖啡，妳可以幫我看著他嗎？」她說。

「我不想跟她在一起。」那孩子說著，連眼睛都沒抬起來。

「我去拿吧。」茱麗葉說。但就在這時，一位服務員推著咖啡推車進了車廂。

「來了，我不該急著抱怨。妳有聽說那是一具屍——體嗎？」那母親說。

茱麗葉搖搖頭。

「他連外套都沒穿。有人看到他下車，往前面走，但他們不知道他要做什麼事，他一定是在拐彎那裡，駕駛看不到，看到的時候已經來不及了。」

前面隔幾排座位的地方，在婦人那側，一位男士說：「他們走回來了。」茱麗葉這側有幾個人站起來，俯身去看。那孩子也站起來，把臉貼在窗玻璃上，他母親要他坐好。

「你著你的色，你看你畫得亂七八糟，都超出線了。」

「我不敢看，我不敢看那種畫面。」她又對茱麗葉說。

茱麗葉站起身，往前看，看到幾個男人踏著重重的步伐走回車站，有的已經脫下外套，堆在其中兩個人扛的擔架上。

「什麼都看不到。」在茱麗葉背後，一個男人對一個沒站起來的女人說：「他們把他蓋起來了。」

那些低著頭行進的男人並非全是鐵路員工。茱麗葉認出那個在觀景車廂裡坐她旁邊的男人。

約莫十到十五分鐘後，火車發動了，在拐彎處沒見到血，車廂兩側都見不到，但有一塊踩過的區域，一座鏟出來的雪堆。背後的男人又站起身，他說：「那裡應該就是出事的地方吧。」他稍加端詳，看能不能看到其他東西，然後就轉回去，坐回位子上。

火車沒有加速彌補拖延的時間，車速似乎還更慢了，或許出於哀悼，或是擔憂前方在下個拐彎處還會出現什麼。服務員領班走過車廂，宣布第一輪午餐開始，那對母子隨即起身，跟在他後面走了。大家開始排隊，茱麗葉聽到一個經過的女人說了一句：「真的嗎？」跟她說話的另個女人輕聲說：「她說的啊，說裡面都是血，一定是火車碾過時濺進去的。」

「別說了。」

一會兒後，隊伍散了，第一批人開始用餐，剛才那男人——觀景車廂裡的男人，在外面雪地裡走的那位，他走了過來。

茱麗葉站起身，迅速追上去，在車廂連接通道黝黑寒冷的空間，他正推開面前沉重的門時，她開口說：「不好意思，我想請問你一件事。」

空間裡突然噪音四起，是沉重的車輪駛在鐵軌上的哐啷聲響。

「什麼事？」

「你是醫生嗎？你有看到剛才那個男人——」

「我不是醫生，車上沒有醫生，不過我有一些醫學經驗。」

「他幾歲？」

男人望著她，帶著沉著的耐心，和一絲不悅。

「很難說，不年輕。」

「他穿著藍色襯衫嗎？他的頭髮是金棕色嗎？」

男人搖頭，不是在回答她的問題，而是表示拒絕。

「這個人妳認識嗎？如果妳認識，應該告訴列車長。」他說。

「我不認識他。」

「不好意思。」他推開門，走掉了。

當然。他以為她是出於令人作嘔的好奇心吧，就像其他許多人一樣。

裡面都是血。**是**很噁心沒錯，這就是你們想聽到的吧。

她將永遠無法把她的過失告訴任何人，這難堪的笑話，要是說了，任誰都會覺得她萬分冷血無情，而且說的時候，這誤會的一端，也就是那碾爛的自殺遺體，也不會比她的經血汙穢或嚇人多少。

這事永遠別告訴人。（其實後來她還是講了，幾年後，跟個名叫克莉絲妲的女人說的，但此時她倆還不認識。）

然而她很想對人說話。她拿出筆記本，在橫線紙上寫信給父母。

我們還沒到曼尼托巴省界，多數乘客都在抱怨景色單調，但他們不能說這趟車程缺少戲劇性的事件。今早火車在北方森林裡停下，一個鳥不生蛋的小聚落，漆成「沉悶鐵道紅」色。那時我坐在火車後面的觀景車廂，冷得要命，因為他們上面的暖氣開得很小氣（大概是認為明媚風光能讓人忽略不適），我又懶得跋涉回去拿毛衣。我們就在那裡坐了十到十五分鐘，然後重新啟動，我可以看到火車引擎彎過前面的一個彎，突然間，火車猛然一震……

她和父母一直都認真地把有意思的故事帶回家裡，而要說出好故事，不僅需要微調事實，也需要微調自己在這世上的位子，或至少身處學校這個世界中的茱麗葉如此認為，她讓自己蛻變成相當高高在上、不會受到傷害的旁觀者，而如今她離家多年，採取這樣的立場更成了習慣，幾乎是不得不。

但她寫下「猛然一震」時，發覺自己寫不下去了，沒辦法再以她那慣常的語言描述。她試著看窗外，窗外儘管仍是些相同的元素，景致卻大不相同了。才開了不到一百哩，似乎已進入比較溫暖的氣候，湖泊只有邊緣結凍，沒有冰封，黝黑的水，黝黑的岩石，上頭頂著冬天的雲，將天地映得一片黝暗。她看倦了，又拿起多斯的書，隨意翻了一頁，畢竟她先前讀過了。每隔幾頁，就能看見她從前縱情畫線的部分，她不禁去看這些段落，但一看，便發現她曾欣然接受、心滿意足的內容，如今讀起來卻令她費解而不安。

……在生者的偏狹視野中看來是惡魔之舉，在死者開闊的眼界中看來卻是展現天理……

書從她手中滑落，她閉上眼。這會兒她和一些孩童（是學生嗎？）走在湖面上，他們每踏一步，便會踩出個五邊形裂紋，一個個美麗勻稱，冰面成了一大片瓷磚地板似的，孩童們問她這些冰磚叫什麼，她自信滿滿地回答，這是**五步抑揚格**，但他們哄然大笑，這麼一笑，冰裂得更開了。這時她意識到說錯了，知道唯有說出正確的字詞才能挽回頹勢，然而就是想不出。

她醒來，看見男人，那個在車廂連接通道被她尾隨及騷擾的男人，此時坐在她對面。

「妳睡著了。」他說完不禁微微一笑：「很明顯。」

她剛剛是頭往前倒著睡，像個老太婆，嘴角還淌口水，而且她知道她得馬上去女廁，希望裙子沒沾到。她說了聲「不好意思」（就像他剛剛說的），便拿起行李走了，盡量不露出彆扭的倉促模樣。

她回來，洗了，弄乾淨了，補強了。他仍在原位。

他隨即開口，說他想道歉。

「我後來才覺得我那樣對妳很失禮，妳問我的時候——」

「對。」

「妳說對了，他就是妳形容的樣子。」他說。

他的所作所為，與其說是表示善意，似乎更像是一次直接而必要的交易，如果她不想講話，他起身走掉便行，不會特別失望，他已經做了想做的事。

茱麗葉淚水盈眶，她感到很丟臉，眼淚來得猝不及防，她來不及把頭轉開。

「不要緊，不要緊的。」他說。

她匆匆點頭，點了好幾次，慘兮兮地吸著鼻子，拿她好不容易在包裡找到的面紙擤鼻涕。

「沒事。」她說，接著直截了當地告訴他前因後果，說那男人俯身問她座位有沒有人坐，然後坐下，然後她一直看窗外，然後她受不了，便努力或假裝讀書，然後他問她在哪上車，又問出她住哪，然後試圖讓對話進展下去，最後她索性拿了東西走掉。

她唯一沒跟那男人說的，是「作個伴」那句話，她認為她一說，便會再哭出來。

「大家總會去煩女性，比煩男性容易。」他說。

「對，沒錯。」

「大家覺得女人本來就應該比較友善。」

「但他只是想找人說話。」她回答，立場稍稍轉變。「他想跟人說話的程度超過我**不想**跟人說話的程度，我現在才明白。而且我看起來人不壞，不冷酷，但我卻表現得很冷酷。」

一陣停頓。她花了點時間再度控制住鼻子的抽搭和眼睛的淚水。

男人說：「妳以前從沒想要那樣對人嗎？」

「**會**，但我從來沒真的做過，從沒做到那種程度，而我這次為什麼敢——就是因為他看起來很卑微。他還穿著一身新衣服，可能是為這趟旅程買的，他可能很憂鬱，就想來一趟旅行，覺得這是認識人、交朋友的好方法。」

她接著說：「如果他只搭一小段，還可能——可是他說他要到溫哥華，我就會一直被纏著，被纏好幾天。」

「沒錯。」

「真的可能會。」

「沒錯。」

「所以我才這樣。」

「運氣真差。」他說著，微微一笑。「第一次鼓起勇氣給人點顏色瞧瞧，他就臥軌了。」

「那可能只是最後的導火線。」她回答，她現在有點想替自己說話了。「可能是這樣。」
「妳以後小心點就好了吧。」
茱麗葉抬起下巴，眼睛直直望著他。
「你的意思是我誇大了。」
接著一件事發生了，就像她剛剛的眼淚一樣突如其來——她的嘴巴抽動，糟糕的大笑即將衝出。
「我想這樣是有點誇張。」
他說：「是有點。」
「你認為我太小題大作了嗎？」
「這難免。」
「可是你認為這樣錯了。」她說著，控制住笑意。「你認為愧疚只是一種自我放縱嗎？」
「我認為——我認為這是小事，妳的人生還會發生很多——應該會發生很多事情，這件事相較很輕微，會有其他值得讓妳愧疚的事。」他說。
「不過大家總是這樣說，不是嗎？對比較年輕的人？大家會說，啊，你以後就不會這樣想了，等著瞧吧，好像年輕的人沒權利有認真的感覺似的，好像他們沒辦法似的。」
「感覺，我剛說的是經驗。」他說。
「但你剛剛的意思就是愧疚無濟於事，大家都這麼說，是這樣嗎？」

「妳說呢？」

他們繼續這樣聊了頗長一段時間，壓低著嗓音，但很激昂，路過的人有時露出嚇著或不快的神情，人們聽到過分抽象的辯論時常有這樣的反應。過一會兒，茱麗葉意識到，雖然她正在爭辯無論在公眾生活或個人生活中，一點愧疚感都是必須的，而且她自認辯得相當好，但她此時卻不再愧疚了，甚至可以說她現在很快活。

他提議兩人到頭等車廂，喝杯咖啡。一到那裡，茱麗葉便發覺自己其實很餓，而午餐時間已經結束很久了。那車廂只能買到蝴蝶餅和花生，她狼吞虎嚥的，使得稍早有些劍拔弩張的對話已經沒法繼續。於是兩人聊起自己。他名叫艾瑞克．波提厄斯，家住一個叫鯨魚灣的地方，在溫哥華北邊，在西岸，但他沒要直接回去，他會在雷吉納停留，看他很久沒見的人。他是捕魚的，抓明蝦。她問起他的醫學經驗。他說：「噢，也沒有很多經驗，我做過一點醫學研究，人在野外或海上，什麼事都可能發生，發生在一起工作的人身上，或是自己身上。」

他結婚了，太太名叫安妮。

八年前，他說，安妮在一場車禍中受傷，陷入昏迷好幾週，後來她醒了，依然癱瘓，不能走路，甚至沒辦法自己吃飯。她似乎能認得他，也能認得照顧她的女人——多虧有個女人幫他，他才能讓妻子住在家裡。安妮試過開口說話，以及理解周遭發生的事，但很快便意志消沉。

事發那天，他倆去一場派對，她不太想去，是他想，後來她在派對上不開心，便決定自己走路回家。

是一群喝醉酒的人，參加完另一場派對，把車子開出馬路撞倒了她。幾個青少年。所幸他和安妮沒生小孩。對，所幸。

「跟別人說這件事，別人會覺得他們得說些話，好可怕，真是悲劇，之類的話。」

「能怪他們嗎？」茱麗葉說，其實她原本正想說差不多的話。

不能啊，他說。只是整件事遠複雜得多。安妮會覺得這是悲劇嗎？或許不會。那他呢？這就是一件會逐漸習慣的事，一種新的生活，就這樣。

茱麗葉這輩子與男性的美好經驗都屬幻想，包括一、兩位電影明星，一齣老《唐・喬凡尼》歌劇錄影裡的迷人男高音——不是那充滿男子氣概、沒血沒淚的主角。另外還有亨利五世，她在莎士比亞的作品裡讀到的描述，以及勞倫斯・奧立佛在電影裡演出的形象。

很荒謬，很可悲，但誰會知道？現實生活中有許多羞辱和失望，她一直努力拋到腦後，愈快愈好。

高中舞會時，她曾被困在一群乏人問津、鬧哄哄的蠢女孩裡頭。大學約會時，她曾感到無聊卻仍冒失地故作活潑，都是些她不怎麼喜歡、人家也不怎麼喜歡她的男孩子。去年，她指導教授的外甥來作客，她跟他出去，結果深夜在威利斯公園的地上給——不算是被強暴，她自己也是決心要做的。

回家途中，對方解釋她不是他喜歡的型，而她當時感覺太羞辱了，沒能回嘴，甚至沒能意識到，他其實也不是她喜歡的型。

她從未對一個活生生的男性有幻想，更別說是她那些教授了，現實生活中的老男人在她看來似乎不怎麼討人喜歡。

這男人年紀多大呢？他已經結婚至少八年——可能要再加個兩、三年，因此他或許三十五、六歲。他的頭髮黑而鬈，兩側微灰，寬闊的額頭歷經風霜，肩膀壯碩，微微向前駝，而個頭不比她高多少，兩眼分得很開，深色的眼眸，眼神熱切但又機警，下巴圓圓的，是酒窩顎，給人好鬥的感覺。

她跟他說她的工作，那學校的名字，托倫斯學院，（「妳要不要打賭這學校的綽號一定叫『拖人死』學院？」）她說她不是正式教師，但他們很高興能找到在大學主修古希臘文和拉丁文的人，這年頭幾乎沒人主修這些東西了。

「那妳為什麼學這些？」

「喔，想跟別人不一樣吧，我猜。」

然後她向他說了她一直知道不該告訴任何男人或男孩的事，因為這件事會讓對方立刻失去興趣。

「而且因為我很喜歡這些東西，很愛，真的很喜歡。」

他倆共進晚餐，兩人都喝了杯酒。然後他們爬上觀景車廂，坐在一片漆黑之中，就只有他們兩個人。這回茱麗葉帶了毛衣。

「大家一定覺得晚上這裡沒什麼好看，但妳看看晴朗的夜晚可以看到多少星星。」他說。

這夜確實晴朗。沒有月亮——至少還看不見，而繁星叢叢，明暗有致。他像所有在船上生活和工作的人，對天圖瞭若指掌；她只認得出北斗七星。

「妳從這裡開始，先找把手對面最邊緣的那兩顆星，找到了嗎？把那兩顆星連成一條線，沿著線看過去，就會找到北極星。」他像這樣教她。

他替她找到獵戶座，他說這是北半球冬天最主要的星座，還找了天狼星，就是大犬座的一顆星，是當時整個北半球天空中最明亮的星。

茱麗葉喜歡被他教導，但也很喜歡輪到她教他的時候；他知道星星的名字，但不知道歷史。她告訴他，獵戶座所代表的奧利安，眼睛被國王俄諾庇翁弄瞎，但後來靠著直視太陽，恢復了視力。

「他是因為太俊美才被弄瞎[3]，但赫菲斯托斯救了他，不過後來他還是被月亮女神阿耳特彌斯殺了，變成了獵戶座，通常很重要的人物遭遇不幸的時候，就會變成一個星座。仙后座在哪裡？」

他指給她看一個不怎麼明顯的W形。

「仙后座是一個女人坐著的樣子。」

「她被變成星座也是因為美麗。」她說。

「美麗是危險的東西嗎？」

「當然囉。她嫁給衣索比亞國王，是仙女座那個安朵美達的母親，她誇耀自己的美貌，所以被懲罰，流放到天上。那有仙女座吧？」

「仙女座是一個星系，今天晚上妳應該看得到，仙女座星系是肉眼能看到最遠的東西。」即便在指引她時，指引她往天空中哪裡看的時候，他也從未碰到她。當然，他是有婦之夫。

「安朵美達是怎樣的人？」他問她。

「她被用鐵鍊綁在一顆石頭上，但帕耳修斯救了她。」

* * *

鯨魚灣。

長長的碼頭，幾艘大船，一間加油站兼商店，窗上招牌標著這地方也兼巴士站和郵局。

一輛汽車在商店旁停下，車窗裡有個自製的計程車牌。茱麗葉下了巴士後一直站在原地，巴士駛離，計程車按了喇叭，司機下車朝她走來。

「妳一個人啊。」他開口：「妳要去哪？」

3 奧利安喝醉了、攻擊國王俄諾庇翁的女兒，眼睛因而被弄瞎。

她問，這裡有沒有觀光客能住的地方，因為這裡顯然不會有旅館。

「我不曉得今年有沒有人出租房間，我可以進去問。妳在這裡沒有認識的人嗎？」

她只得說出艾瑞克的名字。

「喔。」他像是鬆了口氣：「上車吧，坐車很快就到了，但很可惜，妳差不多錯過守靈了。」

起先她以為他說的是手鈴，是某種樂器表演嗎？

「很難過啊。」司機說著，人已經坐到方向盤前。「不過她也好不起來了。」

所以是守靈。是他太太，是安妮。

「不要緊，我看還會有一些人待著。當然，妳錯過喪禮了，是昨天，很盛大，妳昨天沒辦法來呀？」他說。

茱麗葉回答：「對。」

「我不應該說守靈對吧？守靈是下葬前的儀式，我不知道辦在下葬之後該叫什麼，總不能叫派對吧？我載妳去看那些弔唁的花好嗎？」

往內陸方向，出了公路，在一條崎嶇的泥土路上開了約莫四百公尺後，他們來到「鯨魚灣聯合墓園」，距離柵欄不遠的地方有個塚，整個埋在各色花卉底下，有褪色的真花、鮮豔的假花，上面立了小小的木十字架，寫了名字和日期，捲曲的亮面緞帶吹得墓園草皮到處都是。司機讓她看地上那些胎痕，亂七八糟，都是昨天來了那麼多輛車壓出來的。

「大概有一半的人從沒見過她，但他們都認識艾瑞克，所以想來。大家都認識艾瑞克。」

他們掉頭，往回開，但沒開上公路。茱麗葉想跟司機說她改變心意了，不想去找任何人，她想去商店等回程巴士。她可以說她記錯日期，錯過了喪禮，不好意思，不想登門拜訪。

但她開不了口。而且不管怎樣，司機終究會把她來的事說出去。

車子沿著狹窄蜿蜒的小路行駛，經過幾棟房子，每回經過一戶人家的車道而沒彎進去，她便有獲得暫時得救的感覺。

「唉呀，怪了。」他們終於拐進一個車道，司機說：「大家去哪了？我一個小時前開車經過的時候還有六、七輛車啊，連艾瑞克的卡車都不在了，派對結束了——對不起，我不該這麼說。」

「如果沒人，那我就回去好了。」茱麗葉急切地說。

「喔，有人，不用擔心，愛洛在，她的腳踏車在那裡，妳見過愛洛嗎？妳知道吧，她負責幫忙艾瑞克啊？」司機已經下了車，幫她開門。

茱麗葉一下車，一隻大黃狗便衝上來，跳啊吠的。一個女人從屋子門廊那裡喊。

「呿，走開，汪汪。」司機說著，把車資放進口袋，很快上了車。

「安靜，安靜，汪汪，趴下。牠不會傷害妳。」女人喊道。「牠還是小狗。」

汪汪小歸小，茱麗葉心想，也不一定就不會把人撲倒。而這時又一隻紅棕色的小狗跑過來加入混戰。那女人下了臺階，大喊：「汪汪，木塞，你們乖一點。如果牠們覺得妳害怕，就會追妳追更凶。」

她把**牠**說得像是**踏**。

「我沒害怕。」茱麗葉說，但黃狗用鼻頭用力蹭她的手臂時，她不禁往後跳。

「那就進來吧。你們兩個，閉嘴，不然我要敲你們的頭。妳記錯喪禮日期嗎？」

茱麗葉搖頭，像是表達歉意。她說了自己的名字。

「喔，太可惜了。我叫愛洛。」她倆握手。

愛洛是個高大的女人，寬肩膀，肉多但挺結實，白金色的頭髮披在肩上，說起話來有力而堅決，帶著喉音。似乎是德國、荷蘭或北歐的口音？

「妳來廚房裡坐一下吧，現在一團亂。我弄點咖啡給妳喝。」

廚房很明亮，挑高的斜天花板上開著一道天窗，廚房四處堆滿了杯碗瓢盆。汪汪和木塞溫馴地跟著愛洛走進廚房，埋頭在愛洛放地板上的烤盤裡大快朵頤。

廚房再過去，登上兩階寬闊的臺階，有個沒有日照、洞穴一般的客廳，地板上散落著大大的墊子。

愛洛從餐桌前拉出一張椅子。「妳坐下吧，坐這裡，喝點咖啡，吃點東西。」

「我不用沒關係。」茱麗葉說。

「不，咖啡我剛煮的，我就邊做事邊喝；而且還留下這麼多東西可以吃。」

她在茱麗葉前面放了一塊派，連同咖啡——派是鮮綠色的，上面蓋著的馬林糖已經塌陷。

「萊姆果凍。」她說著，沒有多誇獎。「說不定滿好吃，還是妳要大黃口味？」

茱麗葉說：「沒關係。」

「這裡亂七八糟的。守靈之後我清乾淨，都整理好了，然後是喪禮，現在喪禮結束，我又要再收拾一次。」

她的聲音滿懷委屈。茱麗葉不得不說：「等下我吃完可以幫妳。」

「不用，應該沒辦法啦，這裡的東西我熟。」愛洛說。她做起事來不慌不忙，但知道自己要做什麼，而且做得好（這種女人從不讓別人幫忙，她們能看出妳的斤兩）。她繼續擦著杯盤和餐具，並把抹乾的收進櫃子和抽屜，然後把大大小小的鍋子刮乾淨——包括從兩隻狗那裡拿回來的烤盤，浸到剛放好的肥皂水裡，又擦了餐桌和流理檯面、把洗碗巾像扭雞脖子一樣地擰乾，同時斷斷續續跟茱麗葉說著話。

「妳是安妮的朋友嗎？她以前的朋友嗎？」

「不是。」

「不是，我也覺得妳不是，妳太年輕了。那妳為什麼想來她的喪禮呢？」

「我沒有，我不曉得；我只是順道來拜訪。」她盡量說得好像她是興之所至，彷彿她交遊滿天下，會四處隨意拜訪朋友。

愛洛擦著一只鍋子，特別使勁，帶著反抗的味道，不回答茱麗葉這句話，她讓茱麗葉又等了好幾個鍋子才再度開口。

「妳來找艾瑞克呀，妳找對房子了，艾瑞克就住這裡。」

「妳不住這裡，對吧？」茱麗葉問，彷彿這樣可能轉移話題。

「對，我不住這裡，我住在山坡下，跟我先生。」那夾著口音的**先生**兩字帶著分量，驕傲和責備的分量。

愛洛沒問，逕自替茱麗葉又倒滿咖啡，也替自己加滿，然後拿了一塊派，派底下一層玫瑰色，頂層則是奶油色。

「大黃卡士達，要趕快吃，不然會壞，我沒很想吃，但就還是吃一吃。要不要我幫妳拿一塊？」

「不用，謝謝。」

「好吧，那艾瑞克出門了，他今天晚上不會回來，我想不會，他去克莉絲姐家了。妳認識克莉絲姐嗎？」

茱麗葉緩緩搖頭。

「我們都住在這裡，所以知道每個人的情況，都很清楚，我不曉得妳住的地方怎麼樣，是溫哥華嗎？」（茱麗葉點頭。）「大城市，跟這裡不同。艾瑞克要好好照顧他太太，一定需要別人幫忙，妳懂嗎？像我就是來幫忙的。」

茱麗葉說了一句很不智的話：「但妳沒有領錢嗎？」

「我當然有領錢，但這不只是一份工作。還有女人能給的另一種幫忙，他也需要，妳懂我的意思嗎？不是有老公的女人，我不能接受那種事，不好，那樣會吵架。艾瑞克先是跟山卓，後來她搬走，他又跟克莉絲姐；有一小段時間是山卓和克莉絲姐同時，不過她們兩個是好朋友，所以還好；但山卓有小孩，她想搬去比較大的學校附近。克莉絲妲是藝術家，她用海灘上找到的木頭做東西，那種木頭叫什麼來著？」

「漂流木。」茱麗葉勉強回答。她已經像癱瘓般動彈不得，因著失望，因著羞恥。

「對啦。她拿那些東西去一些地方，讓他們幫她賣，很大的東西，動物啦，鳥啦，但不寫真的——是說不寫真嗎？」

「妳說不寫實嗎？」

「對，對。她沒生小孩，我看她應該不會想搬走。艾瑞克跟妳說過這些嗎？妳想再喝一些咖啡嗎？壺裡還有一點。」

「不用不用，謝謝。沒有，他沒說過。」

「那現在我告訴妳啦。妳喝完的話，我就拿杯子去洗了。」

她繞到冰箱另一側，用鞋子蹭蹭那隻躺在地上的黃狗。

「起來了，懶妞，我們快回家囉。」

「有一班回溫哥華的巴士，八點十分會經過。」她背對著廚房，邊說邊在水槽前忙：「妳可以跟我回家，時間到了我先生再載妳去，妳可以跟我們一起吃飯。我騎腳踏車，我慢慢騎，妳跟著我走，不遠啦。」

那不久後的未來似乎已安排就位，因此茱麗葉沒多想便站起身，四處張望找她的包包。然後她又坐下，但坐在另一張椅子上，以新的角度看廚房似乎使她下定決心。

「我看我就先住這裡吧。」她說。

「住這裡？」

「我沒帶什麼東西，可以自己走去搭巴士。」

「妳要怎麼知道路？有一哩遠耶。」

「不會很遠。」茱麗葉想了想她知不知道路，但她覺得，反正往下坡走就對了吧。

「他不會回來，妳知道吧，今天晚上他不會回來。」愛洛說。

「無所謂。」

愛洛聳肩，動作很大，或許還帶著輕鄙。

「起來了，汪汪，起來。」她轉過頭來說：「木塞會待在這裡，妳想要牠在屋裡還是外面？」

「那就外面好了。」

「那我把牠綁著，牠才不會跟著我，牠可能不想跟陌生人待在一起。」

茱麗葉沒說話。

「我們出去的時候，門就上鎖了，妳懂嗎？如果妳出去，想再進來，就按這個；但如果妳要離開，就不用按，懂了嗎？」

「懂。」

「我們這裡以前都不鎖門的，但現在陌生人太多了。」

他倆看星星時，火車在溫尼伯停了一陣子，他們下車散步，風冷得兩人連呼吸都痛苦，更不可能開口說話。回到車上，他們坐進頭等車廂，他點了白蘭地。

「喝這個我們可以暖暖身子，妳也好睡。」他說。

他沒要睡。他會醒著，在雷吉納下車，約莫天快亮的時候。

他送她回她的車廂，這時大部分臥鋪都已經打開，墨綠色的布簾垂著，令走道更顯狹窄。每節車廂都有個名字，她的車廂叫米拉米契。

「到了。」她低聲說。他倆站在車廂之間的連接通道，他一手已經替她推開門。

「那就在這裡道別了。」他鬆開推門的手，兩人在震動的車上努力站穩，好讓他好好親吻她。吻完後，他沒放開，而是抱著她，撫摸她的背，並開始吻遍她整張臉。

但她掙脫，急切地說：「我還是處女。」

「好，好。」他笑了，親親她的脖子，便放開她，替她推開前面的門。兩人走在走道上，她找到了自己的臥鋪。她背貼著布簾，轉過身，心想他應該會再次吻她或碰她，但他就那樣擦身而過了，彷彿他倆只是偶然相逢。

多蠢，多慘呀。她當然怕，怕他的手摸著摸，向下探，會摸到她衛生棉綁在腰帶上的結[4]。

4 此為當時舊式生理帶的使用方式。

要是她能像一些女孩子用棉條就好了，就不會發生這種事。

而且幹麼說什麼**處女**呢？她當初在威利斯公園做到那麼不舒服的地步，不正是為了解除這種阻礙嗎？她一定是在想，若是他想進一步，她該怎麼跟他說——她是絕不能說她月經來了。但話說回來，他怎麼能有那樣的想法？要怎麼做？在哪裡？在她的臥鋪嗎？空間那麼窄，而且周圍的乘客可能還醒著；或是在那不穩的連接通道上站著，貼著門，前後地搖嗎？隨時可能有人來開門的。

所以現在他就能跟人說了，說他花了整晚聽個傻女孩炫耀她的古希臘神話知識，而最後他準備擺脫她、給她個晚安吻時，她還開始嚷嚷她是處女呢。

他不像會做那種事、說那種話的男人，但她不禁要想像。

她躺了大半個晚上都醒著，但火車在雷吉納停車時，她已經入睡了。

* * *

這會兒剩茱麗葉一個人，她能在房子裡四處看看，但她沒那麼做。至少過了二十分鐘，她才擺脫了愛洛的存在。並不是她怕愛洛會回來看她在幹麼，或回來拿忘記拿的東西。愛洛不是那種會忘東西的人，即便過了這辛苦的一天也一樣。而如果她怕茱麗葉手腳不乾淨，早就趕她走了。然而愛洛是那種會在一個空間中展現所有權的女人，特別是廚房。茱麗葉目光所及的所有物品都訴說著愛洛的占領，從窗臺盆栽（是香草植物嗎？）到厚砧板，再到光亮的油地氈，無一不是。

茱麗葉終於成功推開了愛洛，不是完全推出房間之外，或許只是推到那老式冰箱另一側，然後她不得不面對克莉絲妲這事。艾瑞克有女人。當然了。克莉絲妲。茱麗葉腦海中浮現一個更年輕、更有吸引力的愛洛，豐臀，結實的胳臂，長長的金髮不見一絲白，還有寬鬆襯衫底下呼之欲出的乳房；同樣盛氣凌人，多了性感——但少了優雅，以及同樣會喜孜孜地把想到的話在嘴裡咀嚼一番，再冷不防地吐出來。

她又想起另外兩個女人。布里塞伊絲和克律塞伊絲，她們是特洛伊戰爭中阿基里斯和阿伽門農的玩伴女郎，兩人被描述為「美頰」。教授念出那古希臘文的時候（她現在記不得是哪個字了），前額都發著紅光，彷彿在壓抑一陣咯咯傻笑。那一刻，茱麗葉鄙視他。

因此如果克莉絲妲就是這對美女比較粗陋、北方人的版本，她能鄙視艾瑞克嗎？

但如果她現在就走到公路、搭上巴士，她又怎麼會曉得呢？

其實她始終不想搭上回程巴士，她看來就是如此。現在沒有愛洛干擾，她比較能探索自己真正的心意。她終於站起身，又煮了一些咖啡，倒進一只馬克杯，沒用愛洛擺出來的那些杯子。

她太緊張，沒有餓的感覺，但她端詳了廚房檯面上的那些酒瓶，應該是守靈的客人帶的，櫻桃白蘭地，桃子蒸餾酒，提亞瑪麗亞咖啡酒，甜味苦艾酒。這些酒都開了，但不夠受青睞，愛洛排在門邊的那些空酒瓶才是大家認真喝的，琴酒和威士忌，啤酒和葡萄酒。

茱麗葉倒了點堤亞瑪麗亞在咖啡裡，拿著酒，上了臺階，走進寬敞的客廳。

現在是一年當中白晝最長的時節，但斜陽全讓房子周圍的樹遮擋了，有大而濃密的常綠樹，也有紅色枝幹的洋楊梅。廚房有天窗照亮，客廳的窗戶卻只像是牆上的幾道長縫，客廳裡已經開始暗了。這裡的地板表面沒處理，就是一塊一塊的合板，上面鋪著破舊的地毯充數，家具也配得怪異無章法，主要是墊子，地上到處鋪著墊子，還有幾張皮革腳凳，皮革都裂了，以及一大張皮革椅，是向後仰、有地方擱腳的那種，還有一張沙發，上面蓋著一條真正的百衲被，但已然破爛。有一架古老的電視機，還有一座以磚頭和木板搭成的書架——上面沒有書，只有成疊過期的《國家地理雜誌》，以及幾本帆船雜誌和《大眾機械》雜誌。

愛洛顯然還沒能打掃客廳。地毯上有一團團打翻菸灰缸遺留的菸灰痕跡，而且處處是糕餅碎屑。茱麗葉想到她或許可以找找有沒有吸塵器，但又想到，就算能用吸塵器，也可能弄得一團糟，好比那些薄地毯可能捲進機器裡。因此她便坐在那張皮革椅上，杯裡的咖啡減少時就再添點堤亞瑪麗亞。

西岸這裡沒什麼讓她喜歡。樹長得太大又太擠，而且沒有個性，就只是湊成樹林。山太雄偉，簡直不像真的，漂在喬治亞海峽水上的島嶼也如詩如畫過了頭。這棟房子呢，大空間、斜屋頂和表面沒處理的木板，在在顯得簡陋而故作姿態。

那隻狗不時吠叫，但叫得不急，或許是想進來找人陪。不過茱麗葉從沒養過狗——狗在屋裡不像同伴，倒像個目擊證人，只會令她不自在。

或許那狗吠是看見了某隻探險的鹿，或熊，或美洲獅。溫哥華的報上報導過美洲獅襲擊兒童的事——她記得就是在西岸。

所有戶外空間都得跟懷有敵意、掠奪成性的野獸分享，誰會想住在這種地方？

Kallipareos。**美頰**。這會兒她想起來了，這荷馬作品裡的字上了她的鉤，熠熠生輝。此外，她霎時意識到她的所有古希臘字彙，所有彷彿塵封櫃裡將近六個月的東西，因為她沒教古希臘文，便將這些東西先收了起來。

這種事就是這樣。把某樣東西暫時收起來，偶爾打開櫃子拿其他東西時，你會記起來，然後心想：**就快了**。然後這東西逐漸塵封櫃中，櫃前和櫃上都塞滿其他東西，最後你連想都不想了。這曾是你的璀璨珍寶，你忘了它，一時之間沒能多想這份損失，如今這成為你幾乎記不得的東西。

事情總是這樣。

即便你沒把東西收起來，甚至靠它謀生呢？茱麗葉想起女校裡那些年紀稍長的教師，他們多數人根本不在意他們教的科目。拿瓦妮塔來說吧，她選擇西班牙文，只是因為她的名字很有西班牙風情（她是愛爾蘭血統），以及她想把西班牙文練好，旅行的時候可以講。你不能說西班牙文是她的珍寶。

真正擁有珍寶的人很少，非常少，如果你有，千萬得緊緊抱著，別讓人攔截，從你手中奪走了。

堤亞瑪麗亞配著咖啡，開始發揮效果了，茱麗葉感覺輕鬆自在，但又充滿力量，使她覺得其實艾瑞克也沒那麼重要，不過是個調調情的對象。就是調情這個字眼沒錯。跟找安科塞斯調調情的愛神阿佛洛狄忒一樣。她可能哪天早上就走人了。

她起身找洗手間，回來後躺在沙發上，把百衲被蓋在身上——她太睏了，沒注意到被子有木塞的毛和木塞的狗味。

她醒來時已是亮晃晃的早晨，雖然廚房時鐘才指著六點二十分。她頭痛。浴室裡有一瓶阿斯匹靈，她吞了兩顆，然後洗澡，梳頭髮，從袋裡拿出牙刷，刷了牙。接著她又煮了一壺咖啡，配一片自製麵包，連弄熱或塗奶油都懶。她坐在廚房餐桌前，陽光從樹梢灑落，在洋楊梅的光滑樹幹上映出點點銅光。木塞吠叫起來，叫了好一陣子，直到卡車轉進院子才安靜下來。

茱麗葉聽見卡車車門關上，聽見他對狗說話，一陣恐懼頓時襲來，她直想找地方躲起來（事後她說，**我差點沒鑽到桌子底下**，但她當時當然沒想要做那麼荒唐的事）。感覺就像在學校時，在宣布某獎項得獎者的前一刻，只是比那更糟，因為她完全沒有合理的勝算，也因為她人生中再沒有比這更重大的冒險了。

門打開時，她沒法抬頭看，她把雙手放在膝蓋上，十指緊緊交纏。

「妳來了。」他說。他笑了，笑聲透著得意和驚嘆，彷彿看見一樁奇絕、大無畏的放肆行徑。他張開雙臂時，彷彿有一股風呼呼地吹進客廳，使她不禁抬起頭來。

六個月前，她還不知道有這樣一個男子存在；六個月前，那命喪輪下的中年男人還活著，或許正為他那趟旅程挑選行頭。

「妳來了。」

她能從他的聲音聽出來，他在對她展現所有權。她站起身，有些麻木遲鈍。她看出他比記憶中老了些，胖了些，魯莽了些。他迫近，她感覺自己整個人都給翻開來，全身浸潤在如釋重負的感覺裡，被幸福襲擊。多麼令人驚奇。又多麼接近心慌。

後來才知道，艾瑞克其實沒有他裝出的那樣意外。愛洛前一晚打了電話給他，警告他來了個奇怪的女孩子茱麗葉，並說可以替他看看她去搭巴士了沒。他原本覺得可以冒個險，看看她會不會就搭車走了，或許是想測試命運吧，但當愛洛打來說女孩還沒走，他心中湧起的喜悅令他吃驚。不過他仍沒有立刻回來，也沒告訴克莉絲妲，雖然他知道終究得向她坦承，就在不久後。

這一切茱麗葉都是在之後的幾週、幾個月裡一點一滴得知，有些是意外知道，有些是她魯莽問出的。

而她坦承的真相（她已經不是處女）則被認為只是一樁小事。

克莉絲妲一點也不像愛洛，她沒有豐臀，沒有金髮，是個削瘦、深髮色的女人，頭腦機智，有時給人陰鬱的感覺，未來的年歲中，她將成為茱麗葉的好友和支柱——儘管她從未改掉祕而不宣揶揄茱麗葉的習慣，那是隱匿的較勁帶著諷刺在閃現。

不久

兩張側臉相對，一邊是頭純白小母牛，表情特別恬靜溫柔；另一邊是個綠臉男子，不年輕也不老，看起來像個小公務員，或許是郵差——頭上戴著那種制服帽。他雙唇淡白，眼白閃亮，一隻應該是他的手從畫的底邊伸出來，捧著一叢植物，不知是小樹或茂盛樹枝，上頭結著寶石。

畫的頂端有烏雲，雲下是幾棟搖搖欲墜的小房子，和一座頂著玩具十字架的玩具教堂，高踞在圓弧的地表上，而在這弧線下方，有個男人小小的（但又畫得比那些房子大些），邁步走著，一副堅決的模樣，肩上扛著鐮刀，旁邊還有個似乎在等待他的女人，與他大小相仿，但整個人上下顛倒。

畫裡還有其他東西，例如小母牛的臉頰邊有個姑娘在替一頭母牛擠奶。

茱麗葉馬上決定要買這幅複製畫當她父母的聖誕禮物。

「因為這幅畫讓我聯想到我爸媽。」她對克莉絲妲說。克莉絲妲是她朋友，陪她從鯨魚灣到這裡來購物，她倆正在溫哥華美術館的禮品店。

克莉絲妲笑出聲。「綠臉男和母牛嗎？妳爸媽聽了一定很開心。」

克莉絲妲對任何事情一開始都不肯正經，總要先開開玩笑，茱麗葉不在意。此時她懷著身孕，肚裡是即將出世的潘妮洛琵，滿三個月的此時，她突然不害喜了，正因如此，或其他原因，她這陣子異常亢奮，腦裡老想著食物，剛剛她看到館內有餐廳，本來還不想來逛禮品店呢。

她鍾愛這畫中的一切，特別是上方的小人和顫巍巍的房子。那手持鐮刀的男人和顛倒的女人。

她看看畫名。〈我和村莊〉（*I and the Village*）。

有道理，意味深長。

「夏卡爾耶，我喜歡他。畢卡索是個混蛋。」克莉絲妲說。

茱麗葉找到這幅畫正喜不自勝，幾乎沒聽克莉絲妲說話。

「妳聽說畢卡索說過什麼嗎？他說『夏卡爾是給售貨小姐看的』。售貨小姐又怎麼了？夏卡爾當年應該要說，畢卡索是給長相醜怪的人看的。」克莉絲妲說。

「我的意思是，這畫讓我想到我父母的生活，不知道為什麼，但就是讓我想到他們。」茱麗葉說。

她向克莉絲妲說過一些她父母的事——她父親是一位受歡迎的老師，但他們夫妻倆的生活與世隔絕，奇妙卻又不算不快樂，與世隔絕一方面是因為莎拉的心臟有些毛病，但也因為他倆會訂閱周遭人不看的雜誌、收聽周遭人不聽的國家廣播電臺節目，或者是因為莎拉會自製服飾（有時手藝欠佳），而且是按著《時尚》雜誌而不是巴特里克的版型[1]，又或者因為他們仍保有一些青春的味道，不像茱麗葉的同學父母那樣顯出發福和垂頭喪氣的老態。茱麗葉形容父親山姆長得像她——長脖子，微突的下巴，淺棕的鬆軟頭髮；而母親莎拉則是個嬌柔蒼白的金髮女人，一個纖弱、亂糟糟的美人胚子。

潘妮洛琵一歲一個月大時，茱麗葉帶她搭機到多倫多，再轉火車。這年是一九六九年。她下車的小鎮距離她從小成長的小鎮有二十哩，山姆和莎拉仍定居在那裡，但看來火車似乎已經不在那站停靠。

她很失望得在這不熟悉的站下車，沒法看見她記憶中樹木、人行道和房屋立刻重現在她眼前，也沒法很快見到她家——山姆和莎拉的家，寬敞樸素，想必還漆著相同的白漆，起泡而陳舊，在那株特別大的紅花槭後頭。

山姆和莎拉就在眼前，在這她從未見過他倆置身其中的小鎮，微笑著，但顯得焦急，而且看起來少了元氣。

莎拉發出一小聲奇妙的叫喊，彷彿被什麼東西啄了。月臺上有兩、三個人轉頭看她。

1 《時尚》即女性時尚雜誌《Vogue》。巴特里克（Butterick）為一家提供標準化裁縫紙樣的公司。

顯然她只是太興奮了。

「我們一個長一個短，不過還是很配。」她說。

茱麗葉起初不懂她的意思，後來懂了——莎拉穿著一件長及小腿的亞麻黑裙和搭配的外套，外套的領子和袖口是閃亮的萊姆綠布料，上面綴著黑圓點，頭髮上包著相同的綠布做成的頭巾。這身行頭一定是她自己做的，或是請裁縫幫忙做的，配色不襯她的膚色，使她的皮膚看起來像灑了一層細粉筆灰。

茱麗葉穿著一件黑色連身迷你裙。

「我還在想妳會怎麼看我呢，在這大熱天穿一身黑，好像家裡有喪事似的，結果妳穿得跟我真搭配。妳看起來好俐落漂亮，我好喜歡這種短裙子。」莎拉說。

「還有長頭髮，不折不扣的嬉皮喔。」山姆說。他俯身凝望嬰孩的臉。「嗨，潘妮洛琵。」

莎拉說：「像洋娃娃一樣。」

她伸手要抱潘妮洛琵，但那滑出衣袖的雙手骨瘦如柴，根本不可能撐住這樣的重量，而她確實也不需要。小潘妮洛琵剛已經給外婆發出的第一個聲音弄得緊繃，這會兒直接尖叫起來，轉過頭去，把臉埋在茱麗葉頸間。

莎拉大笑說：「我是巫婆嗎？」她的嗓音再次失控，揚成尖銳的高音又落下，引來他人白眼。這倒是新鮮事——或許也不完全是。茱麗葉感覺一直以來母親大笑或說話時總要引人側目，但從前引人注意的是突如其來的歡笑，帶著嬌氣，滿有魅力（不過也不是人人都欣賞，大家會說她總是想引人注意）。

茱麗葉說：「她太累了。」

山姆介紹了站在他們背後的年輕女人。她站得有點遠，彷彿小心不讓人把他們當成是一起的，事實上茱麗葉也沒想到她是跟他們一起。

「茱麗葉，這位是愛琳。愛琳．艾弗里。」

茱麗葉抱著潘妮洛琵和尿布包，很努力伸出一隻手來，但發現愛琳顯然沒打算握手，或者沒注意到她想握手，便改成對愛琳微笑。愛琳沒有微笑回應，靜靜站著，卻給人一種想拔腿就跑的感覺。

「哈囉。」茱麗葉說。

愛琳說：「很高興認識妳。」聲音足以讓人聽見，但面無表情。

「愛琳是我們的好仙女呀。」莎拉說。這終於讓愛琳的表情有些變化，她的臉稍微沉了下來，帶著能察覺的尷尬。

她沒茱麗葉高——茱麗葉滿高的；但她生得寬肩闊臂，有粗壯的手臂和倔強的下巴，黑髮濃密有彈性，在腦後紮成粗短的馬尾，粗黑的眉毛帶著敵意，皮膚是容易曬黑的那種，眼睛看不出是綠或藍，在膚色襯托下，這顏色是令人意想不到的淺，而眼眸深邃，令人難以凝視，另一方面也是因為她微低著頭，又把臉別到一邊，小心翼翼的模樣看起來嚴厲而刻意。

「這位仙女可是幫我們一大堆事。」山姆說，臉上掛著他那大而殷切的笑。「我要告訴全世界她幫了我們多少。」

茱麗葉這時當然想起了，父親在信裡提過，莎拉的精力直直衰退，他們找了人來幫忙，但她以為是比較年長的人；愛琳的年紀看起來絕不比她大。

車子仍是那輛龐蒂克，是山姆約莫十年前買的二手車，原本的藍色烤漆只剩下這裡一道那裡一條的，其餘大多褪成了灰色，底邊也有許多襯裙般的鏽痕，是冬天路上除雪的鹽弄出來的。

「我們的老灰母馬。」莎拉說。從月臺走到這裡路程短短，她卻已經快喘不過氣來。

「她還撐著耶。」茱麗葉以讚嘆的語氣說，因為父母應該期待她這樣。她都忘了他們從前這樣稱呼這輛車，儘管這名字還是她想的。

「噢，老母馬永遠會撐著啊。」愛琳攙莎拉坐進後座，莎拉一坐好就說：「我們也永遠不會放棄她。」

茱麗葉坐進前座，弄著潘妮洛琵，因為她這時又嗚咽起來。車裡熱得驚人，儘管剛剛已經搖下車窗停在車站邊稀落的白楊樹蔭下。

「其實我在考慮——」山姆邊倒車邊說：「我在考慮把這輛車換成卡車。」

「他說說而已。」莎拉尖聲嚷道。

山姆繼續說：「為了做生意啊，卡車好用多了，而且光是車門上弄個名字，開在路上也有一點宣傳效果。」

「他說笑的。我要怎麼坐在一輛寫著『生鮮蔬菜』的車裡？難道我是南瓜或甘藍菜嗎？」莎拉說。

「妳最好安靜點，小姐，不然我們到家的時候妳就沒力了。」山姆說。

山姆在這個縣的公立學校執教近三十個寒暑——在最後這所學校待了十年，他卻突然辭職，決定改行賣菜，而且是全職。多年來他始終耕種著一大塊菜園，並在家旁邊的空地種覆盆子，多的作物也會賣給一些鎮上的人，但現在這顯然變成他的謀生之道，他要賣給雜貨店，說不定最後還想在大門擺個攤。

「你是認真要做嗎？」茱麗葉低聲問。

「當然。」

「你不會懷念教書嗎？」

「鬼才會懷念，我教膩了，膩到骨子裡。」

確實，教了這些年，他沒能在任何一所學校當上校長，茱麗葉認為這應該就是他受夠的原因。他是一位好老師，絕妙的行徑和充沛的活力令每個人難以忘懷，他讓學生的六年級成為人生中截然不同的一年，然而他卻一次又一次被略過，或許也正因著同樣的原因，他的作風或許會被認為是扯權威的後腿，因此可以想像權威人士說他不是那種能掌權的人，留在原位惹的禍會少些。

他喜歡戶外工作，也擅長跟人說話，他賣菜或許能賣得很好。

但莎拉一定不喜歡他去賣菜。

茱麗葉也不喜歡，然而如果真得選邊站，她會站在父親那邊。她可不要給自己扣上愛慕虛榮的帽子。

而且事實是，她認為她和山姆、莎拉，特別是她和山姆——她認為他們比身邊的人都要優越，以他們獨一無二的方式。因此就算他去兜售蔬菜又如何呢？

這會兒山姆低聲、祕密地問了她一句話。

「她的名字是什麼？」

他問的是寶寶。

「潘妮洛琵，我們不會幫她取小名叫潘妮的，就叫潘妮洛琵。」

「不是，我是說——她姓什麼。」

「喔，呃，姓韓德森—波提厄斯吧，或是波提厄斯—韓德森，但這樣可能太拗口，名字叫潘妮洛琵已經夠長了，我們也想過，但還是想取潘妮洛琵。之後得做個決定囉。」

「所以他也讓潘妮洛琵跟他姓。嗯，有意思，我的意思是，這樣不錯啊。」山姆說。

茱麗葉聽到這話，驚訝片刻，隨即恢復過來。

「當然跟他姓，她就是他的孩子啊。」她佯裝不解和莞爾。

「噢對，但考慮到實際的狀況。」

「我忘記什麼實際的狀況了。如果你指的是我們沒結婚，這根本不是什麼需要考慮的事，在我們住的地方，對我們認識的人來說，這根本不是大家會想的事情。」她回道。

「可能吧。那他跟第一任結婚了嗎？」山姆問。

茱麗葉跟父母說過艾瑞克的太太，她出了車禍，死前那八年都由艾瑞克照料。

「安妮嗎？對，呃，我不確定，但應該結了，結了沒錯。」

莎拉朝前座嚷嚷：「我們停下來吃冰淇淋好不好？」

「家裡冰箱有冰淇淋。」山姆嚷回去，然後低聲對茱麗葉補了一句話，令她吃驚：「帶她去哪個地方吃點東西，她都會大鬧一場。」

車窗沒關，溫熱的風吹進車裡。現在是盛夏——西岸從沒有這樣的季節，至少在茱麗葉眼中是這樣。闊葉樹在田野的邊上駝著背，投下一塊塊洞穴似的青黑陰影，樹前方的作物和草坪在豔陽下金綠交映，初長成的小麥、大麥、玉米和豆子生意盎然，亮晃晃的，刺得人眼睛發疼。

莎拉說：「你們的大會在討論救援什麼呀，前座的？有風，我們在後面都聽不到。」

山姆說：「沒什麼，只是問茱麗葉她那口子還是不是在捕魚。」

艾瑞克靠捕蝦為生，做許多年了，他曾讀過醫學院，但沒讀完，因為他私下替人墮胎，幫一位朋友（不是女朋友），墮胎很順利，但消息不知怎地走漏了。茱麗葉當初把這事跟她開明的父母說，或許是想替他建立形象，顯示他不只是漁夫，還是受過教育的人，但其實這事有什麼重要呢？山姆現在自己都賣起菜來了，此外，看來父母也不如她所想像那麼開明。

待售的不只有新鮮蔬菜和莓果，廚房還生產一批批的果醬、罐裝果汁和醬料。茱麗葉回來的第一天上午，這裡就在製作覆盆子果醬，負責的是愛琳，她身上的襯衫都溼了，不知是水氣還是汗，肩胛骨之間的衣料貼著肌膚。她不時瞥瞥電視機，電視機推到了後走廊通往廚房門口的地方，要進廚房還得從旁邊蹭進來。螢幕上是個兒童晨間節目，正在播放《鹿兄鼠弟》卡通，有時卡通演到滑稽處，愛琳便放聲大笑，茱麗葉為了表示友好，也跟著笑一下，但愛琳根本沒留意。流理臺得清出一點空間來，茱麗葉要煮個雞蛋，搗碎當潘妮洛琵的早餐，另外也替自己弄點咖啡和吐司。「這樣空間夠嗎？」愛琳問她，語氣不大確定，彷彿茱麗葉是個外來者，提出了她事先沒料到的要求。

距離近時，能看到愛琳的前臂上長著無數的黑色細毛，臉頰上耳朵前面的地方也有一些。她斜眼瞥著茱麗葉的每一個動作，看她轉那些火爐開關（她一開始記不得哪個開關對應哪個爐火），看她把蛋從單柄鍋裡拿出來並剝殼（殼黏得很緊，只能小塊小塊剝，沒辦法一次剝乾淨整個殼），然後又看著她挑選用來搗碎雞蛋的小碟子。

「那個等下她摔到地上破了怎麼辦。」愛琳說的是茱麗葉選的瓷盤。「妳沒幫她準備專門的塑膠盤嗎？」

「我會在旁邊看著。」茱麗葉說。

原來愛琳也是人母，她有三歲大的兒子和快滿兩歲的女兒，名叫崔佛和崔西，孩子的爸去年夏天在工作的養雞場出意外過世了。愛琳比茱麗葉小三歲，今年二十二。孩子和丈夫的事是茱麗葉問出來的，年紀則是她從愛琳接下來說的話推估的。

茱麗葉聽到意外的事時說「噢，對不起，很遺憾」，並覺得自己那樣探問實在失禮，以及這時表示同情顯得偽善。愛琳回答：「對啊，還剛好趕上我二十一歲生日。」彷彿不幸是能累積起來的，就像一顆顆串在手鍊上的墜飾。

潘妮洛琵勉強吃完蛋之後，茱麗葉把她抱在大腿外側，準備帶她上樓。

爬到一半，她想起忘了洗碟子。

她沒地方把寶寶暫時放下，潘妮洛琵還不會走路，但已經爬得很快，絕不可能放在廚房，短短五分鐘也不可能，那裡有裝著滾水的殺菌器，還有熱果醬和菜刀——要愛琳幫她看著潘妮洛琵太麻煩人家，而今早女娃第一件事就是再次表明她不願意跟外婆好。因此茱麗葉只得抱她到通往閣樓的樓梯，這道樓梯兩側都圍著，下面的門她也先關了，就把潘妮洛琵放在階梯上玩，她則去找小時候用的遊戲圍欄。幸好潘妮洛琵對在樓梯上玩耍十分拿手。

這棟房子有扎扎實實的兩層樓高，房間都是挑高的，但一個個渾像箱子似的——至少茱麗葉現在這麼覺得。屋頂很尖，因此人在閣樓中央還能站直走動，茱麗葉小時候常這樣，就在閣樓裡走來走去，自己說一些讀過的故事，加油添醋一番，還會跳舞，對著一群想像的觀眾，而真正的觀眾其實是一些壞掉或淘汰的家具、舊行李箱、一件重得不得了的水牛皮外套、一座美洲紫燕小屋（山姆很久以前的一群學生送的，從沒吸引過半隻紫燕）、一頂本該由山姆父親從第一次大戰親自帶回家的德國頭盔，以及一幅愛爾蘭女王號在聖勞倫斯河灣沉沒的畫，業餘的筆觸帶著莫名喜感，畫上有許多火柴人朝四面八方飛竄。

而靠在牆邊的，正是那幅〈我和村莊〉，正面朝外，顯然沒有想遮掩的意思，上頭也沒什麼灰塵，應該才擱在這裡沒多久。

她搜索一陣，找到了遊戲圍欄，這是一件漂亮扎實的家具，木底板，柵欄邊。還找到了嬰兒車。她父母留著所有東西，因為他們一直想再生個孩子；她母親至少流產過一次。父母週日早晨在床上的笑鬧，曾讓茱麗葉感覺像家中的某種滋擾，偷偷摸摸，甚至見不得人，使她不愉快。

這嬰兒車能折成坐式的嬰兒推車，茱麗葉已經忘了這種樣式，或者從沒見過。這會兒她已經冒汗，而且弄得一身灰，但她得自己設法調整嬰兒車。她最不擅長這種事，從來沒法立刻弄懂東西該如何組裝，要是平常，她可能把整台車拖到樓下，到菜圃請山姆幫她，可是她想到了愛琳。愛琳那閃爍蒼白的眼，迂迴打量的神情，能幹的雙手和她的戒心——帶著一點稱不上輕視的意味，茱麗葉不知如何形容，就是一種態度，冷漠而毫不妥協，像貓似的。

她終於架好了推車。這推車很笨重，比她習慣的推車大上一半，而且想當然，非常骯髒。此刻她自己也很髒，潘妮洛琵在樓梯上玩，更是髒兮兮，而且她的手邊竟有個茱麗葉剛剛沒注意到的東西——一根釘子。大家從不會注意到這類東西，直到自己有了孩子，而且處於拿到什麼都往嘴裡塞的階段，便得無時無刻留心。

她卻沒留心，這裡的一切都使她分心——高溫、愛琳，以及各種熟悉和陌生的事物。

我和村莊。

「噢，我還希望妳沒發現呢，妳別往心裡去。」莎拉說。

這間日光室是門廊的一部分，如今成了莎拉的臥房，玻璃窗都掛上竹簾，整個小房間籠罩在棕黃的光線和均勻的高溫中，然而莎拉卻穿著毛線粉紅睡衣。昨天在車站，她那眉筆畫的眉毛和覆盆子色的唇膏，加上頭巾和套裝，讓茱麗葉覺得她看起來像年長的法國女人（她也沒真的看過很多年長的法國女人），但此刻，她的綹綹白髮紛飛，幾乎不存在的眉毛底下睜著一對焦慮明亮的眼眸，看起來更像個蒼老的孩子，模樣詭異。她靠著枕頭坐著，被子拉到腰際。今天稍早，茱麗葉陪她走到浴室時，才發現她在這酷暑中竟穿著襪子和拖鞋睡覺。

她床邊放著一把直背椅，這比桌子便於她拿取東西，椅子上有藥錠等藥物、爽身粉、潤膚乳液、一杯喝了一半的奶茶，還有一個玻璃杯，覆著薄薄一層補劑，大概是鐵劑。床上放著雜誌——過期的《時尚》和《淑女家庭》。

「我不介意啊。」茱麗葉說。

「我們之前掛起來過，掛在後走廊，餐廳門旁邊，後來爸爸才把畫拿下來。」

「為什麼？」

「他沒跟我說，他也沒跟我說他要把畫拿下來，有一天，畫突然就不見了。」

「他為什麼想把畫拿下來？」

「噢，就他的某種觀念吧，妳也知道。」

「哪種觀念？」

「噢，我想——妳知道，我想大概跟愛琳有關吧，大概那幅畫讓愛琳不舒服。」

「那畫又沒有什麼裸體，又不是波提切利的畫。」

因為山姆和莎拉的客廳裡就掛著一幅〈維納斯的誕生〉，多年前他們邀其他老師到家裡吃晚餐時，曾經成為眾人緊張談笑的話題。

「對，但是那幅畫很**現代**，我想那讓爸爸覺得不舒服，或者因為讓愛琳看著那畫，會讓他不舒服，他可能怕愛琳覺得——瞧不起我們之類的，妳知道，怕她覺得我們怪，他不想讓愛琳覺得我們是那種人。」

茱麗葉說：「哪種人？會掛那種畫的人嗎？妳的意思是他連她對我們家的**畫**有什麼看法都在意嗎？」

「妳知道爸爸的人呀。」

「他又不怕跟人意見不同，他不就是這樣工作才不順利嗎？」

「什麼？」莎拉說：「噢，是啦，他是不怕，但他有時候很小心，而愛琳，愛琳她——妳爸對她很小心，她對我們很重要啊，這愛琳。」

「他認為愛琳會因為覺得我們的畫奇怪就辭職不幹嗎？」

「寶貝，換成我會把畫留著，妳的什麼東西我都很重視，但爸爸呀……」

茱麗葉沒說話。從她九歲還十歲起，到她約莫十四歲之間，她和莎拉對山姆有一種共識。妳也知道爸爸。

那些年是她倆的女人時光。嘗試在茱麗葉頑固的細頭髮上自己弄家庭燙髮。在裁縫時間打造獨一無二的裝束。山姆在學校加班開會時，母女倆就吃花生醬番茄美乃滋三明治當晚餐。莎拉從前那些男朋友女朋友的故事一遍遍訴說，關於他們的惡作劇、好玩的事——當時莎拉心臟狀況沒太差，也在當老師。還有更久以前的故事：莎拉因風溼熱臥病在床的時候，她有兩個假想朋友，羅洛和麥可馨，他們破解許多謎團、甚至是謀殺案，就像一些童書裡的角色。也講山姆如痴如狂的追求過程，他借來的車所發生的慘劇，以及他假扮成流浪漢出現在莎拉家門前的事。

莎拉和茱麗葉，一起做奶油軟糖，一起在襯裙的孔眼邊上穿緞帶，兩人密不可分。然後突然間，茱麗葉不再想要這些東西了，她轉而想要在深夜的廚房裡跟山姆說話，問他黑洞的事，冰河時期的事，神的事。她開始討厭他們的談話被莎拉那些單純天真的問題破壞，莎拉總愛用這招將話題導回她身上，正因如此，父女得在深夜談話，而且茱麗葉和山姆有心照不宣的共識：等我們擺脫莎拉再說。當然，只是一時的。

這祕而不宣的共識伴隨著另一句提醒。對莎拉好一點。她拚了命才生下妳，這點得謹記在心。

「爸爸不介意跟**在他上面**的人意見不同。」莎拉說著，深呼吸一口氣：「但妳知道他怎麼對那些**在他下面**的人，他會努力讓他們感覺跟他沒什麼不同，他得把自己降到跟他們一樣的高度——」

茱麗葉知道，她當然知道。她知道山姆會怎麼跟加油站的男孩子說話，到五金行時會怎麼說笑。但她沒回話。

「**他就是想巴結他們**。」莎拉的語調驟然一變，轉為顫抖的惡毒語氣，伴隨著微弱的輕聲咯笑。

茱麗葉把嬰兒推車、潘妮洛琵和她自己都整理乾淨，然後出發散步去市區，用的理由是她得去買某牌子的溫和消毒皂，洗尿布用的——用一般的肥皂她女兒會起疹子。但其實她出門有其他原因，令她難以抗拒，卻又難為情。

這是她人生中走了許多年去上學的路。即便她上了大學、返鄉探望，她仍然一樣——就是個去上學讀書的女孩子。她念書念得不煩呀？某次她贏得大學校際拉丁文翻譯獎，就有人這樣問山姆，山姆回答：「恐怕還沒有吧。」這件事是他自己說的，但願他別提什麼得獎的事，這種事留給莎拉吧——儘管莎拉可能會忘記女兒得的是什麼獎。

而此時此刻，她得到了救贖，她像其他年輕女人一樣，推著自己的寶寶，掛心著尿布皂，而且這不只是個寶寶，還是她的愛情結晶，私生的孩子。她有時會這樣說潘妮洛琵，只對艾瑞克說，他總當笑話，她也當成笑話說，因為當然，他倆住在一起，同居好些時間了，也有心一起繼續下去，沒結婚對他而言不重要，至少她看來是如此，她自己也經常忘記這點。但有時，特別像現在，回到了家鄉，正是未婚這件事使她得意地紅光滿面，湧現傻乎乎的幸福感受。

「所以——妳今天進城去了。」山姆說。（他以前就說**進城**嗎？莎拉和茱麗葉都說**上城**。）

「遇到熟人了嗎？」

「我得去藥局一趟，所以我跟查理．李托說到了話。」茱麗葉說。

這會兒父女倆在廚房說話，已是晚上十一點多；茱麗葉打定主意這時來準備潘妮洛琵明天的奶瓶最好。

「小查理[2]嗎？」山姆問。他總是這樣，而她已經忘了他有這習慣——用大家念書時期的綽號叫人家。「他稱讚了小傢伙嗎？」

「當然囉。」

「是，當然。」

山姆坐在餐桌前，喝著黑麥威士忌，抽著菸。看到他喝威士忌倒是新鮮事。因為莎拉的父親是個酒鬼——不是窮愁潦倒的酒鬼，他一直有獸醫的工作，但也把家裡弄得夠可怕，使他的女兒聞酒喪膽——因此山姆以前在家頂多喝罐啤酒，至少就茱麗葉所知是這樣。

茱麗葉去藥局，是因為只有那裡能買到尿布皂，她沒想到會見到查理，儘管那藥局就是他家開的。她最後一次得知他的消息，是聽說他要當工程師，她今天也跟他提起這件事，或許她說得

2 在原文中，「查理．李托」（Charlie Little）姓名顛倒過來即為「小查理」（Little Charlie）。

不太有技巧；但他倒是輕鬆快活地說，最後沒當成囉。他腰圍粗了，頭髮稀薄了，較從前少了些波浪和亮澤。他十分殷勤地跟茱麗葉寒暄，誇她的寶寶也誇她，令她不明所以，他跟她說話的全程，她感覺自己臉上脖子都發燙，微微冒汗。中學時，他不會有時間搭理她——只會禮貌打聲招呼，他總是一派友善、親民。他總跟校內最有魅力的女孩子約會，現在娶的就是其中一位，太太是珍妮．皮歐，他倆生了兩個孩子，一個年紀與潘妮洛琵相仿，一個稍大。他說這就是他沒當成工程師的原因——他如此坦白似乎有些因為茱麗葉本身的處境。

他有辦法逗得潘妮洛琵露出笑容，甚至咯咯笑，並且與茱麗葉以為人父母的立場閒聊；他們現在是同樣地位了，她受寵若驚，同時覺得自己很蠢。但他對她的注意不僅於此——他視線掠過她空無一物的左手，他拿自己的婚姻來說笑，此外還有一點什麼；他暗自鑑定著她，或許現在他眼中她是個擁有大膽兩性生活的女人了，正展現著這種生活的果實。茱麗葉，竟是這茱麗葉，這呆頭鵝，這學者。

「她長得像妳嗎？」查理蹲下身子端詳潘妮洛琵，開口問道。

「比較像她爸。」茱麗葉答得一派輕鬆，但帶著一股驕傲，這會兒她人中已經結了許多汗珠。

「這樣啊？」查理說著，挺起身子，像在說心腹話地說：「但我要告訴妳一件事，我覺得很遺憾呀——」

* * *

茱麗葉告訴山姆：「他說他覺得你發生那種事，很遺憾。」

「是，他這樣說呀？那妳怎麼回？」

「我不知道該說什麼，我不知道他在說什麼，但我不想讓他看出來。」

「唉。」

她也在餐桌前坐下。「我也想喝一杯，但我不想喝威士忌。」

「所以妳現在也喝酒啦？」

「葡萄酒，我們自己釀葡萄酒，鯨魚灣的人都這樣。」

他便跟她說了個笑話，是他從前絕不會對她說的那種。那是一對男女上汽車旅館的笑話，最後一句是：「就像我跟主日學的那些女學生說的——菸酒不沾也能盡興。」

她笑了，但感覺臉上熱燙，像跟查理說話時一樣。

「你為什麼辭掉工作？你是因為我才被解雇嗎？」她開口問。

「拜託。」山姆笑出聲。「不要以為妳這麼重要，我沒被解雇，我不是被炒掉的。」

「好吧，所以是你自己辭掉。」

「是我自己辭掉。」

「你辭職跟我有任何關係嗎？」

「我辭職是因為我他媽受夠了當眾矢之的，我想辭職好幾年了。」

「跟我一點關係也沒有嗎？」

「好吧，我跟人吵了架，有人說了些話。」山姆說。

「什麼話？」

「妳沒必要知道。」

「而且不用擔心。」過了一會兒，他說：「我沒被炒魷魚，他們沒辦法炒掉我，要按規定，事情就像我跟妳說的——我反正想走。」

「可是你不懂，你不**了解**，你不了解這整件事有多**愚蠢**，還有住在這地方有多噁心，大家竟然會說出那種話，而且如果我告訴大家我知道這件事，他們會不敢相信，他們會覺得這簡直像笑話。」茱麗葉說。

「這個嘛，可惜我跟妳媽不住妳住的地方，我們就是住在這裡，妳的男人也覺得這是個笑話嗎？我今天晚上不想再談這些事，我要去睡了，我去看看妳媽，然後就要去睡了。」

「火車——」茱麗葉用不甘休、甚至輕鄙的語氣說：「火車其實還停在這站吧？是你不想要我在這裡下車，**對不對**？」

她父親走出去，沒答話。

鎮上最後幾盞街燈的光線灑在茱麗葉床上。原本的一株大紅花槭已經砍了，山姆改種上一塊大黃。昨晚她拉上了窗簾，以免光照到床上，但今晚她感覺自己需要屋外的空氣，因此把枕頭和潘妮洛琵一起抱到床尾。潘妮洛琵此時睡得像天使一樣，燈光照著她整張小臉。

茱麗葉真希望自己剛剛至少喝點威士忌。她躺著，身子僵硬，心頭沮喪，怒火中燒，在腦中對艾瑞克寫起信來。我不知道自己在這裡做什麼，真不該來的，我等不及想回家了。

家。

＊　＊　＊

天還濛濛亮，她便被吸塵器的噪音吵醒，接著那噪音被一個人聲打斷——是山姆，然後她便又睡著。晚些，她醒來，心想剛那一定是夢吧，否則潘妮洛琵應該會醒，但她沒醒。

今早廚房涼爽了些，不再充滿燉水果的氣味。愛琳正替所有果醬瓶蓋上小小的格紋棉布蓋子，貼上標籤。

「我以為我聽到妳在吸地。」茱麗葉說，盡量表現出愉悅的模樣：「我一定是作夢了，那時候差不多才早上五點。」

愛琳沒有立刻回話，她正在寫一張標籤，心無旁騖，雙唇咬在齒間。

「是妳媽呀，她吵醒妳爸了，妳爸只好起床叫她不要弄。」她寫完後回答。

這聽起來不太可能，昨天一整天，莎拉只有如廁時才下床。

「妳爸告訴我的，妳媽會大半夜醒來，想著要做什麼事，妳爸就得起床叫她不要弄。」愛琳說。

「她一定是精神突然來了。」茱麗葉說。

「對啊。」愛琳準備寫另一張標籤。寫完後，她面對著茱麗葉。

「她就是想吵醒妳爸，吸引他注意，就是這樣。妳爸累死了，還得起床照顧她。」

茱麗葉別過頭去。她不想把潘妮洛琵放下——彷彿孩子在這地方不安全似的。她把女兒放到臀側，同時拿湯匙撈出雞蛋，單手將蛋敲開、剝殼然後壓碎。

餵潘妮洛琵吃蛋時，她不敢開口，怕自己的語調嚇著寶寶，惹她大哭，然而愛琳還是察覺到了某種氛圍。愛琳壓低嗓音，但帶著一點反抗的語氣說：「他們就是會那樣啦，病成那樣，自己沒辦法控制，他們腦子裡只想到自己。」

莎拉的眼睛原本闔著，但突然睜開。「噢，我的親親。」她說著，笑出聲來，彷彿在笑自己。「我的茱麗葉，我的潘妮洛琵。」

潘妮洛琵似乎開始習慣莎拉了，至少她今早不哭了，也沒轉開臉。

莎拉邊說邊伸手拿一本雜誌：「來，妳把她放著，讓她玩這個。」

潘妮洛琵猶疑地端詳片刻，便抓住雜誌的一頁，大撕特撕起來。

「玩吧，小嬰兒都喜歡撕雜誌，我還記得。」莎拉說。

床邊椅子上放著一碗麥糊，幾乎沒碰過的樣子。

「妳沒吃早餐嗎？這不是妳想吃的嗎？」茱麗葉說。

莎拉凝視那碗麥糊，彷彿想認真想，但失敗了。

「我不記得，沒有，那不是我想吃的。」她稍微咯咯笑，笑得倒抽起來。「誰知道？我想到呀，說不定她在裡面下了毒哩。」

她笑完後說：「開玩笑的，可是她很凶狠啊，那愛琳，我們不能小看她呀，那愛琳，妳看到她的手毛嗎？」

「就像貓科動物的毛一樣。」茱麗葉說。

「就像臭鼬的毛一樣。」

「希望毛不會掉進果醬裡。」

「妳不要再——不要再逗我笑啦——」

潘妮洛琵撕著雜誌，無比專心，因此不久後，茱麗葉得以把她留在莎拉的房間，把那碗麥糊端到廚房。她沒作聲，做起甜蛋酒。愛琳進進出出，將一箱箱果醬搬上汽車。在後臺階上，山姆正拿著水管沖掉馬鈴薯的汙泥，馬鈴薯是剛挖出來的。他唱起歌來——起初很小聲，聽不清他唱的歌詞，但愛琳爬上臺階時，他變得大聲了。

「愛琳，晚安，

愛琳，晚安，
晚安，愛琳——晚安，愛琳，
我們夢中見。」

愛琳在廚房裡轉過身去，嚷道：「不要唱那首有我的歌啦。」

「什麼有妳的歌？」山姆問，佯裝出驚訝。「誰在唱有妳的歌呀？」

「你呀，你剛就在唱。」

「喔，那首啊，那首愛琳的歌嗎？妳說那首歌裡面的女孩子嗎？老天爺——我都忘了妳也叫愛琳。」

他又唱起來，但只是輕哼，偷偷哼著。愛琳站在原地聽，臉上飛紅，胸脯起伏，一副再聽到一個字就要猛撲過去的模樣。

「不要再唱到我喔，歌裡面有我的名字，就是跟我有關。」

山姆突然大唱特唱起來。

「上星期六我結婚，
我和老婆安頓下來——」

「你再唱、你再唱——」愛琳大喊，杏眼圓睜，十足激動：「你再唱，我就出去拿那根水管噴你。」

＊＊＊

那天下午，山姆去送果醬，配送到各個下訂單的雜貨店和幾家紀念品店，他邀茱麗葉一起去。他已經先到五金百貨行買了全新的嬰兒汽車座椅，準備讓潘妮洛琵坐。

「我們閣樓裡倒是沒這東西。妳小時候不知道有沒有汽座這種東西，不過沒差，我們那時反正沒車。」他說。

「這汽座好時髦，希望沒花你很多錢。」茱麗葉說。

「小意思。」山姆說著，輕輕把她按進車裡。

此時愛琳在田裡採覆盆子，要做派的。山姆把車子駛離時，嘟嘟按了兩聲喇叭，並揮揮手。愛琳決定回應，舉起一隻手，彷彿揮蒼蠅似的。

「她是個好女孩，如果沒有她，真不曉得我們要怎麼撐過來。不過我感覺她好像對妳滿不客氣啊。」山姆說。

「我根本跟她不太熟。」

「不，她怕死妳囉。」

「才沒有。」茱麗葉試著想些關於愛琳的好話，或至少是比較中立的話，便問了愛琳丈夫在養雞場是出什麼意外死的。

「我不曉得他是那種會犯罪的人，或只是不成熟，總之他跟幾個打算把偷雞當兼差的蠢蛋闖進養雞場，結果當然觸動警鈴。雞農拿了槍出來，不曉得他是不是真的要射他，總之就是對他開槍了——」

「天啊。」

「所以愛琳和她公婆就出庭了，但對方脫身了，當然的。不過這件事對她的打擊一定很大，就算他不是多好的丈夫。」

茱麗葉回答當然了，並問他，愛琳是不是他教過的學生。

「不不，她根本沒念過什麼書，就我看來是這樣。」

他說愛琳的家人住北方，在亨茨維爾附近，沒錯，就那一帶。有一天，他們全家進城去，爸爸、媽媽和孩子，父親告訴她們，他要辦點事，等等再跟她們碰頭，他說了幾點在哪裡碰面，然後她們就口袋空空地走來走去，一直等到那時間，但父親再也沒回來。

「他根本沒打算回來，他拋棄了她們，她們只好靠救濟金過活，去住鄉下的簡陋小房子，開銷比較少。愛琳的姊姊呀，她是家裡的支柱，我想她比她母親做得還多，她是闌尾破裂死的，她們沒辦法送她進城，那時候暴風雪，她們家又沒電話。那時候愛琳就不想回學校念書了，因為以前算是有她姊保護她，否則學校同學都會欺負她們。愛琳現在看起來可能臉皮很厚，但我想她小時候並不是這樣，或許現在也只是偽裝而已。」

現在呢，山姆說，現在愛琳的媽媽就照顧她的兒子和女兒，但妳猜怎麼著，事隔多年，愛琳她爸竟然回來了，想挽回她媽，如果她媽真的跟爸爸復合，愛琳就不知該怎麼辦了，因為她不想讓她小孩接近她爸。

「她的兩個小孩也很可愛。她女兒有顎裂問題，開過一次刀，但之後還需要再開一次，可以治好的，但這還只是她生活中的一個問題。」

這還只是她生活中的一個問題。

茱麗葉是怎麼了？她感覺不到真正的同情，她感覺自己內心深處在反抗，想抵抗這成串的不幸，當這故事中出現顎裂，她真正想做的事是開口抱怨，**夠了**。

她知道這樣不對，但那種感覺文風不動。她什麼也不敢說，怕一開口便洩漏了她的鐵石心腸，她害怕自己可能對山姆說：「這些不幸的事哪裡了不起，這樣就會讓她變成一個聖人嗎？」或者她也可能說出更難以饒恕的話：「我希望你不是要讓我們跟那種人攪和在一起。」

山姆說：「我告訴妳，她來幫我們的時候，我已經沒轍了，去年秋天呀，妳媽的狀況糟糕透頂，而且她還不是什麼事都不做，不是，她什麼都放手的話倒好，什麼都不做倒好，但她是一直找事做，然後又做不好，一再循環，當然這也不是什麼新鮮事，我的意思是，我以前也老是幫她收拾善後、照顧她、幫她做家事，我跟妳呀，記得嗎？她一直是個嬌滴滴、心臟不好的小姑娘，被人伺候慣了，這些年來，我偶爾會想，她其實可以更努力。

「但反正狀況愈來愈糟，到後來我回家會發現洗衣機被移到廚房中央，溼衣服濺得整個廚房到處都是，或是她烘焙到一半又放棄，弄得亂七八糟，東西在烤箱裡烤成焦炭，我真怕她哪天會放火燒到自己，燒了整棟房子。我一直告訴她，待在床上就好，但她不肯，然後又會慘兮兮的樣子，哭起來。我也找過其他女孩子，她們都應付不了她，所以後來——愛琳來了。」

「愛琳，感謝那一天呀，我告訴妳，我感謝那一天。」他大嘆一口氣。

但他說，一如天底下所有好事，這好運也有結束的一天，愛琳快結婚了，嫁給一個四、五十歲的鰥夫，是個農夫，應該有點錢，山姆覺得，他替愛琳希望那人是真有點錢，因為那男人也沒半點好了。

「老天爺，他真的沒半點好，我看他整張嘴只剩一顆牙，依我看，這不是好兆頭，不是太愛面子，就是太小氣，才不肯裝假牙。妳想想——像她那麼漂亮的女孩子呀。」

「婚禮什麼時候？」

「秋天吧，今年秋天。」

潘妮洛琵一直在睡——幾乎車子上路後，她就在嬰兒汽座裡睡著了。前車窗搖下來，茱麗葉能聞到乾草的氣息，剛割下的乾草捆成一束束——現在沒人會捲成乾草捲了。一些榆樹依然聳立，如今都是奇蹟了，僅存遺世獨立的幾株。

他們在一個村子停車，村子坐落在狹窄的山谷中，沿著一條街而築，谷坡上，岩床裸露突出，方圓數哩中就這裡能看見如此碩大的岩石。茱麗葉記得以前來過，當時這裡有個特別的公園，付費入場，公園裡有一座噴泉、一間茶館，店裡供應草莓酥餅和冰淇淋——想必還賣其他東西，只是她記不得了。那山岩間的洞穴分別是七矮人的名字，而當時山姆和莎拉坐在噴泉旁邊的地上吃冰淇淋，她則往前衝，探索一個個山洞（那些山洞其實沒什麼——都滿淺的）。她想要他們跟她一起去，但山姆說：「妳也知道妳媽沒辦法爬山呀。」

莎拉則說：「妳衝吧，再回來跟我們說有什麼。」莎拉當天盛裝打扮，塔夫塔綢材質的黑裙子在她周圍草地上攤成一個圓，那種裙子叫紗裙。

那天想必是個特別的日子。

山姆走出商店後，茱麗葉問他這件事，一開始他還不記得，後來想起來了，他說，就是個騙錢的地方啊。他不知道那公園什麼時候消失的。

在這條街上，茱麗葉看不見噴泉或茶館遺留的痕跡。

「她帶來安寧和秩序。」山姆說。茱麗葉過了片刻才意會到他還在說愛琳。「她什麼事都能做，割草、澆菜圃都行，她不管做什麼都做到最好，而且一副樂在其中的樣子，她這點永遠讓我驚豔。」

那無憂無慮的場合究竟是什麼日子呢？誰的生日嗎，或是結婚紀念日？

山姆仍堅持說下去，甚至帶點嚴肅的口吻，高聲壓過汽車吃力爬坡的噪音。

「她讓我對女人重拾信心。」

山姆匆匆走進每一家商店，每回都告訴茱麗葉他很快就出來，但總過好一陣子才回到車上，解釋他沒法抽身，說人家一直想聊天，說人家準備了笑話跟他說呢。還有幾個人隨他走出來，看他的女兒和孫女。

「這就是那個會說拉丁文的女兒啊。」一個婦人說。

「現在有點荒廢囉，現在她太多事要忙了。」山姆回答。

「當然。」婦人邊說邊探頭，看看潘妮洛琵。「但小孩子真是恩賜，不是嗎？噢，小傢伙。」

茱麗葉原以為她能跟山姆聊聊她打算重拾的博士論文——儘管現在寫論文成了遙不可及的夢。從前他們父女倆自然而然就能聊這類話題。跟莎拉沒辦法，莎拉會說：「哎呀，妳一定要告訴我妳都在學些什麼。」茱麗葉會概括說一遍，莎拉或許就會問她怎麼分得清那些古希臘名字。但山姆一直是知道她在講些什麼的；她曾經在大學提過，父親在她十二、三歲看到thaumaturgy（奇術）這個字時，向她解釋這個字的意思。學校的人還問她父親是不是學者。

她當時回答：「當然，他教六年級的學生。」

現在她則感覺他會若有似無地試圖削弱她的信心，或者並非若有似無。他可能會說出**打高空**這樣俚俗的話，或宣稱他早忘了一些她認為他不可能忘記的事。

但或許他真的忘了。他腦裡的房間逐漸關上，一道道窗子暗了下來——裡頭的東西他認為太無用、太不光彩，見不了光。

茱麗葉接著直說了，比她原本想的還不留情。

「那她想嫁嗎？愛琳？」

這問題嚇到了山姆，因為那語調，而且又是在沉默好一陣子後突然開口。

「我不知道。」他回答。

過了片刻，他說：「我想很難吧。」

「你問她啊，你一定想問吧，你對她感情那麼深。」茱麗葉說。

他們又開了一、兩哩，他才開口，顯然被她的話冒犯了。

「我不曉得妳在說什麼。」他說。

「開心果、愛生氣、糊塗蛋、瞌睡蟲、噴嚏精——」莎拉說。

「萬事通。」茱麗葉說。

「萬事通——**萬事通**，開心果、噴嚏精、**萬事通**、愛生氣、**害羞鬼**、噴嚏精——不對，噴嚏精、害羞鬼、萬事通、愛生氣——**瞌睡蟲**、開心果、萬事通、害羞鬼——」

莎拉用手指頭數啊數的，然後說：「這樣不是八個嗎？」

她接著說：「我們去過不只一次呢，我們以前都叫那地方『草莓酥餅聖地』，啊，真想再去一次。」

「嗯，那裡現在什麼都沒有了，我連那家店以前在哪都看不出來。」茱麗葉說。

「要是我一定看得出來。我為什麼不跟你們去呢？夏天兜風呀，坐車需要什麼體力？妳爸老說我沒那個體力。」

「妳那天就來接我啦。」

「對呀，但他不想我去，我還得發一頓脾氣呢。」莎拉說。

她伸手想將頭後面的枕頭拉起來，但弄不好，茱麗葉便替她拉好。

「討厭。」莎拉說：「我現在真是沒用的東西。但我想我應該還有辦法去泡個澡吧，不然等下誰來了怎麼辦？」

茱麗葉問她等等是否有客人。

「沒有，但如果有呢？」

因此茱麗葉便帶她進了浴室，潘妮洛琵跟在後面爬，等水放好，外婆給攙了進去，潘妮洛琵便決定這澡也是給她泡的。茱麗葉替她脫了衣服，一老一小就一起泡澡，儘管眼前赤身裸體的莎拉看起來並不像老婦人，倒像老小孩——一個罹病的小女孩，好比得了某種富有異國風情、會使人瘦弱乾枯的疾病。

潘妮洛琵接受了外婆，並不驚恐，只是緊抓著她自己的黃色小鴨香皂。

泡著澡，莎拉終於鼓起勇氣，小心翼翼問起了艾瑞克的事。

「我想他一定是個很好的人。」她說。

「有時候是囉。」茱麗葉不經意地說。

「他對他第一任太太真好。」

茱麗葉糾正了她：「是他唯一的太太，到目前為止。」

「不過我相信現在你們有了孩子——我的意思是，你們很快樂啊，我相信你們一定很快樂。」

「很快樂啊，就跟活在罪惡感裡一樣快樂。」茱麗葉說著，冷不防拿一條滴著水的毛巾在母親抹了肥皂的頭上擰水，嚇了她一跳。

莎拉頭一躲、手遮住臉，發出開心的尖叫，然後說：「我就是這意思。」接著她又開口：「茱麗葉？」

「怎樣？」

「妳知道如果我說妳爸爸壞話，我不是真的那個意思。我知道他愛我，他只是不快樂。」

茱麗葉夢見她回到兒時，在這房子裡，不過房間格局有些不同，她從一間陌生的房間望向窗外，看見一道弧形水柱灑過空中，水是從水管噴出來的，父親背對著她，正在替菜圃澆水。一個身影在整排的覆盆子樹叢之間鑽進鑽出，過一會兒看清楚了，那是愛琳，不過比現實生活的她稚氣點，靈活歡快，她在躲那水管噴出來的水，一下躲藏，一下現身，幾乎都成功，但每每在跑開前給灑到一下。這該是個輕鬆的遊戲，但在窗戶後面的茱麗葉卻看著噁心。父親始終背對著她，但她相信——她就是**看得到**——她知道他把管子拿得低低的，在身體正前方，而且他只甩動那截噴嘴。

這夢境瀰漫著一股黏呼呼的恐怖，並非會掙扎著從皮膚破繭而出的那種，而是在你最狹窄的血管裡蜿蜒鑽動。

她醒來時那感覺仍揮之不去，她覺得這夢很羞恥，露骨、陳腐，是她骯髒的自我放縱。

＊　＊　＊

午後，有人敲了大門。大門平常沒人用，茱麗葉費了點勁才拉開。

站在門口的男人穿著熨燙平整的短袖黃襯衫配卡其長褲，似乎比她年長幾歲，高高的，但看起來頗虛弱，胸膛略微凹陷，但招呼有力，笑容可掬。

「我想找您們家的太太。」他說。

茱麗葉讓他站在原地，自己進了日光室。

「門口有個男人，不知道是不是來推銷的，要打發他走嗎？」她說。

莎拉已經撐起身子。「不要，不要。」她上氣不接下氣：「妳幫我梳理一下，好嗎？我聽到他的聲音了，是唐，唐是我朋友。」

唐已經走進屋裡，說話的聲音從日光室門外傳進來。

「不用麻煩，莎拉，就我而已，妳衣服穿整齊了嗎？」

莎拉的神情瘋狂而快樂，她一把抓起髮梳，但梳不好便放棄了，用手指梳起頭髮，她的嗓音興高采烈地揚起：「整齊得不得了呢，你進來吧。」

男人現身，快步走向她，她向他伸出雙臂，說：「你身上有夏天的味道。這是什麼？」她用手指摸他的上衣。「熨斗，棉布熨過，天啊，真好。」

「我自己熨的。賽莉去教會弄那些花了。我熨得還不差吧？」他說。

「很好呢。但你差點進不來，茱麗葉還以為你是推銷員呢，她是我女兒，我親愛的女兒，我跟你說過吧？我跟你說過她要回來。茱麗葉，唐是我的牧師，是我的朋友，也是我的牧師。」莎拉說。

唐站挺身子，握了茱麗葉的手。

「妳回來真好——很高興認識妳，而且妳也沒完全說錯，我也算是在推銷東西。」

茱麗葉對這個牧師笑話禮貌一笑。

「你是哪個教會的牧師呢？」

莎拉聽了這問題，笑出聲來。「噢天啊，這下可要露餡了，不是嗎？」

「我是三一教會的。」唐回答，臉上帶著他那泰然自若的笑。「至於露餡——莎拉和山姆以前完全沒參與地方教會這件事，我也不是不知道，我只是就開始來走走囉，因為妳媽媽真是一位迷人的太太。」

茱麗葉記不得三一算是聖公會或聯合基督教會。

莎拉說：「親愛的，妳拿張像樣的椅子給唐坐好嗎？他這樣彎腰站在我面前好像一隻鸛哩，還有要不要用些茶點呢，唐？你想喝點蛋酒嗎？茱麗葉會煮全天下最美味的蛋酒給我喝呢，不，不，蛋酒可能太重口味了，你才剛在大熱天裡走，茶呢？茶也是熱的，還是薑汁麥芽啤酒？還是喝個果汁？茱麗葉，我們有什麼果汁？」

唐說：「給我一杯水就好，水就很好了。」

「不要茶？真的嗎？」莎拉幾乎喘不過氣來。「但我想喝點茶呢，你可以喝個一小杯吧。茱麗葉——」

廚房裡，茱麗葉獨自一人——她能看見愛琳在菜圃裡，愛琳今天在豆子那塊地鋤草。茱麗葉心想，媽媽說要喝茶，是不是要支走她的伎倆，或許是想跟唐單獨說話。單獨說話，或者甚至禱告一下？想到這，她感到一陣厭惡。

山姆和莎拉以前從不去教會，雖然剛搬來時，山姆跟人說過他們是德魯伊教徒[3]。大家便傳開了，說他們隸屬一個鎮上沒有的教會，這說法從此使他們從沒有信仰往上爬了一個檔次。茱麗葉自己上過一陣子聖公會主日學，但主要是因為她當時有個朋友是聖公會的。在學校，山姆對於每天早上得念聖經和主禱文也從未抵抗，就像他對於〈天佑女王〉這首歌也未曾有過意見。

「有時候該冒那個風險，有時候沒必要。你在這點上討他們開心了，也許就能順利教孩子一些關於演化的知識。」他曾這樣說。

莎拉曾一度對巴哈伊信仰[4]感興趣，但茱麗葉相信那興趣後來也退燒了。她煮了夠三人喝的茶，又在廚房碗櫃裡找到一些消化餅——還有莎拉以前通常會在盛大場合拿出來的黃銅托盤。

唐拿了一杯茶，同時把茱麗葉記得要拿給他的冰水大口灌下，但他對餅乾搖了頭。

「我不吃這個，謝謝。」

他的語氣似乎帶著強調，彷彿他身為虔誠的人不該吃這個。

他問茱麗葉住哪，西岸天氣如何，以及她先生做什麼工作。

「他是捕蝦的漁民，不過他其實不是我先生。」茱麗葉一派輕鬆地說。

唐點點頭。噢，這樣呀。

「海上風浪很大嗎？」

「有時候是。」

「鯨魚灣啊，我以前沒聽過，但以後我就記得了。那你們在鯨魚灣都上哪個教會？」

「沒有，我們沒上教會。」

「那裡沒有你們屬於的教會嗎？」

---

3 德魯伊（Druid）為崇敬自然萬物及環境的信仰，源自十八世紀的英國。

4 巴哈伊信仰（The Bahá'í Faith）源於十九世紀的伊朗，教義是宗教同源和人類大同。

茱麗葉微笑搖頭。

「那裡**沒有**我們屬於的教會，我們不信神。」

唐把茶杯放在茶碟上，發出輕微的哐啷聲。他說他覺得很遺憾。

「聽妳這麼說真的很遺憾。妳從什麼時候開始有這種想法？」

「不曉得，從我認真想過這問題之後吧。」

「妳媽說妳有個小孩，妳有個女兒，對吧？」

茱麗葉說對，她有個女兒。

「那她從來沒受洗嗎？妳想把她養成一個異教徒嗎？」

茱麗葉說她希望讓潘妮洛琵哪天自己決定。

「但我們沒要灌輸她宗教信仰，沒錯。」

「真令人難過。」唐小聲說。「你們兩個人這樣，是令人難過，妳和妳的——不管他是妳的誰，你們兩個已經決定拒絕神的恩典，這個嘛，你們是成人了，但是不讓你們的孩子接受神的恩典——這就像不給她養分一樣。」

茱麗葉感覺自己的沉著瓦解了，她說：「但我們根本**不信**啊，我們不相信什麼神的恩典，這不是不給她養分，這是不用謊言養大她。」

「謊言，全世界幾十億人信的事，妳說是謊言，妳不認為妳這樣有點冒昧嗎，說神是一個謊言？」

「有幾十億人根本沒信，他們只是會去教會。」茱麗葉語氣激動起來。「他們只是沒有思考。如果真的有神，那神給我一個腦袋，祂不就希望我用腦好好思考嗎？

「另外。」她邊說邊設法讓自己平靜下來：「還有幾十億人信別的東西，例如他們信佛陀，所以很多人相信的事就是真實嗎？」

「基督永活，佛陀不是。」唐怡然地說。

「那只是一種說法，那是什麼意思？就我看來，我沒看到這兩者有哪個是活著的證據。」

「**妳**沒看到，但是其他人看到了。亨利．福特——亨利．福特二世，他擁有每個人一生中想要的所有東西，但他還是每天晚上跪下來向神禱告，妳知道嗎？」

「亨利．福特？」茱麗葉嚷道：「亨利．福特？我幹麼在乎**亨利．福特**做什麼事？」

這場爭執正往這類爭執免不了的方向發展。牧師的語氣一開始憂多於怒——儘管始終帶著鐵一般的信念，但這會兒語調也顯出尖銳和斥責。而茱麗葉起初只是合理地辯駁，至少她自認如此，但那冷靜明智、禮貌得使人惱火的語氣這會兒也轉為冷冰冰、尖刺刺的憤怒。兩人的爭論和駁斥東一言、西一句，已經是侮辱多過論理。

同時，莎拉則小口小口咬著一片消化餅，沒抬頭看他們，只是不時顫抖一下，彷彿被他們的話語刺著了，但他們兩個根本沒注意到。

最後終於打斷他們情緒的是潘妮洛琵的縱聲哭號，她尿溼醒來，已經嚶嚶一陣，接著使勁抗議，然後才氣得大哭。莎拉第一個聽見哭聲，便設法吸引他們注意。

「潘妮洛琵——」她低聲地說，接著大聲些：「茱麗葉，潘妮洛琵——」茱麗葉和牧師都心不在焉地望向她，然後牧師突然放低了嗓子說：「妳女兒。」

茱麗葉匆匆奔出日光室，她抱起潘妮洛琵時手在發抖，替女兒別上乾淨尿布時還險些刺到女兒。潘妮洛琵停止哭啼，不是因為受到安撫了，而是這粗心的對待令她警戒起來，她淚溼的眼睜得老大，眼神驚訝，使分心的茱麗葉回過神。她努力冷靜，盡量柔聲說話，抱起孩子到樓上走廊來回走動。潘妮洛琵沒立刻安下心，但過了幾分鐘，她的身體終於不再緊繃。

茱麗葉感覺自己也是。她感覺她們母女倆都恢復了某種程度的自制和沉靜後，便抱著潘妮洛琵下樓。

牧師已經出了莎拉的房間在等她。他以一種像是悔罪、但其實是恐懼的聲音說：「真是個乖寶寶。」

茱麗葉說：「謝謝。」

她以為這會兒他們該有禮地道別了，但他似乎還不打算走。他仍看著她，沒走開，並且伸出一隻手，彷彿要抓住她的肩膀，旋即卻又放下。

「妳家有沒有——」他開口，又微微搖頭。他把**妳家**說得像**妳嘎**。

「**果滋**——」他說完，用手拍自己的喉嚨，朝廚房的方向揮了揮。

茱麗葉的第一個念頭是他醉了，他的頭微微搖晃，兩隻眼睛彷彿覆著一層膜；他是醉醺醺地來這裡嗎，他口袋裡帶了什麼東西嗎？接著她回想起來，在那間她曾任教半年的學校，有個女孩子，一個學生，她是糖尿病患者，患有某種癲癇，太久沒進食的話就會變得大舌頭、焦慮，踉踉蹌蹌的。

茱麗葉將潘妮洛琵抱到腰際，攙著牧師的手臂，扶他走向廚房。果汁，以前學校的人就是給那女孩子果汁，牧師說他要喝果汁。

「等一下，等一下，沒事的。」她說。他把身子打直，雙手撐在廚房檯面上，頭垂著。

柳橙汁沒了——她想起早上把最後一點果汁倒給潘妮洛琵了，那時還想著要記得去買。但還有一瓶葡萄汽水，山姆和愛琳忙完菜圃的事總喜歡喝這種汽水。

「來——」她說著，用單手開瓶，倒了一杯，她現在早已習慣用單手做事。「來。」他邊喝，她邊說：「不好意思，沒有果汁，不過是要糖吧？你是要吃糖吧？」

他喝完汽水，回答她：「對，糖沒錯，謝謝。」他說話變得清晰。她也想起來了，學校的那女孩子也恢復得很快，簡直如奇蹟一般。但在他尚未恢復過來，還不太舒服，頭仍歪斜著的時候，他的視線對上她，似乎不是有意看著她，而是碰巧對到，那眼神不是感激，或原諒——那眼神其實並不展現個人情緒，而只是原始的受驚動物的神情，像是想抓住手邊任何一根浮木。

不消幾秒鐘，那眼睛和臉便恢復成原本那男人、牧師的臉。他放下玻璃杯，沒說半句話便一溜煙逃出這棟房子。

茱麗葉走回日光室拿托盤。莎拉沒睡，也沒裝睡。如今她睡著、瞌睡和清醒等狀態的分野變得微妙飄忽，極難區分。不管怎樣，她開口了，用比氣音稍高的聲音說：「茱麗葉——」

茱麗葉在門口停下腳步。

「妳一定覺得唐……他是個蠢蛋吧，但他身體不好，有糖尿病，很嚴重。」莎拉說。

茱麗葉說：「是。」

「所以他需要信仰。」

「所謂『散兵坑裡沒有無神論者』的說法。」茱麗葉回了一句，但聲音很小，或許莎拉沒聽見，因為她繼續說了下去。

「我的信仰沒這麼簡單。」莎拉說著，嗓音顫抖（茱麗葉此刻看來，她似乎是刻意要博人同情）。「我不知道怎麼形容，但是——我只能說——我就是有個**信仰**，是很美好的——一個**信仰**，當我狀況真的很不好，很糟糕的時候，我就會——妳知道我就會想什麼嗎？我就想，沒關係，我想——不久，**再不久我就能見到茱麗葉了**。」

我敬畏（又敬愛）的艾瑞克：

從何說起呢？我很好，潘妮洛琵也很好，想想，她現在能自信滿滿在莎拉床邊走來走去了，只是沒東西扶時還是有戒心，不敢踏出去。這裡的炎夏好極了，跟西岸比起來很好，就連下雨時也一樣。下雨是好事，因為山姆正全力衝刺他的種菜事業，前兩天我還坐他那輛老爺車，陪他到處送新鮮覆盆子和覆盆子果醬（負責製作的是個年輕版的伊爾斯・科赫[5]，她現在占領了我們家廚房），還有剛挖出來的本季第一批馬鈴薯，他很是狂熱。莎拉都待在床上，打瞌睡或翻翻過時的時尚雜誌。有個牧師來看她，結果我跟他吵了頓蠢架，為了神存不存在這種火熱的話題爭論。不過目前為止一切都還行……

茱麗葉在多年後發現這封信，想必是艾瑞克無意間留下的——這在他們的生活中毫不重要。

＊＊＊

她後來又回了老家一次，參加莎拉的喪禮，這是寫那封信幾個月後的事。當時愛琳已經不在，茱麗葉也不記得是否問過或得知她去哪了，約莫是再婚了，跟山姆一樣。山姆幾年後也再婚了，對方也是老師，個性好，健美能幹，他們倆住她的房子——山姆拆了他和莎拉住的房子，擴充了菜圃。他太太退休後，他倆買了一輛露營拖車，開始在冬天長途旅行。他們去鯨魚灣看過茱麗葉兩次，艾瑞克開船帶他們出海，他和山姆相處融洽，套一句山姆的話，他們兩個打成一片呢。

5　伊爾斯·科赫（Ilse Koch）是納粹指揮官卡爾奧托·科赫（Karl-Otto Koch）之妻，是著名的納粹分子。

茱麗葉重讀那封信時，不禁皺起臉。發現過去捏造出來、令人不安的自我留存了下來，任誰都會這樣。她思索著這精神奕奕的掩飾，對比她回憶中的痛苦，然後她想，當時必定是發生了某種變化，只是她忘了。這變化就是她對於哪裡是家的認定，她的家不是與艾瑞克在鯨魚灣的家，而是從前的家，從前的人生。

因為人會想保護的就是自己的家，竭盡所能，保護到最後一刻。

但她卻沒有保護莎拉。當年莎拉說**再不久我就能見到茱麗葉了**的時候，茱麗葉無話可回，難道她真的什麼話也說不出嗎？為什麼那麼難？只要說聲**對呀**，於莎拉必定有很大的意義——而於她自己則是不痛不癢。然而當時她就那樣轉過身去，把托盤拿回廚房，在廚房裡洗擦那些茶杯和那只裝葡萄汽水的玻璃杯。就那樣將一切放回原處。

沉默

從巴克利灣搭渡輪到丹曼島的短暫時間裡，茱麗葉下了車廂，站到船頭，站在夏日微風中。一個站在那裡的婦人認出她，兩人聊了起來。這種事並不少見，路人會多看茱麗葉一眼，想著在哪裡見過她的臉，而有時他們就會想起來。她固定出現在省電視頻道的「今日議題」節目，訪問一些生平特殊或值得注目的人物，並十分純熟地主持專題座談。她現在把頭髮剪了，短得不能再短，染成深紅褐色，很襯她的眼鏡框。她經常穿黑長褲——今天也是，配象牙色的絲質襯衫，有時套上黑色夾克。她如今成了她母親口中那種很亮眼的女人。

「真不好意思，妳一定三天兩頭被人打擾。」

「沒關係啊，除非我是在看牙醫之類的。」茱麗葉說。

婦人與她年紀相仿，一頭黑長髮中帶著灰髮絲，脂粉不施，穿著牛仔長裙。她家住丹曼，茱麗葉便問她知不知道那家「心靈平衡中心」。

「因為我女兒在那裡，她去那裡隱居還是上課，我不知道他們怎麼稱呼。她去六個月，這是我六個月以來第一次見她。」茱麗葉說。

「那裡有好幾家那種地方，都來來去去的，不是說他們哪裡可疑啦，只是那些地方通常在森林裡，妳知道，跟當地人也沒什麼往來，呃，有往來的話還算什麼隱居？」婦人說。

她說茱麗葉想必很期待看到女兒吧。茱麗葉說對，非常期待。

「我被寵壞啦，她二十歲了，我女兒——其實這個月就二十一了，我們從來沒有分隔兩地很久。」茱麗葉說。

婦人說她一個兒子二十歲，一個女兒十八，另一個十五歲，她有時候還真寧可**付錢**送他們去隱居，隨便哪一個或全部一起去都好。

茱麗葉笑出聲。「這個嘛，我就這一個女兒，當然，我也不敢保證再過幾個禮拜我會不會巴不得把她送回來。」

這類美好但又使茱麗葉厭煩的媽媽對話，她發現自己總能輕易進入（她已經能嫻熟地給予正面回應），然而真相是，潘妮洛琵幾乎沒什麼事能讓她抱怨，而且如果她完全坦誠，那麼此時此刻她應該說，光是一天要她不跟女兒聯絡就已經很難受，更別說六個月了。潘妮洛琵曾去班夫國家公園打工，當暑期客房清潔工，也搭巴士去過墨西哥，以及搭便車去了一趟紐芬蘭，但她一直跟茱麗葉住在一起，母女倆也從未分離兩地長達六個月。

她使我喜悅。茱麗葉其實應該這麼說。並非因為她是那種陽光開朗、永遠看事情光明面、愛說些不著邊際廢話的人，我希望我把她養育得更好些。她優雅，富同情心，又睿智得彷彿已在這地球上活了八十年。不像我的想法總是天南地北，她深思熟慮，有些含蓄寡言，像她父親。她還漂亮得像天使一樣，像我母親，有我母親的金髮，但人又沒那麼嬌弱，她健美高雅，她的樣貌，我得說，宛若一尊女像柱。而且與普遍的想法相反，我對她沒有一絲一毫嫉妒。她離開我的這段時間——她連隻字片語也沒捎給我，因為「心靈平衡中心」不允許通信和電話——這段期間我彷彿置身荒漠，而終於接到她的訊息時，我就像一塊乾裂的土地暢飲了天降的甘霖。

希望週日下午見到妳，該是時候了。

該是回家的時候了，茱麗葉希望這句話是這意思，但當然她會讓潘妮洛琵自己決定。

潘妮洛琵畫了張簡陋的地圖給茱麗葉。茱麗葉的車很快便來到一棟舊教堂前——一棟建於七十五或八十年前的教堂建築，外覆灰泥，在茱麗葉長大的那個加拿大地區，教堂多半比這要古老雄偉。這教堂後方有另一棟比較新的建築，斜屋頂，前面全是窗子，還有個簡單的舞臺和一些長椅，另有一塊看起來像排球場的地方，球網鬆垂。一切都很破舊，一塊從前清乾淨的空地如今被杜松和白楊收復了。

舞臺上有兩、三個人正在做木工。她看不出他們是男是女。另外有一些人坐在長椅上，分成幾個小組。大家都穿著普通的衣服，不是黃色長袍之類的東西。幾分鐘過去，沒人注意到茱麗葉的車，接著坐在長椅上的其中一人起身，好整以暇地走向她，是個矮個頭、戴眼鏡的中年男子。

茱麗葉下車跟他打了招呼，並說她想找潘妮洛琵。男人沒說話——或許他們有沉默不語的規定，他只是點了頭，便轉身走進教堂。不久，教堂裡出來一個人，不是潘妮洛琵，而是個大塊頭、動作緩慢的女人，她一頭白髮，穿著牛仔褲和鬆垮的毛衣。

「真榮幸見到妳，請進請進，我請唐尼去幫我們沖茶了。」女人說。

她生著一張闊臉，容光煥發，笑容調皮中帶溫柔，還有一對茱麗葉認為大家會稱之為閃閃發亮的眼眸。「我是瓊安。」她說。茱麗葉預期聽到的是「寧靜」之類的假名，或帶點東方味道，而非瓊安這種平淡尋常的名字，但她後來當然也想到了女教宗瓊安[1]。

「我應該沒找錯地方吧？我在丹曼人生地不熟的。」茱麗葉希望這樣說能使對方卸下心房，「妳知道我是來找潘妮洛琵的對嗎？」

「當然，潘妮洛琵呀。」瓊安拉長了音說這名字，帶著一種頌揚的語氣。

教堂裡高高的窗子上都掛了紫布遮著，顯得陰暗，長木椅和其他教堂設施都撤走了，另外掛上純白布簾圍出一個個隔間，像醫院病房一般。茱麗葉給帶進其中一間，裡頭沒有床，只有一方小桌，兩、三把塑膠椅，還有幾座開放式層架，凌亂堆著幾疊零散的文件。

「不好意思，我們這裡還在整理。茱麗葉，我可以直接叫妳的名字嗎？」瓊安說。

「當然，當然。」

「我不習慣跟名人說話。」瓊安雙手合十，抵在下巴。「我不知道是不是該輕鬆點。」

「我不算什麼名人啦。」

「噢妳是呀，別說那種話了，我就直說吧，我很欣賞妳的工作，是黑暗中的一道光啊，那是唯一值得看的電視節目。」

「謝謝。」茱麗葉說。「我收到潘妮洛琵寄來的信——」

「我知道，但是很遺憾要告訴妳，茱麗葉，對不起，希望妳不要太失望，可是潘妮洛琵不在這裡。」

女人把**潘妮洛琵不在這裡**說得盡可能輕描淡寫，讓人感覺她不在的這件事似乎能變得令人玩味，甚至是一件能令雙方喜悅的事。

茱麗葉得深呼吸。有那麼個片刻，她無法開口，恐懼潑灑了她一身。一種預知的感受。然後她設法回神，好好思考這事實。她在手提包裡一陣翻找。

「她說她希望——」

「我知道，我知道。她是想要待在這裡，但事實是，她沒辦法——」瓊安說。

「她在哪裡？她去哪了？」

「我沒辦法告訴妳。」

「妳的意思是妳不知道，還是妳不想說？」

「我不知道，我不知道她去哪，但我可以告訴妳一件事，讓妳安心點，那就是不管她去哪、

1 教宗瓊安（Pope Joan）是相傳於西元九世紀在位的天主教女教宗。現代歷史及宗教學者則普遍認為她是民間傳說所虛構出的人物。

決定什麼，對她來說都是對的事，對她的性靈和成長都是**正確**的事。」

茱麗葉決定這次先算了。**性靈**這個詞她聽了就想吐，正如她常說的，這詞似乎從佛教的轉經筒到天主教的大彌撒，無所不包。她從沒想過潘妮洛琵如此有智慧的人竟然也會捲進這種事。

「我只是覺得我應該知道。說不定她想要我幫忙把她的東西寄去。」她說。

「她的擁有物？」瓊安似乎無法壓抑那綻開的笑意，儘管她立刻以溫柔的表情加以修飾。

「潘妮洛琵現在不太在意她的**擁有物**囉。」

茱麗葉有時會在節目對談中感覺到她面對的人抱持敵意，是攝影機開始運轉前難以察覺的，一個茱麗葉低估的人、她以為頗愚昧的人，卻或許擁有那種力量，一種逗著玩卻致命的敵意。這時重點就是不能顯得吃驚，絕不能回敬一絲敵意。

「當然，我說的成長是我們的內在成長。」瓊安說。

「我了解。」茱麗葉直視著她說。

「潘妮洛琵有了這個人生中的大好機會，可以認識有趣的人——天啊，她其實不需要認識有趣的人，因為她就在一個有趣的人身邊**長大**，她的**媽媽**就是妳呢。但妳知道，有時候就是會缺少某一個層面，長大成人的孩子可能會覺得他們**缺少**某樣東西——」

「噢是呀，我知道長大成人的孩子可能會怨東怨西。」茱麗葉說。

瓊安決定嚴厲起來。

「潘妮洛琵的人生——我不得不說——難道不是徹底缺乏性靈層面嗎？我想她不是在一個

有信仰的家庭裡長大吧。」

「我們沒有禁止談宗教啊，我們是可以談這件事的。」

「但或許是妳談這件事的方式，妳那種知識分子的方式？妳懂我的意思，妳是聰明人。」她婉轉地補了一句。

「妳說的囉。」

茱麗葉意識到她對這場談話和自己的控制都在動搖，甚至可能徹底失控。

「不是**我說的**，茱麗葉，是**潘妮洛琵**說的。潘妮洛琵是個很好的女孩子，但她在非常飢渴的狀態中來到我們這裡，她渴求一些在家裡得不到的東西，妳呢，妳過著美好忙碌的生活——但茱麗葉，我要告訴妳，妳的女兒感覺寂寞，她不快樂。」

「大部分人不都這樣嗎，偶爾難免吧？誰不會寂寞或不快樂？」

「這不是我說了算的，啊，茱麗葉，妳是一個見解非凡的女性，我常看妳的節目，心裡會想，她為什麼能直入事情的核心呢？同時還能維持那麼客氣有禮貌？我從來沒想過能跟妳坐下來面對面說話，不只如此，我竟然還有能力**幫忙**妳——」

「這點我想妳是弄錯了。」

「妳覺得受傷了，妳會覺得受傷是很自然的。」

「這也是我自己的事。」

「好吧，也許她會聯絡妳，不管怎樣。」

潘妮洛琵確實聯絡了茱麗葉，在幾週後。她生日時——潘妮洛琵生日那天，六月十九日，她的二十一歲生日，她寄來一張生日卡，是那種寄給泛泛之交、你沒法猜測對方品味時會挑選的卡片，不是粗俗的搞笑卡片，也不是真正逗趣或抒情傷感的卡片，正面是一小束三色堇，綁著一條細細的紫色緞帶，尾巴飄動成「生日快樂」的字樣，內頁也有一行「生日快樂」，上方並有金色字體加上「謹祝」兩字。

沒有簽名。起初茱麗葉以為這是哪個人寄給潘妮洛琵的卡片，忘了署名，是她錯拆了女兒的信，那人可能將潘妮洛琵的姓名和生日歸了檔，或許是牙醫或駕訓班教練。但她檢查了信封上的字，便知道沒錯——上頭確實寫著她的名字，字跡也是潘妮洛琵的。

郵戳不再提供線索了，現在都只蓋著一個**加拿大郵政**字樣。茱麗葉印象中似乎有辦法至少分辨郵件是從哪個省分寄來的，但得上郵局查，帶著郵件去，很可能還要提出證明，證明她有取得資訊的權利，而到時她又一定會被人認出來。

她去探望老友克莉絲妲。茱麗葉住鯨魚灣時，克莉絲妲也住在那裡，從潘妮洛琵出生前就是；她現在人在基斯蘭奴，住一間輔助生活起居的安養機構。她得了多發性硬化症。她的房間在一樓，有個私人小露臺。茱麗葉和她一起坐在那裡，望向一小片陽光普照的草皮，遮擋垃圾箱的籬笆上爬著花團錦簇的紫藤。

去丹曼島的事，茱麗葉全跟克莉絲妲說了。她沒跟別人提過，原本也希望不需要告訴任何人。她每天工作結束回家的路上，都會想會不會潘妮洛琵在她的公寓裡等她呢，或至少會來封信，而信確實來了——那張冷淡的卡片，她撕開信封時手還在發抖。

「這有意義呀，讓妳知道她沒事啊。之後會有下落的，會的，耐心等吧。」克莉絲妲說。

茱麗葉針對那位「希普頓修女」[2]忿忿地說了一陣。她稍微考慮過「教宗瓊安」的外號，但不滿意，最後決定這樣稱呼她。該死的欺詐，茱麗葉說，在那二流、看似和藹的宗教幌子下，是何等的詭異和惡意。她無法想像潘妮洛琵竟栽在這種人手上。

克莉絲妲說，也許潘妮洛琵去那地方只是想針對那主題寫點東西，類似調查報導，實地考察之類的，這年頭，從個人角度出發——那種長篇大論、個人色彩的東西，很紅呢。

要調查六個月嗎？茱麗葉說，潘妮洛琵應該十分鐘就能摸透那位希普頓修女吧。

「是很奇怪。」克莉絲妲承認。

「妳應該沒瞞著我什麼吧？我很討厭自己這樣問，我覺得好茫然，好傻。當然，那女人就想讓我覺得自己傻，就像一齣劇裡的某個角色在嚷嚷，大家都別過頭去，因為大家都知道她不知道的事——」茱麗葉說。

2 希普頓修女（Mother Shipton）是一位傳說中的英格蘭先知、占卜師。

「現在沒那種劇情了，這年頭誰也不知道什麼。沒有——潘妮洛琵沒多向我透露什麼，她何必？她也知道我一定會告訴妳。」克莉絲妲說。

茱麗葉沉默片刻，然後帶著悶氣咕噥：「妳也有過事情沒告訴我呀。」

「噢，老天。」克莉絲妲回道，但沒有半點憎惡的樣子。「妳別又來了。」

「對，我別又來了，我只是心情不好吧。」茱麗葉附和。

「就等等吧，這就是為人父母要面對的考驗，畢竟她從小到大也沒給過妳什麼考驗，一年後再回來看，這事就是過去式了。」

茱麗葉沒告訴克莉絲妲，最後她沒能帶著尊嚴離開那裡，而是哀求、憤怒地轉身，放聲大哭著。

她當時大吼：「她到底跟妳說了什麼？」

希普頓修女只是站在那裡看著茱麗葉，彷彿早料到眼前的情況。她搖搖頭，緊閉的嘴唇拉成一抹肥胖憐憫的微笑。

接下來一年，茱麗葉偶爾會接到電話，都是跟潘妮洛琵稍有交情的人打來的。面對他們的詢問，茱麗葉的答案都一樣，就是潘妮洛琵決定休息一年，去旅行，行程未定，茱麗葉無法聯繫她，也沒辦法提供她的地址。

那些都不是跟潘妮洛琵很親近的朋友。這或許代表與她相熟的人都知道她去哪，或者因為他們遠在異國，或在其他省分工作，或投入了新生活，現階段的生活充斥了太多人事物和不確定，使他們無心去想老朋友。（在人生這個階段，老朋友指的就是超過半年沒見的朋友。）

茱麗葉每次回家，第一件事就是看電話答錄機的燈有沒有閃爍——她以前是設法不看的，怕是有人針對她的公開發言打來煩她。她嘗試過各種愚蠢的招數，例如要分成幾步走到電話前，以何種方式接起電話，或是要如何呼吸。拜託是潘妮洛琵打來的。

這些都不奏效。過了一段時間，那些認識潘妮洛琵的人彷彿都從世界上消失了，那些被她拋棄和拋棄她的男朋友，那些她一起說三道四或傾吐心事的女生朋友。潘妮洛琵讀的是私立女子寄宿學校——托倫斯學院，而不是公立高中，也就是說，她的多年老友（包括那些她上大學後仍保持聯絡的朋友）都不是本地人，有些來自阿拉斯加，或喬治王子城，或秘魯。

聖誕節時無消無息。但到了六月，又一張卡片寄來，與第一張的風格相差無幾，卡片裡沒寫半個字。茱麗葉先喝了一杯酒才拆開卡片，接著立刻扔了卡片。曾有幾次，哭泣泉湧而來，偶爾也會無法控制地顫抖，但這些情緒總迅速被怒火取代，她會在屋子裡兜來走去，用拳頭打自己的掌心，她的憤怒是對希普頓修女，但那女人的形象已逐漸褪去，最後茱麗葉只得承認，希普頓修女只是替罪羔羊。

所有潘妮洛琵的照片都被流放到她的臥室，跟她倆離開鯨魚灣前她畫的那一疊疊線條畫和蠟筆畫放在一起，還有她的書，和她暑假在麥當勞打工賺到第一份薪水時，買來送茱麗葉的那支有濾壓把手的歐式單杯咖啡壺。還有她為這公寓所買的各種稀奇古怪的禮物，好比一台固定在冰箱上的小塑膠風扇，一個上發條的玩具曳引機，以及掛在浴室窗上的玻璃珠簾。那臥室的門給關上，後來茱麗葉也終於能從門前走過而不痛不癢。

茱麗葉認真考慮過要搬出這間公寓，換個環境對她有好處，但她對克莉絲妲說她辦不到，因為潘妮洛琵記的是這個地址，而郵件只會轉寄三個月，那之後女兒就找不到她了。

「她還是可以透過妳工作的地方聯絡妳呀。」克莉絲妲說。

「誰曉得這工作我會待多久？她現在搞不好在哪個公社，不能聯絡外界，還有個搞過所有女人的領袖，會要信徒上街乞討。要是我以前送她去上主日學，教她禱告，可能就不會發生這種事，我為什麼沒有，為什麼沒有，那就像預防接種一樣。我忽略了她的**性靈**，希普頓修女說的。」茱麗葉說。

潘妮洛琵剛滿十三歲時，去了一趟英屬哥倫比亞的庫特尼山露營，跟一位托倫斯學院的朋友和她的家人。茱麗葉贊成她去。當時潘妮洛琵才在托倫斯學院讀了一年（她是以優惠的學費入學的，因為她母親曾在那所學校任教），而茱麗葉很高興女兒已經交到如此要好的朋友，對方家人也欣然接納她，而且她是要去露營——這是普通孩子會做的事，茱麗葉自己小時候從來沒這種機會，倒不是說她小時候會想去，她那時是個書蟲——但她樂於見到潘妮洛琵成為一個比她自己正常的女孩子。

艾瑞克則惴惴不安，他認為潘妮洛琵還小，要跟他不太認識的人去度假不好，而且她去讀寄宿學校之後，他們已經很少看到女兒，何必再減少相處的時間呢？

茱麗葉心裡還有另個原因——她只是希望潘妮洛琵暑假的前幾週別在家裡，因為她跟艾瑞克之間氣氛不太好，她想要解決這事，而事情還沒解決。她不希望還得為了女兒佯裝一切都好。

艾瑞克則巴不得他們的問題能船過水無痕，眼不見為淨。按照他的想法，客氣能帶回好的感覺，而好感類似愛情，就這麼將就將就，或許能重新找回愛情，而如果永遠只是類似的感覺——那也只能這樣了。艾瑞克是可以將就的。

他確實可以，茱麗葉消沉地想。

潘妮洛琵留在家裡，他們就得維持正常的言行——應該說茱麗葉就得維持正常的言行，因為艾瑞克認為這一切敵意都是茱麗葉掀起的。這就遂了艾瑞克的心意。

茱麗葉便這麼對艾瑞克說了，而這又引發新的怨氣和責怪，因為他很想念潘妮洛琵。

他倆為了很久以前的事情爭吵，且是十分普通的事。那年春天，由於一次雞毛蒜皮的揭穿——由於他們的老鄰居愛洛直言，或許她還帶著點惡意（她的心頗向著艾瑞克死去的妻子，而且對茱麗葉持保留態度），總之茱麗葉發現艾瑞克曾與克莉絲妲上床。克莉絲妲是她多年來的好友，但在此之前，她曾是艾瑞克的女朋友，是他的**情婦**（雖然這年頭沒人用這個詞了）。他要茱麗葉跟他同居時便與克莉絲妲分手了，那時茱麗葉已經知道克莉絲妲的事，也沒道理反對艾瑞克跟她在一起之前所發生的事情。她確實沒不高興。她不高興的事是後來才發生的（艾瑞克說，那也是很久以前了）——但她聲稱這事令她心碎欲絕。那是潘妮洛琵一歲的時候，茱麗葉帶女兒回安大略，就是她回家探望父母的期間——她現在總會指出，那是去探望她垂死的母親呀。她人在外頭，滿懷著對艾瑞克的愛意和思念（她現在對此堅信不移），艾瑞克卻重拾了他的舊習慣。

起初他只承認發生過一次（酒後誤事），但經她戳啊戳的，加上酒後吐真言，他才說可能發生不只一次。

可能？他記不得了？次數多到記不得嗎？

總之他記不得了。

克莉絲妲來找了茱麗葉，向她保證他們不是認真的（這也是艾瑞克掛在嘴上的老調）。茱麗葉叫她走，永遠別再回來。克莉絲妲便決定這是去加州拜訪她哥哥的好時機。

茱麗葉對克莉絲妲的憤慨其實只是形式而已，她也知道跟從前的女友滾床個幾次（這是艾瑞克慘兮兮的說法，他誤以為這樣就能輕描淡寫過去），其威脅遠不及於跟哪個新認識的女人來個火熱擁抱，此外，她對艾瑞克是滿腔澆不滅的熊熊怒火，根本沒有餘裕去怨其他人。

她主張艾瑞克不愛她，根本從未愛過她，並跟克莉絲妲一起在背後嘲笑她。他使她在別人面前成為笑柄，好比愛洛（那女人始終討厭她），而且他待她輕鄙，鄙視她對他的愛（至少她以前是愛他的），他跟她共度的生活是個謊言，還有性對他來說毫無意義，反正不是她心中認定的意義（至少她曾認為性是有意義的），他可以身邊有誰就跟誰搞。

這些主張中，只有最後一條勉強算是事實，她稍微冷靜時也知道，但那一丁點事實便足以使她生活中的一切崩毀，不該有這種力量的，但偏偏就有。而艾瑞克想不透（說老實話他真想不透）為何會這樣。他並不驚訝她會不高興、小題大作，甚至哭哭啼啼（儘管像克莉絲妲那樣的女人絕不會這樣），但她竟真的受傷了、認為自己失去了賴以生存的一切，而且是為了一件發生在**十二年前**的舊事，他實在想不透為什麼。

有時他認為她是裝模作樣、善加利用這次機會，但有時他又滿腹悲傷，因為自己讓她受罪。這種悲傷使他們性欲勃發，做愛做得極好，而每一次他都會想，結束了，他們的苦難終結了，但每次他都錯了。

在床上，茱麗葉笑出聲來，說起皮普斯[3]和他妻子的故事，這對夫婦也因為類似的情況而激情得血脈賁張（自從她算是放棄了古典研究，她便廣泛閱讀各種東西，而如今似乎她所有的讀物都跟偷情脫不了關係）。皮普斯說，那頻率之高和熱情之盛前所未有，儘管他同時記錄了妻子也想在他入睡後謀殺他。茱麗葉為這故事大笑，但不消半個鐘頭，當他來跟她道別，準備駕船出海檢查捕蝦籠，她卻又擺出硬梆梆的臉，親吻他時一副莫可奈何的樣子，彷彿他是要跟哪個女人頂

3 塞繆爾・皮普斯（Samuel Pepys）為十七世紀英格蘭政治家，曾在日記中詳細描述他的私生活。

著滿天陰雨在海灣裡幽會似的。

結果不只有雨勢。艾瑞克出海時，海上還沒起什麼浪，下午稍晚卻突然颳起風，風從東南方來，扯碎淒涼灣和瑪娜斯賓娜海峽的海水，風勢直至入夜才停歇——這時是六月最後一週，直到晚上十一點天色才暗下。這時已有一艘從坎貝爾河來的帆船失蹤，船上有三個成人和兩個孩童，此外失蹤的還有另外兩艘漁船，一艘船上有兩名男性，而另一艘船上只有一個男人，那就是艾瑞克。

隔天早晨風平浪靜，陽光普照，山脈、海水、岸邊，一切光潔透亮。

當然，失蹤的人是有可能平安歸來，或許他們躲進眾多小灣裡的某處度過一夜，尤其是漁夫，他們不像那帆船上的一家子，是外地人，是從西雅圖來度假的。那早，搜救船立刻出去了，巡遍大陸和沿海島嶼，搜遍岸上和水上。

溺水的孩童最早被人發現，孩子穿著救生衣，而到傍晚，孩子的父母也找到了，隨行的祖父直到隔天才尋獲。兩個出海漁民的遺體始終找不到，但他們船隻的殘骸在避難灣附近沖上了岸。

艾瑞克的遺體在第三天找到。他們不讓茱麗葉去看，據說是遺體沖上岸後，被東西碰了（意思是被動物碰過）。

或許因為如此，因為沒必要看遺體或找殯儀人員，艾瑞克的老朋友和打漁夥伴們想到讓艾瑞克在海灘上就地火化。而茱麗葉沒反對。死亡證明還是得有的，因此有人打電話給那位每週來鯨魚灣一次的醫生，打到他在鮑威爾里弗的辦公室，醫生便授權愛洛和一位有照的護理師代替他來——愛洛恰巧是那醫生的助理，每週去幫忙他一天。

附近漂流木多的是，有大量沾了海鹽的樹皮，升起了極好的火，不消幾個鐘頭，一切準備就緒，消息也傳開了，不知怎麼傳的，即便是臨時通知，婦女們還是紛紛帶了食物到來。一切由愛洛主導——她的斯堪地那維亞血統、直挺的儀態和飄逸的白髮，似乎在在使她扮演這「大海的寡婦」顯得天生自然。孩童在木柴之間追逐奔跑，大人「噓」地要他們遠離火葬柴堆。木柴持續往上堆，而柴堆底下，艾瑞克的遺骸少得不可思議，上頭裹了布料。附近某個教會的婦女為這場半異教儀式送來一大甕咖啡，而大家謹慎地把成箱啤酒、各種瓶裝飲料暫時留在汽車後車廂和卡車駕駛艙裡。

問題出現了，該由誰講話，火又該由誰點呢，他們問茱麗葉，她願不願意？茱麗葉此時顯得僵硬而忙碌，正在發一杯杯咖啡，她說他們搞錯了，她身為遺孀，應該跟著跳進火裡才對，她說的時候還真的笑出聲來。那幾個來問她的人不禁後退，怕她歇斯底里起來。最常與艾瑞克搭檔的一個男人答應點火，但他說自己不太會講話，然後便有人想到，反正找他也不適合，因為他太太是福音派新教徒，他可能會不由得說出一些艾瑞克聽了要不愉快的話。愛洛的丈夫便自告奮勇了。他是個瘦小的男人，多年前因為漁船失火而毀容，是個愛發牢騷的社會主義者和無神論者。他講著講著，可說是將艾瑞克拋到腦後，只除了說艾瑞克曾與他一起在戰場上出生入死。之後他又說了極冗長的一大段，事後大家將這歸因於他在愛洛的統治下活得太過壓抑。他叨絮抱怨個沒完的時候，群眾或許有些躁動不安，感覺這活動不如原先所想的那樣好，那樣莊嚴，那樣令人心酸，但當火點燃，那種感覺頓時煙消雲散，眾人屏氣凝神，甚至孩子們也是，或者說孩子們尤其如此。接著一個男人喊：「不要讓小孩待在這裡。」那是火燒到遺體的時候，他們這才想到，燃燒脂肪，燃燒那些心臟、腎和肝等等，可能會產生炸裂或滋滋聲響，讓人聽了不安。許多孩童便被母親拉走了，有些心甘情願，有些則沮喪得很。因此這場火葬的最後一幕基本上就成了男性的儀式，還稍微帶著點駭人色彩，即便不到違法的程度——這情況下火葬確實合情合理。

茱麗葉待在原地，睜大了眼，臀腿搖晃身子，臉龐貼著那熱氣，心不在焉。她想起某個人——是崔洛尼[4]嗎？他曾從火焰中搶出詩人雪萊的心臟，那顆長久以來有著非凡意義的心臟啊。想想那個時候，距離現在也不是多久以前，人對於一個肉體的器官竟如此珍視，視之為勇氣和愛的所在。那不過是肉體罷了，燃燒的肉體。與艾瑞克一點關聯也沒有。

潘妮洛琵一無所知。溫哥華報紙上刊了一則簡短報導，當然沒提海邊火葬，只敘述了溺斃事件。然而遠在庫特尼深山裡的潘妮洛琵根本沒能接觸報紙或廣播。她回溫哥華後，從朋友海瑟家打電話回家，接聽的是克莉絲妲。克莉絲妲回來得太遲，沒能趕上喪禮，但這會兒她正陪著茱麗葉，盡可能幫忙她。克莉絲妲說茱麗葉不在，其實不是真的；她說要找海瑟的母親說話。她解釋了整件事，說她會載茱麗葉去溫哥華，她們立刻動身，到了後再讓茱麗葉親自告訴潘妮洛琵。

克莉絲妲把茱麗葉載到潘妮洛琵待的那房子前，讓她下車，獨自進去。海瑟的母親把她留在日光室，潘妮洛琵已經等在裡頭。得知消息後，潘妮洛琵一臉驚恐，接著當茱麗葉鄭重其事地張開雙臂擁抱她，她露出像是尷尬的表情。或許在海瑟的家，在這白綠橙相間的日光室裡，一旁還有海瑟的兄弟在後院投籃，如此危急的消息實在難以穿透。就地火化的事隻字未提——在這棟屋宇和這個街坊中，茱麗葉的儀態遠遠地超過了她想展現的樣子，一言一行都顯出**好人**的模樣。

海瑟的母親輕輕敲門，走了進來，端來幾杯冰茶。潘妮洛琵大口喝下茶，找海瑟去了；海瑟一直在走廊上徘徊。

接著海瑟的母親便和茱麗葉說，她很抱歉用這些實際的事情打擾茱麗葉，然而時間緊迫。原來她和海瑟的父親幾天後準備驅車往東去拜訪親戚，要去一個月，原本打算帶著海瑟一起。（她兒子們會去露營。）但現在海瑟卻不想去了，央求留在家裡，跟潘妮洛琵一起。兩個十四歲和十三歲的孩子怎麼能獨自看家呢，她就想或許茱麗葉會想休息一段時間，喘口氣，在經歷了這些事情後，在失去丈夫這樣的悲劇之後。

因此不久後，茱麗葉就住進一個截然不同的世界了，這寬敞潔淨的屋宇裝飾得明亮而周到，處處充滿便利設施——而那些對她而言全是奢侈品。這房子坐落在一條弧形街道，相似的房子沿街而築，屋前都有修剪整齊的樹叢和招搖的花圃，而就連天氣在這個月分也完美無瑕，和煦燦

---

4 崔洛尼（Edward John Trelawny）是十九世紀的作家和探險家，最為人所知的是他與詩人雪萊和拜倫的友誼。文中所述事情發生在雪萊火化之後。

爛，微風徐徐。海瑟和潘妮洛琵去游泳，在後院打羽球，上電影院，烤餅乾，一會兒暴飲暴食，一會兒忌口節食，努力曬出小麥膚色，在屋裡放些茱麗葉覺得歌詞傷感惱人的音樂，有時也邀女生朋友來玩，沒邀過男孩子，但她們會跟經過或是隔壁戶聚集的男孩子們聊長長的天，揶揄嘲諷，漫無目的。茱麗葉偶然聽見潘妮洛琵對一個來玩的女孩子說：「呃，我其實跟他根本不熟。」

她在說她父親。

多奇怪。

潘妮洛琵不像茱麗葉，她從來不怕在有風浪時出海，她會纏著艾瑞克帶她去，經常能成功，她就跟在艾瑞克後面，穿著有模有樣的橘紅救生衣，拿著她拿得動的工具，而臉上總是帶著某種嚴肅認真的神情。她會留意捕蝦籠如何擺放，捉到了漁貨要去頭和裝袋，動作也變得熟練迅速，冷靜無情。她兒時有某個階段，好像八歲到十一歲吧，她總說長大後要出海捕魚。艾瑞克告訴她，這年頭也有女孩子出海了沒錯。茱麗葉覺得潘妮洛琵確實可能，因為她聰明但沒書呆子氣，體能好，精力充沛，又十分勇敢，但艾瑞克卻在潘妮洛琵聽不見時說，希望她能漸漸打消這念頭，因為他不希望別人過他這種生活。他老愛這麼說，說自己選擇的工作有多艱辛，多不安穩，但茱麗葉認為，他其實引以為榮。

而現在艾瑞克被打發了，這個最近才把腳趾甲塗成紫色、展現著上腹部假刺青的潘妮洛琵，生活中曾經滿滿是他，如今就這樣打發了他。

但茱麗葉感覺自己也在做一樣的事。當然，她忙著找工作，找地方住，她開始賣鯨魚灣的房子——她無法想像繼續住在那裡。她也賣掉卡車，把艾瑞克的工具都送人，還有捕蝦籠，包括那些後來找回來的，以及他那艘船。艾瑞克住在薩克其萬的成年兒子也回來一趟，帶走了狗。

她申請了一份大學圖書館參考書區的工作，還有公立圖書館的工作，她感覺自己會被其中一家錄用。她看了一些在基斯蘭奴、鄧巴和格雷岬[5]的公寓，城市生活的潔淨、條理和省事不斷令她驚奇：在城市裡的生活，男人不在戶外工作，而各種與工作有關的活動亦不局限於室內，天氣或許影響心情，卻不會影響生活；另外在這裡，是否抓得到明蝦和鮭魚、牠們的習性是否改變等等僅僅只是有意思的主題，或許根本不會有人討論。她在鯨魚灣只是不久前的事，但相較之下那裡的生活顯得無章法、混亂又疲累。而她自己也洗滌了過去幾個月的情緒——現在她精神奕奕、能幹，人也好看多了。

艾瑞克真該看看她現在的樣子。

她一直用這種方式想著艾瑞克，她並非不知道艾瑞克死了——那樣的狀況從未發生過片刻，然而她總在腦海中不斷提起他這個人，彷彿她的存在仍是對他比對世上任何一個人都要重要，彷彿他仍是她最希望在對方眼中閃閃發光的人，以及她提出論點、傳達資訊、製造驚喜的對象，這一切早已成了她的習慣，自然而然，就連他的死也沒法干擾這樣的習慣。

---

5 基斯蘭奴（Kitsilano）、鄧巴（Dunbar）和格雷岬（Point Grey）都位於溫哥華市。

而他倆最後的爭執也沒完全解決。她仍認為他得交代他的背叛，現在她有些賣弄風姿時，就是對他出軌的抗議。

那場暴風雨，尋獲的遺體，海灘上的火葬，一切都像是一場她被迫觀賞和相信的盛會，與艾瑞克和她自己沒什麼關係。

＊　＊　＊

她應徵上參考書圖書室的工作，找到一間她勉強負擔得起的兩房公寓。潘妮洛琵也回到托倫斯學院上課，只是沒繼續住校。她們在鯨魚灣的一切事務就這麼結束，在那裡的生活徹底落幕。就連克莉絲妲都要搬出來了，她準備在春天時搬來溫哥華。

在那之前的某天，那是二月某日，茱麗葉結束下午的工作，站在校園候車亭，這天的雨已經停歇，西方露出一道晴空，落日紅霞掛在喬治亞海峽上方，這白晝漸長的跡象，季節遞嬗的徵兆，對她起了意料之外、壓倒性的效果。

她意會到，艾瑞克真的死了。

彷彿她在溫哥華的這段時間裡，他是在某處等待，等著看她是否願意恢復與他共度的生活，彷彿跟他在一起還是一個可供選擇的選項，她來到這裡後的生活總襯著艾瑞克這幅背景，她並未真正了解艾瑞克已經不在。他的一切都不復存在了，他身處這平凡日常世界中的記憶正點滴撤退。

這就是哀慟吧。她感覺像被一袋水泥淋了滿身，迅速僵固，使她幾乎動彈不得，上公車，下公車，走半條街的距離回住處（她為什麼會住到這裡來？）這一切都像攀崖般艱辛，而她還不能讓潘妮洛琵發現。

晚餐桌上，她開始顫抖，但手指箝得老緊，沒法放下刀叉。潘妮洛琵走過餐桌，將她的手扳開，說：「是因為爸爸，對不對？」

茱麗葉後來跟幾個人說過——例如克莉絲妲，她說女兒那句話，真是所有人對她說過的話之中最寬慰、最溫柔的話語了。

潘妮洛琵用她微涼的手上下撫摸茱麗葉的手臂內側。隔天她打電話到圖書館說媽媽病了，然後她留在家裡照顧茱麗葉幾天，直到她恢復正常，或者該說是走出最糟的狀況。

那幾天，茱麗葉將一切和盤托出，關於克莉絲妲，爭吵，海灘上的火葬（就地火葬的事，茱麗葉一直奇蹟似地瞞著女兒至今），全說了。

「我不該說的，這樣變成妳的重擔。」

潘妮洛琵說：「是啊，也許吧。」但她堅定地補了一句：「我原諒妳，我想我也不是小孩子了。」

茱麗葉便重新回到世界裡。後來像在候車亭那樣的發作又發生過幾次，但不再那麼強勁。

在圖書館的研究工作中，她認識了幾個省電視頻道的人，並接受了他們給的工作。她在省電視頻道做了大約一年後，開始了訪談工作。她多年來的隨性閱讀（在鯨魚灣的歲月裡，愛洛極不贊同她讀的那些東西），她所收集的那些零碎資訊，她隨機的胃口和迅速融會貫通的能力，如今都派上用場，此外她還培養出一種自貶、淡淡揶揄的風格，似乎很受歡迎。在鏡頭前，沒什麼事能讓她驚慌，儘管其實她回家後會來回踱步，邊回顧一些察覺出的差錯和緊張，或者是更糟的發音錯誤。

五年後，生日卡不再寄來了。

「這不代表什麼，那些卡片的用意就是告訴妳她還活得好好的，現在她覺得妳知道了，她信任妳，覺得妳不會派人去找她，就這樣而已。」克莉絲妲說。

「是我給她太多重擔了嗎？」

「噢，小茱。」

「我說的不只是艾瑞克死的時候，還有其他男人，後來那些，我讓她看到太多悲慘的一面，我愚蠢悲慘的生活。」

潘妮洛琵十四歲到二十一歲之間，茱麗葉談過兩次感情，兩次她都一頭熱地墜入愛河，儘管後來她都深感羞恥。其中一個男的大她很多，而且是徹頭徹尾的已婚人士；另一位比她年輕很多，被她蓄勢待發的情緒嚇著了。事後她回想也不明所以，她其實沒喜歡他哪一點呀，她說。

「我也沒覺得妳喜歡他哪一點。」克莉絲妲說——她覺得十分疲倦。「我不知道。」

「老天爺，我那時真傻，我現在對男人不會那樣了，對不對？」

克莉絲姐沒說，或許只是因為她現在缺乏人選。

「是啊，小茱。」

「其實我那時也沒真的做出什麼太誇張的事。」茱麗葉接著說，情緒一振。「我為什麼要一直悔恨自己做了錯事呢？她這孩子就是麻煩點，就是這樣，我得面對。」

「麻煩又冷淡。」她又嘲諷一句，下定決心似地說。

「才不是。」克莉絲姐說。

「對，她不是。」茱麗葉說。

下一個杳無音信的六月過去，茱麗葉決定搬家。她對克莉絲姐說，前五年，她總等著六月，想著六月時能等到什麼，但現在這情形，她每天都得想這件事，每天都得失望一次。

她搬到溫哥華西端區的一棟大廈。她原想扔掉潘妮洛琵房間的東西，但最後還是統統塞進垃圾袋，一起搬了過去。她現在只有一間臥室，但地下室有儲藏空間。

她養成在史丹利公園慢跑的習慣。如今她很少提起潘妮洛琵了，連對克莉絲姐也不說。她交了個男朋友——這年頭都是這樣稱呼的。男友從沒聽過她女兒的事。

克莉絲姐日漸消瘦，日漸陰鬱。某年的一月，突如其來，她死了。

一個人不可能上電視上一輩子。無論觀眾覺得你的臉多討喜，他們終有一天會喜歡看另一個不同的人。電視台也給了茱麗葉其他工作機會——研究，替自然節目寫配音稿，但她十分愉快地婉拒了，說她正需要徹底的改變。她重拾古典研究（這學系比從前更小了），打算繼續寫她的博士論文。她搬離大廈，改住一間單身公寓，能省下錢。

她男友得到一份去中國教書的工作。

她的公寓位於一棟房子的地下室，但最後面的拉門開在一樓。她還有個磚砌的小露臺，一座格子棚架種了香豌豆和鐵線蓮，幾只花盆裡栽著香草和花卉，這是她今生頭一次，以小小的規模玩起了園藝，就像她父親一樣。

有時，在商店裡，在校園中，會有人對她說：「不好意思，妳看起來好眼熟喔。」或者說：「妳不就是以前常出現在電視上的人嗎？」但約莫一年後，這情形便不再有，她花大量時間坐在路邊桌子旁閱讀，喝咖啡，都沒人認出她。她也留長了頭髮，她的頭髮在染紅的那些年裡失去了自然棕髮的活力，現在成了泛著銀白的棕色，纖細、鬈曲如波浪，這令她想起母親莎拉；莎拉那頭柔軟、淺金、飛絮般的髮，逐漸轉灰，最後變白。

現在她家裡沒有空間能邀人來吃晚餐了，也不再對什麼食譜感興趣。她每天吃著夠營養但單調乏味的餐點。她並非刻意，但逐漸與大部分朋友斷了聯繫。

這也難怪，她現在過的生活太不同，先前她是個活在大眾目光下的女人，熱力四射，與諸事攸關，消息靈通得不得了。如今她活在書堆裡，醒著的時間大半在閱讀，且無論提出什麼假設，都得不斷深掘、改變，她經常一整個禮拜都沒關心世界大事。

她放棄了博士論文，轉而對某些作家稱之為古希臘小說家的人產生興趣，他們的作品在古希臘文學史中出現得相對晚（始於公元前[6]一世紀——她現在已經學會這麼說——一直持續到中世紀早期）。阿里斯提德、朗格斯、赫里奧多拉斯、阿基琉斯．泰提厄斯——這些人的作品許多都已佚失或只剩下斷簡殘篇，且據說有欠得體，然而其中赫里奧多拉斯寫了一部叫《衣索比亞》的傳奇故事（原先是私人藏書，後來在布達圍城時重見天日），自從一五三四年在巴塞爾印刷後就聞名於歐洲。

在這故事裡，衣索比亞皇后誕下一個白皮膚的嬰兒，唯恐被控通姦，便將女嬰交由天衣派信徒（也就是裸體的哲學家）養育，他們隱居修道，奉行神祕主義。這名喚作嘉里克麗的女孩最後被帶到德爾菲，成為阿蒂蜜斯神的女祭司，在那裡，她遇見一位名叫塞阿戈奈斯的色薩利貴族。他愛上她，並在一位聰明的埃及人協助下帶她逃了。沒想到衣索比亞皇后思女心切，雇用了該名埃及人尋找女兒，而在各種不幸和奇遇後，所有主角在麥羅埃聚首，在嘉里克麗即將被親生父親獻祭之際拯救了她——她又一次被拯救。

其中有意思的主題密如蒼蠅，而這故事對茱麗葉有一種自然而然、持續的吸引力，特別是那些天衣派信徒，她想辦法找出關於這些人的資料。他們通常叫做印度教哲學家，那麼以這部作品

6 公元前（B.C.E.，Before the Common Era）相對於西元前（B.C.，Before Christ，意為「在基督誕生之前」），是去除基督教色彩的說法。

而言，難道當時的人以為印度毗鄰衣索匹亞嗎？不——赫里奧多拉斯的年代已經滿晚，他一定有該有的地理知識；天衣派信徒漫遊四方，足跡遍布天下。他們奉純粹的生活和思維為鐵則，鄙棄任何擁有物，甚至包括衣裝和食物，一個在他們膝下成長的美麗少女，自然可能渴求一種不假掩飾、狂喜的人生到如此有悖常理的程度了。

茱麗葉結識了一位新朋友，名叫賴瑞，他是教古希臘文的，他讓茱麗葉把那幾大袋東西放在他家地下室。賴瑞老愛想像他倆或許能將《衣索比亞》改編成音樂劇，茱麗葉也加入她的奇想，甚至編了荒謬至極的曲子和可笑的舞臺效果。但她內心深處其實想編寫出一個不同的結局，劇情牽涉了斷絕的母女關係，以及嘉里克麗的反向追尋，過程中，她會遇到騙徒和江湖術士，那些都只是東施效顰，並非她真正想追尋的，她真正心繫的是一場和解——她終將與衣索比亞皇后言歸於好；這位皇后曾做過錯事，但已然悔悟，基本上是擁有高尚胸懷的人。

茱麗葉幾乎能確定，她在溫哥華見到「希普頓修女」了。茱麗葉拿一些再也穿不著的衣服到救世軍二手商店（她衣櫃裡的服裝已愈來愈偏向實穿用途），把袋子放在接收室時，她看見一個身穿夏威夷姆姆花裙的肥胖老婦，正在替一件件長褲上標籤。老婦正在跟其他員工聊天，她有著管理人的神態，像個開朗但警戒的監督者——或者就是一種愛扮演這種領導角色的神態吧，無論她是否有實權。

若她真是希普頓修女，她倒是潦倒了，但也沒潦倒多少，因為如果她是希普頓修女，她難道不會有滿腔的樂觀和自以為是，不致一蹶不振嗎？

還有滿腔的建議，惡性的建議。

她在非常飢渴的狀態中來到我們這裡。

茱麗葉向賴瑞說了潘妮洛琵的事。天底下總得有一個人知道這件事。「我當初該跟她談談高貴的人生嗎？談自我奉獻嗎？為陌生人的需求奉獻生命嗎？我從沒想過那種事，我一定表現得好像她像我一樣就夠好了。是不是這樣才讓她反感？」她說。

賴瑞並不是一個對茱麗葉有所圖的男人，他只需要她的友誼和開朗，他就是以前人所說的那種老派單身漢，就茱麗葉看來，他完全沒有性欲（但或許是她看不出），對他人私事避之唯恐不及，而跟他相處很有意思。

這期間出現過兩個希望與她共度生活的男人。其中一個是她在路邊桌子坐著時結識的，他剛喪妻不久，茱麗葉滿喜歡他，但他的寂寞太過坦露奔放，又追她追得太迫切，把她嚇著了。

另一個人是克莉絲妲的哥哥，她在克莉絲妲在世時見過他幾次。跟他相處挺合她的口味——他許多地方都像克莉絲妲。他的婚姻很久以前就結束了，他的態度並不迫切——她從克莉絲妲那裡得知，有好幾個女人願意跟他結婚，是他躲開了。然而他太理性，他幾乎是以十分冷靜的頭腦挑選了她，這想來令她感到有些羞辱。

但何必覺得羞辱呢？她又沒真愛他。

在她跟克莉絲妲的哥哥交往期間——他的名字叫蓋瑞．蘭伯——有天她巧遇海瑟，在溫哥華的市區街上。那時茱麗葉和蓋瑞剛走出戲院，他們看了一場傍晚場的電影，正在討論上哪吃晚餐，那是個溫暖的夏夜，天上仍有幾絲殘餘的天光。

一個女人從人行道上的一群人裡脫隊，直直走向茱麗葉，是個身形削瘦的婦人，或許年近四十，打扮時尚，一頭黑髮挑染成太妃糖棕。

「波提厄斯太太、波提厄斯太太。」

茱麗葉認得那嗓音，若非聽聲音，光看臉她絕對認不出。是海瑟。

「太妙了，我來這裡三天，明天就要走了，我先生來這裡開個會，我還在想我在這裡都沒認識的人了，結果一轉身就看到妳。」海瑟說。

茱麗葉問她現在住哪，她說住美國的康乃狄克州。

「而且才大約三個禮拜之前吧，我去找賈許——妳記得我弟弟賈許吧？我去艾德蒙頓看我弟賈許和他家人，結果遇到潘妮洛琵，就像這樣，在街上，不，其實是在購物中心，那裡有間大得不得了的購物中心。她帶著兩個孩子，帶他們去買上學穿的制服，都是男生。我們兩個都嚇呆了；我沒一眼認出她，但她認出了我。當然，她是搭飛機下來的，她住那很遠的北方呀，不過她說那裡其實滿進步的，她還說妳現在還住在這裡。不過我跟著這些人行動——他們是我先生的朋友——我真的沒時間撥電話給妳——」

茱麗葉做了個手勢，表示當然囉，海瑟怎麼會有這時間，以及她也沒期待海瑟要打給她。

她問海瑟有幾個小孩。

「三個，都是小惡魔，真希望他們快點長大，不過我的生活跟潘妮洛琵相比算是輕鬆了，她生了**五個**呀。」

「是啊。」

「我不能講了，我們要去看電影，我根本不曉得劇情，也根本不愛法文片，不過能這樣遇到妳真好。我爸媽搬去白石了，他們以前整天在電視上看到妳呢，他們以前都向朋友吹噓，說妳住過我們家。他們說妳現在沒上電視了，是厭倦了嗎？」

「算是吧。」

「我來了，我來了。」她像現在時興的那樣，擁抱並親吻了茱麗葉後，便跑過去跟上她那群朋友。

所以。潘妮洛琵不住艾德蒙頓——她是**南下**到艾德蒙頓，搭飛機下去的，這代表她住在白馬市或黃刀市，否則還有哪裡能形容成**滿進步的**？或許潘妮洛琵是語帶諷刺，有點在調侃海瑟。

她生了五個孩子，其中至少兩個是男孩子。他們要買學校制服，代表念的是私校，代表有點錢。

海瑟一開始沒認出她。這代表她看起來很老嗎？或者生了五胎，身材走樣了，沒好好**照顧自**

己？海瑟就把自己打理得很好，茱麗葉以前也算是。這代表潘妮洛琵把這種事看作是可笑的掙扎，是缺乏安全感的表現嗎？或者只是她無暇顧及——她根本不會考慮這種事。

茱麗葉始終以為潘妮洛琵跟一些超驗主義者往來，或是信奉神祕主義，終其一生沉思冥想，或者是另一種狀況——恰恰相反，但同樣激進，是過著斯巴達式的簡樸生活，以某種艱苦危險的方式討生活，好比在英屬哥倫比亞沿岸內線航道的冰冷水域裡捕魚，也許有個丈夫，或許也有幾個體格強健的孩子。

但完全不是這樣。她過著殷實又務實的主婦生活，或許嫁了個醫生，或是哪個公職官員，他或許管理北方地區，在這加拿大正循序漸進、小心翼翼（但又有些敲鑼打鼓地）將控制權移交原住民的年頭。倘若她能再見到潘妮洛琵，她倆或許會一起笑茱麗葉這些年來的想法真是大錯特錯，她們會說起她們各自遇到海瑟——多怪呀，並一起大笑。

不，不，問題絕對就是她太常跟潘妮洛琵嘻嘻哈哈了，她將太多事說成笑話，一如她讓太多事淪為悲劇——她的私事，那些名為愛情、實則或許只是滿足的關係。她就是缺乏為人母的矜持和端莊自治。

潘妮洛琵還說她（茱麗葉）仍住在溫哥華。潘妮洛琵沒提到她們母女斷了往來，一定的，如果她提過，海瑟不可能說得那麼輕鬆。

潘妮洛琵怎麼曉得她還在溫哥華呢，除非她查過電話簿？如果她查過，那又代表什麼？沒什麼意義，查過也沒任何意義。

茱麗葉走到路邊跟蓋瑞會合。他剛看到那巧遇舊識的場面就識相地躲去旁邊了。白馬市。黃刀市。得知這些地方其實令她痛苦——她能搭飛機去這些地方，在那裡的街上徘徊，設想一些引人注意的方法。

但她沒瘋到那程度。她不能瘋到那程度。

晚餐時，她心想，她剛剛消化的那些消息，讓她現在覺得能跟蓋瑞結婚了，或者同居——就看他想怎樣。因為關於潘妮洛琵，已經沒什麼好讓她操心或等待了。潘妮洛琵不是個幽靈，她很安全，至少跟天底下其他人一樣安全，而且可能也跟其他人一樣幸福。她已經放掉了茱麗葉，很可能也放掉了關於茱麗葉的回憶。茱麗葉最好也放掉她。

但她跟海瑟說茱麗葉還住在溫哥華。她當時是說**茱麗葉**嗎？或是**媽媽**？**我媽媽**。

茱麗葉告訴蓋瑞，海瑟是老朋友的女兒。她從未跟他說過潘妮洛琵的事，他也沒表現出半點知道潘妮洛琵這個人存在的跡象。或許克莉絲妲跟他說過，他認為不關他的事，因此保持沉默，也或者克莉絲妲說過，但他忘了；或者克莉絲妲從未提起潘妮洛琵，連這名字都沒提過。

如果茱麗葉跟他同居，潘妮洛琵的事永遠不會浮出水面，潘妮洛琵就像不存在。潘妮洛琵本來就不存在。茱麗葉尋找的那個潘妮洛琵已經不在了，海瑟在艾德蒙頓看見的女人，那個帶著兒子到艾德蒙頓買上學制服的女人，那個臉龐和身體改變得令海瑟認不出的女人，茱麗葉根本不認識。

茱麗葉自己真的這麼想嗎？

就算蓋瑞看出她躁動不安，他也假裝沒注意到。但或許就在這晚，兩人又都明白，他倆是不可能一起生活的。若他們有可能共度未來，她或許會告訴他：我女兒當年不告而別，其實她當時可能也不知道自己會一去不回頭，她不曉得這一走就是永遠。然後我想，她逐漸地意識到自己有多麼想要繼續遠離，那只是一個讓她能繼續生活下去的方式。

她或許只是不知道如何解釋。或其實只是沒時間，你也知道，我們人總有這個理由或那個理由，不斷地找理由。我也可以告訴你許多我做錯的事，但我認為真正的理由或許沒辦法那麼容易找出來，或許是因為她天性的純淨吧，對，某種高尚、嚴格和純淨，她性格中某種堅硬如石的誠實。我爸爸以前說到他不喜歡哪個人的時候，會說那人對他沒有用處，這句話會不會就是字面上的意思呢？我對潘妮洛琵沒有用處。

或許她受不了我了，這也是可能的。

茱麗葉還是有朋友，沒那麼多了，但還是有朋友的。賴瑞仍會來看她，說笑打趣。她也繼續著研究。用**研究**形容她所做的事似乎不大貼切——應該說是**調查**。

由於錢不夠用，她現在也在從前久坐的路邊咖啡店每週打工幾小時，她覺得成天與古希臘人為伍，這工作是很好的平衡——甚至認為就算日子過得去，她也不會辭掉這份工作。

她仍期待收到潘妮洛琵的隻字片語，但沒有太費勁，那種期待，就像有理智的人期待天外飛來的恩賜，或疾病自行痊癒等等，僅是懷著希望罷了。

激情

沒多久前，葛瑞絲去渥太華谷找了崔佛斯家的避暑別墅。她許多年沒來加拿大這地區了，改變自是有的。七號公路如今避開了一些從前直接穿過的城鎮，而她記得從前是彎路的地方現在倒取直了。加拿大地盾的此區有許多小湖，一般的地圖通常沒空間能標示，即便她知道了小塞博湖的方位，至少她自認是，但從線道通往小塞博湖有太多條路，她從中選了一條後，又有太多馬路與之交會，一條條都是她記不得的路名；事實上，她四十多年前去那裡時，那些路根本沒名字，連路面也沒鋪，只有一條泥土路通往小塞博湖，那路就沿著湖畔亂無章法地蜿蜒。

現在那裡有個村落了，或者該稱為城郊，因為她放眼望去，連一間郵局或黯淡的便利商店也見不到，這個聚落沿著湖畔占了四、五條街的寬度，一小塊一小塊的土地上，小小的房子彼此緊挨著。其中一些無疑是避暑用的，窗戶封了板，避暑屋都這樣過冬。但也有不少房子有種種跡象顯示裡頭一年四季住著人，許多住戶的院裡擺滿了塑料遊戲器材、戶外烤肉架、健身腳踏車、摩托車和野餐桌，在這天氣仍暖和的九月天，有些住戶就坐在野餐桌前，或者吃午餐，或者喝啤酒。另外還有些沒這麼容易看見的住戶，或許是學生，或者是獨居的老嬉皮，他們拿旗子或鋁箔充當窗簾。都是些狹小、廉價、蓋得不算差的房子，有些有防寒設施，有些則沒有。

葛瑞絲差點就要掉頭，但她看見了那棟八角屋，屋頂周圍有浮雕裝飾，每隔一面牆便有一扇門。那是伍茲家。她一直記得那房子有八道門，但眼前似乎只有四道。她從未進去過，看看屋內究竟如何隔間，或到底有沒有隔間，她想崔佛斯家的人應該也都沒進去過。伍茲家從前有高大的樹籬環繞，旁邊長著許多耀眼奪目的白楊樹，終年讓湖畔的風吹得沙沙作響。伍茲夫婦是老人——和葛瑞絲現在一樣，而似乎不曾有朋友或兒女來找過他們，他們那古雅別緻的房子現在看來孤苦伶仃，彷彿在一個不該在的地方，四面八方都堆著左鄰右舍的大型手提收音機、暫時卸下的汽車零件，以及玩具和清洗衣物。

葛瑞絲找到崔佛斯家的房子亦是差不多的光景，同一條路往前約莫四分之一哩就是崔佛斯家。從前崔佛斯家就在這條路的盡頭，現在馬路已經又往前開去；而左右鄰居的房子都只隔著幾呎，緊挨著他們家寬大的環狀露臺。

在那之前，葛瑞絲從未看過蓋成這樣的房子——只有一層樓高，主屋頂往四邊延伸，毫無中斷，直掩過露臺；後來她見過許多了，在澳洲。這樣的房子令人想起炎夏。

以前能從露臺奔過滿是沙土的那頭車道，奔過一塊久經踐踏、長著野草叢和野草莓的沙質土地，那也是崔佛斯家的地，然後直接跳進——不，應該說是踩進——湖裡。現在幾乎看不到湖了，因為那條路線上如今蓋起了一棟偌大的房子，是此地少數幾棟正規的郊區房屋，還有能停兩輛車的車庫。

葛瑞絲踏上這趟征途時，她究竟想找什麼呢？或許最慘的是真讓她看到心中期待的景象，屋簷和紗窗如昔，門前有小塞博湖，屋後仍聳立成排槭樹、雪松和麥加香脂樹，一切原封不動，好景恆常，她自己卻是桑榆暮景了；然而眼前的崔佛斯家凋零如此，徒存骨架，變得突兀蒼涼——那突出的屋頂窗、怵目的藍油漆——長遠來說，反倒不那麼令人觸景傷情。

如果發現整棟房子完全不在了呢？任誰都要大驚小怪。若是偕伴同行，還要哀嘆人事全非吧！但難道不會如釋重負嗎？那昔年的困惑和牽掛都隨之一掃而空。

這房子是崔佛斯先生蓋的——當然是他請人蓋的，他送崔佛斯太太這份結婚禮物，是給她的驚喜。葛瑞絲初次見到這房子時，屋齡或許已經有三十年。崔佛斯太太的兒女年紀相差很大——格蕾琴二十八、九歲，已經結婚生子；穆禮二十一歲，正要上大學最後一年；另外還有尼歐，已經三十五、六歲，但他不姓崔佛斯，他名叫尼歐．巴羅，是崔佛斯太太上一段婚姻的孩子。她前夫死了，她曾自己謀生，撫養兒子，在一間祕書專科學校教商用英語。崔佛斯先生每每提到她在他倆認識前的那段人生，都描述成一段艱苦歲月，幾乎像苦役，得讓她享盡一輩子的安樂才能勉強彌補，而他樂意之至。

崔佛斯太太自己提起過往時則完全不是那種說法。當年她跟尼歐住在一棟偌大老宅隔成的一小間公寓裡，鄰近彭布羅克鎮的鐵道，而她晚餐時講的許多故事都是在那裡發生的，好比關於其他房客，或那位法語加拿大房東的事，她還會模仿他刺耳的法文和糊成一團的英文。那些故事簡直能標上名稱，就像葛瑞絲在《美國幽默文選》讀到詹姆斯・瑟伯（James Thurber）的短篇一樣，那是她十年級時在教室後面的圖書架上莫名其妙找到的書（當年一起擺在書架上的還有《最後的男爵》，以及《航海兩年》[1]）。

崔佛斯太太的那些故事，大概可以取名叫《郭瑪蒂老太太爬上屋頂的一夜》、《郵差追求福羅華小姐》和《大狗吃小沙丁魚》等等。

崔佛斯先生則從來不說什麼故事，晚餐時沒什麼話，但如果他見到人在看某樣東西，好比家裡的粗石砌壁爐，他就會說：「妳對石頭有興趣呀？」然後細數每塊石頭從哪裡來，以及他是如何費盡千辛萬苦才找到某塊粉色花崗岩，只因崔佛斯太太曾在瞥見路邊斷面的一塊粉紅花崗岩時歡喜驚呼。或者他也可能介紹一些他自己替房子加的巧思，儘管那些其實並不是多麼罕見的設計——好比廚房裡能往外旋轉的轉角櫃，或是窗臺座位底下的儲物空間。他是個高大駝背的男人，嗓音輕柔，稀薄的頭髮服貼地梳在頭皮上。他下水時會穿防水鞋，而雖然穿著平常的衣服時看起來不胖，但換上泳褲後，便會有成疊鬆餅般的白肉在泳褲上晃呀晃的。

那年夏天，葛瑞絲在貝理斯瀑布的飯店工作，在小塞博湖的北邊，初夏時崔佛斯一家去那裡吃晚餐，當時葛瑞絲沒注意到這一家，她不負責他們那桌，而且那晚很忙。她正替下一批客人擺餐桌時，才發現有個人等著想跟她說話。

是穆禮。他說：「小姐，請問我可以約妳出去嗎？」

葛瑞絲擺著餐具，動作迅如射箭，目光幾乎沒抬起來，她說：「你在玩大冒險嗎？」因為他說話的聲音高亢而緊張，又站得十分僵硬，一副很勉強的樣子；而大家都知道，有時那些度假小木屋來的年輕人會玩大冒險遊戲，拱人去邀女服務生約會。那不全是鬧著玩的——如果答應，他們真的會赴約，但有時男孩子只想把車開到某處停下，而不會請妳去看電影，甚至連喝咖啡也不會，因此大家認為女孩子答應這種邀約相當可恥，是太缺對象了。

「妳說什麼？」他的語氣痛苦，葛瑞絲這才停下動作直視他。那一刻，她似乎看透了他整個人，看見了穆禮真正的樣子——驚懼而憤怒，無辜而堅定。

「好吧。」她很快地說。她的意思或許是，好吧，你冷靜點，我知道這不是大冒險了，我知道你不是那種人，或者是，好吧，我答應跟你約會。連她也不曉得自己的回答究竟是哪種；但穆禮就當她答應了，且立刻約好隔天晚上她下班後來接她，在此同時他絲毫沒有壓低嗓音，也沒有注意到周圍用餐客人投來的目光。

他真帶她去看了電影，他們看了《岳父大人》。葛瑞絲不喜歡這部片。她討厭電影裡伊莉莎白．泰勒那樣的女孩子，那種被慣壞的富家女，別人對她們一無所求，她們卻動不動以甜言蜜語哄騙人、要求東要求西的。穆禮說這不過是一部喜劇片罷了。她說那不是重點，但她說不清重點

---

1 原書名分別為《*The Last of the Barons*》和《*Two Years Before the Mast*》。

是什麼。任誰都會覺得，是因為她得當服務生賺錢，窮得沒辦法升大學，而如果她想要一場那樣的婚禮，還得先自己存上許多年的錢（穆禮心裡確實這麼想，並且對她油然生出敬意，幾乎是崇拜了）。

她無法解釋，甚至自己也不太了解；她的感覺不全是嫉妒，更像一股怒氣，且並非她無法像片中女主角那樣購物或打扮，而是那電影所描繪的典型女孩，是男人——是大家、是所有人眼中女孩該有的樣子，漂漂亮亮，受人呵護，受人寵愛，自我中心，沒啥大腦，那就是女孩應有的模樣，大家就想跟那樣的女孩墜入愛河。接著她們便成為人母，母愛氾濫，對寶寶全心全意，不再自我中心，但仍然沒有大腦。一輩子如此。

正當她坐著生悶氣，身旁的男孩已經愛上了她，因為他旋即相信她的思想和靈魂正直而獨特，並將她的貧窮看成點綴其上的浪漫光輝（他知道她窮，不只因為她的工作，也因為她說話有濃厚的渥太華谷口音，而當年她對這件事還渾然不覺）。

他敬佩她對這部電影的感覺，事實上，在他聽完她惱怒而努力的說明之後，他也努力告訴她，現在他明白她的感受沒那麼簡單了，沒那麼女孩子氣，不是因為嫉妒，他明白了，是因為她無法容忍輕浮和愚昧，她不甘像多數女孩子一樣。她不同凡響。

葛瑞絲永遠記得她那晚的穿著，深藍紗裙和白襯衫，襯衫飾邊上的孔眼透著她胸脯上截，腰上搭配一條寬大的玫瑰色鬆緊腰帶，顯然，她所呈現出的外表與她希望人家怎麼想她之間存在著落差，然而她身上沒有任何小巧精緻、俏皮或流行的東西，她戴著再廉價不過的假銀手鐲，留著一頭不羈的長鬈髮（她在餐廳工作時總得用髮網束起），略顯邋遢的外表反而賦予她一種吉普賽風情。

不同凡響。

穆禮跟母親提了她。母親說：「快邀你這位葛瑞絲來家裡吃飯吧。」

對葛瑞絲而言，這是前所未有的經驗，且她立刻樂在其中，老實說，她就像穆禮愛上她一樣地愛上了崔佛斯太太。當然，她生性不像他，沒像他公然展現那種目瞪口呆、滿懷崇拜的心意。

葛瑞絲由阿公阿婆撫養長大，正確來說，是她的姨公和姨婆。她母親在她三歲時死了，父親搬去薩克其萬，另組新家庭。姨公姨婆這對代理父母待她很好，甚至儘管有些搞不清楚狀況，仍然十分以她為榮，只是他們不習慣跟她說太多話。姨公靠編藤椅為生，也教會葛瑞絲怎麼編，好讓她能幫忙，等哪天他視力衰退了，工作就由她接手。但接著她找到那份貝理斯瀑布的暑期工作；儘管姨公捨不得她去，姨婆也捨不得，但他們認為她確實需要在安定下來之前先嘗嘗一些人生滋味。

那年她二十歲，剛從高中畢業，她本該早一年讀完，只是她做了奇特的選擇。她住在一個極小的鎮上——距離崔佛斯太太的彭布羅克不遠，而這地方小雖小，倒有一所五年制的高中，專門訓練學生通過各種公辦考試，以及當時稱為「高級錄取測驗」的升大學考試。學生不需要修完全部學科，但葛瑞絲在第一年結束時（十三年級，那本該是她念的最後一年書），試著考了歷史、植物學、動物學、英文、拉丁文和法文，且得到其實不必要的高分。到九月，她又回到學校，提出要修物理化學、三角學、幾何學和代數，儘管大家都認為這些科目對女孩子而言特別困難。如此一來，她讀完那學年時，就已經學完十三年級的所有科目，只除了希臘文、義大利文、西班牙文和德文，因為學校沒有教那些科目的老師。結果她那三門數學科和物理化學的成績雖然沒有前一年好，但仍表現得相當不錯。她甚至想過自學希臘文、西文、義大利文和德文，隔年再試著考這些科目。但校長找她去談話，說這麼做毫無用處，她反正沒辦法讀大學，再說大學課程也不需要她吃這樣的全餐，她這麼做有什麼理由呢？她有什麼計畫嗎？

沒有，葛瑞絲回答，她只是想把能免費學習的東西都學一學，再展開她的編藤椅生涯。

認識旅店經理的正是這位校長，他說如果葛瑞絲想找找看當服務生的暑期工作，他可以幫她說說話。他也提到了嘗嘗人生滋味的說法。

因此，就連掌管這所學校一切學習事務的男人也認為學習與人生沒有關聯，而每次葛瑞絲跟誰說她做的這些事——她之所以說，是為了解釋自己為何高中讀得比較久，但每次說，對方總會說**妳頭殼壞了**這類的話。

只有崔佛斯太太不同。崔佛斯太太當年被送去讀商專，沒上一般大學，只因大人說她得學會一技之長，而她說，現在她真恨不得當年塞進腦袋裡的是一技之長以外的東西，至少該先學那些東西。

「但妳的確得想辦法謀生。不過編藤椅似乎是一技之長沒錯，就看看吧。」崔佛斯太太說。看什麼呢？葛瑞絲根本不願去想未來，她希望生活像現在這樣過下去。她跟另一個女孩子換班，每個星期天就能從早餐開始休假，而這樣一來，她週六就得工作到很晚；事實上，這等於把跟穆禮相處的時間，換成了跟穆禮家人相處的時間。她和穆禮現在沒法去看電影了，再也不能有像樣的約會；但他會在她下班後來接她，大約十一點左右，他們會開車繞繞，停車買個冰淇淋或漢堡，穆禮很留意不帶她上酒吧，因為她還沒滿二十一歲。最後他們便會在某處停車。

他們可能會待到凌晨一、兩點，然而葛瑞絲不太記得那些停車時光，她記得清楚的，倒是坐在崔佛斯家的圓餐桌前，或是大家終於起身移動時，端著咖啡或新倒的飲料，走去另一頭坐，有的人坐那張茶色皮沙發，有的人坐那搖椅，有的人坐那幾張鋪著椅墊的藤椅。（不需要忙著洗碗盤或收拾廚房，崔佛斯太太口中的一位「我的朋友、能幹的阿貝爾太太」早上會來幫忙。）

穆禮總把靠枕拖到地毯上，席地而坐。格蕾琴吃晚餐只穿個牛仔褲或迷彩褲，從不盛裝打扮，她通常盤腿坐在寬椅子上。她和穆禮都是大個子、寬肩膀，遺傳了母親的好長相——格蕾琴生著焦糖色的波浪鬈髮、溫暖的綠褐眼眸；而穆禮甚至有個酒窩。小帥哥，其他女服務生總這麼叫穆禮，她們會輕聲吹口哨，說**正點唷**。但崔佛斯太太身高不過一百五十公分出頭，在那身鮮豔的夏威夷姆姆花裙下，她不算肥胖，只是豐腴結實，像個還沒抽高的孩童，而她雙眸的光芒和專注，那股隨時準備迸發的歡愉興致，則是無人能學、沒人能遺傳，就像她那股紅的雙頰，幾乎像起紅疹似的，大概是因為她出門總不看天氣、絲毫沒考慮自己的膚色，而這也像她的身形和那襲花裙，顯出她的獨立自主。

這些星期天的夜晚，除了家人，有時會有客人。可能是夫妻或單身的人赴會，通常與崔佛斯夫婦年紀相仿，而且通常也像他們兩人，女人熱切而機智，男人則話少些，溫吞寬容。大家會說些逗趣的故事，而且引人發噱的事往往發生在他們自己身上。（這些年來，葛瑞絲已經善於引人入勝地說話，有時她都聽膩自己了，因此已經不容易回想當年那些晚宴對話在年少的她聽來有多麼新奇。從前在她老家，熱烈的對話多半離不開黃色笑話，當然，她的姨公姨婆是不熱中的；他們家偶爾有客人時，大家就是讚美食物或說客套話，或談論天氣，強烈希望盡快把飯吃完。）

在崔佛斯家，晚餐後，如果夜晚夠涼爽，崔佛斯先生會升火，他們便玩起崔佛斯太太稱為「白癡字謎」的遊戲，但其實得夠聰明的人才玩得起，即便玩的人想些愚蠢的字義也是，而晚餐時相當安靜的人在這裡也可能出出風頭。玩的人能用荒謬至極的說法假意強辯，格蕾琴的丈夫渥特就是這樣，因此過一陣子，葛瑞絲也玩起這招，這使得崔佛斯太太和穆禮十分開懷（穆禮還嚷：「看吧？我就說，她很聰明的。」這話把大夥都逗笑了，就葛瑞絲自己笑不出來）。而這樣以古怪的辯解來捏造字詞的玩法，正是崔佛斯太太自己起的頭，如此遊戲便不會太嚴肅，玩的人也不致太緊張。

唯一有人玩得不高興的一次，是梅斐思來用餐的那次。梅斐思是長子尼歐的太太，當時她帶著兩個孩子回娘家小住，在小塞博湖那頭，距離不遠。那晚只有自家人以及葛瑞絲，而大家原以為梅斐思和尼歐會一起帶著小孩子回來，結果只有梅斐思一個人來——尼歐是醫生，那個週末在渥太華忙，抽不開身。崔佛斯太太滿失望，但還是振作起來，沮喪但仍開朗地嚷道：「但小孩子應該不在渥太華吧？」

「可惜沒有，不過他們現在挺麻煩，如果帶來吃飯，一定整場尖叫，寶寶長了痱子，而米基又不知道在鬧什麼勁。」梅斐思說。

梅斐思是個苗條的女人，曬了一身小麥膚色，這天她身穿一襲紫洋裝，深色頭髮用一條搭配的紫色寬髮帶綁著，人長得很好看，但嘴角鼓鼓的，帶著幾絲無聊失望的表情。她幾乎沒怎麼吃晚餐，原封不動留在餐盤上，說是對咖哩過敏。

「噢，梅斐思，真遺憾，是最近才這樣嗎？」崔佛斯太太說。

「喔不是，很多年了，我以前只是客氣，但後來我受夠大半個晚上都在吐了。」

「要是妳早點跟我說就好了——那要不要拿點什麼給妳吃？」

「不用麻煩了，我沒關係，我反正沒胃口，天氣這麼熱，還有當媽媽也開心飽了。」

她點了香菸。

之後，玩猜字謎的時候，她跟渥特因為他說的一個字義吵了起來，然後字典證明那定義可接受之後，她便說：「噢，對不起耶，我看我是跟不上你們大家的水準。」接著大家需要各想一個字寫在紙條上，供下一輪遊戲用，她只是笑著搖搖頭。

「我想不到。」

崔佛斯太太說：「噢，梅斐思。」崔佛斯先生也說：「別這樣嘛，梅斐思，隨便哪個想過的字也行。」

「可是我沒什麼想過的字，對不起，我今天晚上腦袋不靈光，你們自己玩吧。」

其他人只好假裝沒事。而梅斐思就抽著菸，繼續堆著她那執意的微笑，那怏怏不樂、受傷卻又裝得甜甜的微笑。不一會兒，她便起身說她累得不得了，小孩也不能託爸媽照顧太久，說今晚真是開心又受教，她得回家了。

她走出去時，沒特別對哪個人，就對著所有人說：「今年聖誕節我得送你們一本牛津字典。」同時搭配一聲酸苦的清脆笑聲。

崔佛斯家裡的字典，渥特剛剛查的那本，是一本美國字典[2]。

她走後，大夥誰也沒看誰。崔佛斯太太開口：「格蕾琴，妳還有力氣去幫大家煮一壺咖啡嗎？」格蕾琴便走向廚房，嘴裡咕噥：「真是開心，我看連耶穌看了都會掉眼淚。」

「這個嘛，她生活很辛苦啊，兩個孩子還那麼小。」崔佛斯太太說。

每週週間有一天，葛瑞絲能休息一段時間，從清理完早餐到準備晚餐之前。崔佛斯太太得知後，便開始每週開車去貝理斯瀑布接她回小塞博湖，打發這段空檔。那時間穆禮在工作，暑期打工，跟著道路工人修整七號公路，而渥特在渥太華的辦公室上班，格蕾琴會帶孩子們去游泳或到湖上划船。通常崔佛斯太太會說她得去採購，或準備晚餐，或有信要寫，就留葛瑞絲獨自一人待在那客廳兼餐廳，那寬敞陰涼的空間，擺著永遠有凹痕的皮革沙發和幾架滿滿的書。

「妳中意什麼就讀什麼。窩著睡個覺也行，工作那麼辛苦，一定很累吧，放心，我會準時把妳送回去。」崔佛斯太太說。

葛瑞絲一次也沒睡過，她總讀書讀個沒完，幾乎動也不動，短褲下光裸的腿都汗溼了，黏在沙發皮革上，或許是閱讀讓她感到極度愉悅。崔佛斯太太經常連人影也看不到，直到該載她回去上工了才現身。

崔佛斯太太從不會馬上跟葛瑞絲聊起來，她會先等一下，等葛瑞絲的思緒從剛讀的書裡抽離出來。接著她可能會說，她自己也讀過那本書，並說她對書的想法——但她的感想總是既深刻又輕鬆，好比她這樣說《安娜．卡列尼娜》：「我不知道讀過幾次了，但我知道我一開始認同吉娣，然後又認同安娜——噢，真糟糕啊，認同安娜，但現在呢，妳知道，上次重讀，我發現自己從頭到尾同情的是多莉，她到鄉下去，妳知道，帶著那麼多個孩子，她得想出洗衣服的方法，那裡洗衣盆有問題呀——我想人老了，同理的對象就會這樣改變吧，激情被擋在洗衣盆之後。反正，別聽我說的，妳沒把我的話聽進去，對吧？」

「我大概誰的話都聽不進去。」葛瑞絲被自己嚇了一跳，心想這話是否聽起來很自負或不成熟。「但我很喜歡聽妳說話。」

2 牛津字典則是英國出版。

崔佛斯太太笑出聲。「我也喜歡聽我自己說話。」

大約在這期間，不知怎地，穆禮開始談起他倆的婚事。結婚還得等一陣子，他得先取得資格，當上工程師，但他說到結婚時，彷彿她跟他都認為那是理所當然的事。**等我們結婚**，他總這樣說，而葛瑞絲沒有質疑或反駁他，只是饒富興味地聽。

等他倆結婚，他們會在小塞博湖有間房子，不要離他父母太近，也不要太遠，當然，那只是避暑的房子，其餘時間看他在哪當工程師他們就住哪，哪裡都可能 —— 秘魯、伊拉克、加拿大西北地方。相較之下，葛瑞絲比較喜歡的是四海為家的想法，而不是**我們兩個的家**的想法，他總是這麼說，帶著極度的自豪。這一切對她而言一點都不真實；話說回來，幫忙姨公、一輩子編藤椅、待在她從小長大的小鎮和房子裡，對她而言也從來不真實。

穆禮總愛問，她怎麼跟姨公姨婆說他，她什麼時候要帶他回家見兩老。就連他輕鬆說出的**家**這個字，在她聽來也稍嫌失準，儘管她自己當然也這麼說。但說**我姨公姨婆的家**似乎比較恰當。

事實上，她在每週寄回去的信裡根本什麼也沒提，只說過她「跟一個夏天在這裡工作的男孩出去」，或許讓他們以為那男孩也在飯店工作。

她不是沒想過結婚。這件可能發生的事，應該說幾乎能預見的事，其實也在她的腦中，跟編藤椅的人生一起在她的腦袋裡，儘管從未有人追求她，但她認為自己終有一天會結婚，而且正是這樣，與一個立刻下定決心的男人，他一看到她（或許是拿椅子來修的時候），就對她一見傾心；他應該長相英俊，像穆禮一樣，他應該熱情如火，像穆禮一樣。然後他倆會親密愉悅地接觸彼此的肢體。

這件事卻沒發生。在穆禮的車內，或在外頭的草地上、星空下，她是願意的，而穆禮也蓄勢待發，但他卻不真的願意。他覺得保護她是他的責任，而她那樣輕易獻身令他亂了方寸。或許他察覺到她的態度是冰冷的，她投懷送抱，他無法理解，也覺得這完全不符合他對她的認知。她並不了解自己有多麼冷冰冰——她以為表現得熱切，就能帶來她知道的歡愉，那些她獨處及幻想時所知道的滋味，而她覺得這該由穆禮接手。他卻不願意。

這些拉鋸戰使他倆焦慮，又略感光火，或者是感到羞恥，導致他們道別時為了補償對方，總又親又摟個沒完，軟語溫存。對葛瑞絲而言，能獨自一人，躺上宿舍的床，從腦海中抹除過去幾個小時，她鬆了口氣；而她認為穆禮能獨自驅車沿著公路開，重整一下他心目中對於葛瑞絲的印象，以便繼續全心全意愛戀她，這對他必定也如釋重負。

多數女服務生在九一勞動節後都離開了，重回高中，或去讀大學，但飯店仍要靠留下來的員工持續營業到感恩節——葛瑞絲就是其中一員。今年有風聲，說飯店會在十二月初重新開張，做冬季生意，或至少做聖誕節生意，但廚房和餐廳的員工似乎沒人知道是否真有此事。葛瑞絲給姨公姨婆的信，寫得好像聖誕節確定要營業，事實上，她根本沒提飯店會休息，只說或許新年後會休息，因此讓姨公姨婆別等她回家。

她為什麼這麼做呢？她也不是另有什麼安排，她已經告訴穆禮，說她今年該回去幫忙姨公，或許替他找找其他編藤椅的接班人；而穆禮則要去讀最後一年大學，她甚至答應讓他在聖誕節時到家裡拜訪，這樣他就能跟她家人見面，他也說在聖誕節正式訂婚是不錯的時機。他攢下暑期工資，準備買鑽戒給她。

她也在攢工資。這樣就能在他學期中搭巴士去金斯頓找他。

這些事她輕易說出口，輕易承諾，但她自己真的相信會實現嗎？或甚至真心想要實現嗎？

「穆禮的為人好得像一塊純金，嗯，妳自己看也知道，他會是個親親愛愛、簡簡單單的男人，和他爸爸一樣。不像他哥，他哥哥尼歐很聰明，我不是說穆禮頭腦不聰明，頭腦不夠好也當不成工程師呀，但尼歐他是——他想得很深。」崔佛斯太太說。她對自己的話笑了。「**幽深不可測的海底洞穴**[3]——我在說什麼呀？尼歐跟我相依為命很長一段時間，所以我覺得他是個特別的孩子，不是說他這人不有趣，但有時候，有趣的人其實內心憂鬱，不是嗎？讓人不禁要揣想他們。不過孩子都成年了，擔心他們幹麼呢？尼歐我是有點擔心，穆禮我只稍微擔心，格蕾琴呢，我是一點也不操心，因為女人總有辦法的，不是嗎？女人總有辦法撐下去，男人就不是了。」

這棟湖畔的房子一直到感恩節才歇業。格蕾琴和孩子們得回渥太華，當然，開學了；穆禮結束了打工，必須回金斯頓；而崔佛斯先生只有週末會來。但崔佛斯太太告訴葛瑞絲，通常她會繼續待著，有時跟客人一起，有時就她一個人。

然後她的計畫變了。九月時，她跟崔佛斯先生一起回了渥太華，突如其來——還取消了那個週末的晚宴。

穆禮說她有時會出點問題，神經方面的。「要讓她休息一下，住院幾個禮拜，穩定下來，她每次出院就沒事了。」他說。

葛瑞絲說，她覺得他媽媽是天底下最不可能有這方面問題的人。

「為什麼會發病呢？」

「我想他們也不知道。」穆禮說。

但過了片刻，他開口：「呃，也許是因為她丈夫，我是說她的前夫，尼歐的爸爸，他以前發生的事之類的。」

原來尼歐的父親是自殺死的。

「他那人不太穩定吧，我猜。」

穆禮接著說：「但或許也不是因為他，可能是其他原因，她這年紀的女人會有的問題。不過不要緊，現在醫生很容易就能解決這問題，用藥物，他們有很棒的藥，不用擔心。」

3 此處引用英國詩人湯瑪斯・格雷（Thomas Gray）的〈墓畔哀歌〉（*Elegy Written in a Country Churchyard*）詩句：世上多少晶瑩皎潔的寶石／埋在深不可測的海底（Full many a gem of purest rayserene, / The dark unfathom'd caves of ocean bear）。

感恩節時，如穆禮所料，崔佛斯太太已經出院了，恢復如昔。感恩節晚宴照常辦在小塞博湖的房子，而且辦在星期天——往年也是如此，這樣星期一就能整理好，收拾好房子，而這對葛瑞絲來說十分恰好，因為她仍在星期天休假。

崔佛斯全家都會到，不會有客人——除非把葛瑞絲算成客人。尼歐、梅斐思和孩子會住在梅斐思父母家，星期一在娘家吃晚餐，但星期天會回崔佛斯家過。

穆禮星期天早上載葛瑞絲到湖畔房子時，火雞已經在烤箱了，因為有小孩，晚餐會早早開始，在五點左右。廚房檯面放著餡餅——南瓜派、蘋果派和野藍莓派。掌廚的是格蕾琴，她下廚就和她運動一樣協調。崔佛斯太太坐在廚房桌子前喝著咖啡，跟格蕾琴的小女兒黛娜一起拼圖。

「噢，葛瑞絲。」她說著，整個人跳起來擁抱葛瑞絲——這是她頭一次這樣。她的手一個笨拙的動作，弄散了拼圖。

黛娜嚷嚷：「外婆——」她那一直在旁邊盯著的姊姊詹妮拾起拼圖。

「我們再拼回去就好了，外婆不是故意的。」她說。

「妳的小紅莓醬放在哪？」格蕾琴問。

「櫃子裡。」崔佛斯太太回答，同時仍輕捏著葛瑞絲的雙臂，沒理會被她摧毀的拼圖。

「櫃子的**哪裡**？」

「喔，小紅莓醬，呃，我都自己做，先把小紅莓加點水，然後用小火煮——不對，應該是先泡水——」崔佛斯太太說。

「嗯，我沒時間自己煮，妳是說妳沒有罐頭嗎？」格蕾琴說。

「應該吧，應該沒有，我都自己煮。」

「那我要叫人去幫我買。」

「還是妳問問伍茲太太有沒有？」

「不要，我根本沒跟她說過什麼話；我不敢，我要找個人去店裡買。」

「寶貝，現在是感恩節，到處都沒開呀。」崔佛斯太太柔聲說。

「公路那邊那家店啊，從來沒關過。渥特人在哪？」格蕾琴抬高了嗓音。

「他去湖上划船了。」梅斐思從後面的臥房裡喊，語氣帶著警告意味，因為她正在哄寶寶睡覺。「他帶米基去划船了。」

梅斐思是自己開車載米基和寶寶來，尼歐晚點才到——他得先打些電話。而崔佛斯先生去打高爾夫了。

「我需要找人幫我去商店買東西。」格蕾琴說完，等了一會兒，但臥室裡沒人自願。

格蕾琴揚起眉毛看著葛瑞絲。

「妳不會開車對不對？」

葛瑞絲說她不會。

崔佛斯太太回頭看看她的椅子在哪，然後坐下，感激地嘆口氣。

「那，穆禮會開車，穆禮去哪了？」格蕾琴說。

穆禮正在前面臥室裡找他的泳褲，儘管大家都告訴他水太冷了，不可能游泳的。他說那店一定沒開。

「會開啦，他們賣汽油耶，而且就算那家沒開，剛開進珀斯那裡也還有一家，你知道，賣甜筒的那家——」格蕾琴說。

穆禮希望葛瑞絲跟他一起去，但她被詹妮和黛娜兩個小女孩直拉著去看外公架的鞦韆，在屋子側邊那株挪威槭樹下。

葛瑞絲走下臺階時，感覺腳上一隻涼鞋的繫帶斷了，她便脫掉兩隻鞋，怡然踩在沙沙的土壤、壓扁的車前草和許多捲曲的落葉上。

先是女孩子們坐鞦韆，她推她們；然後輪到她坐，她們推她。接著她光腳一躍而下，一隻腿拐了一下，她痛得尖叫出聲，不曉得發生什麼事。

原來是腳底，不是腿。痛從左腳腳底竄上來，她被尖銳的蚌殼邊緣割傷了。

「是黛娜拿那些貝殼來的，她說要幫她的蝸牛蓋房子。」詹妮說。

「蝸牛跑掉了。」黛娜說。

格蕾琴和崔佛斯太太，就連梅斐思都從屋裡衝出來，還以為那叫聲是哪個孩子發出來的。

「她的腳都是血，地上都是血。」黛娜說。

詹妮說：「她被貝殼割傷了，是黛娜把貝殼放在這裡，她說要幫埃文蓋房子，埃文，她的蝸牛。」

接著從屋裡拿出了水盆、洗傷口的水、一條毛巾，大家都問她會不會很痛。

「還好。」葛瑞絲說著，一跛一跛走向臺階。兩個小女孩搶著扶她，反倒礙事。

「唉，真糟糕，可是妳怎麼沒穿鞋呢？」格蕾琴說。

「她的鞋帶斷了。」黛娜和詹妮異口同聲回答。就在這時，一輛酒紅敞篷車急轉彎，俐落地拐進停車的地方，沒發出什麼噪音。

「巧不巧，我們需要的人來了，我們的醫生。」崔佛斯太太說。

尼歐來了，葛瑞絲頭一次見到他。他生得高瘦，動作敏捷。

「你的醫生包呢，我們有一位病人等著你看囉。」崔佛斯太太興高采烈地喊。

「那輛破東西不錯喔，你新買的嗎？」格蕾琴說。

尼歐說：「一輛蠢東西呀。」

「寶寶被吵醒了。」梅斐思嘆了口氣，不知在責怪誰，走進屋子裡。

詹妮嚴厲地說：「不管做什麼事都會吵醒寶寶。」

「妳安靜點。」格蕾琴說。

「不要告訴我你沒帶來。」崔佛斯太太說。但尼歐從後座揮出一個醫生包，崔佛斯太太便說：「噢，你帶了，太好了，不時之需啊。」

「病人是妳嗎？怎麼啦？妳吞了蟾蜍呀？」尼歐對黛娜說。

「是她，是**葛瑞絲**。」黛娜用很有尊嚴的語氣說。
「喔，是她吞了蟾蜍呀。」
「是她**割傷腳**啦，血流個不停。」
「被蚌殼割到了。」詹妮說。
尼歐終於對兩個外甥女說：「妳們到旁邊去。」然後他坐在葛瑞絲旁邊的臺階上，小心翼翼捧起她的腳：「把那塊布還是什麼的東西給我。」他小心翼翼地抹開了血，檢視割傷。這時他離葛瑞絲很近，她聞到一股氣味，是這夏天她在飯店工作後熟悉的——帶點薄荷味的烈酒氣息。
「真的受傷了，血流個不停，這是好事，可以把傷口清乾淨。會痛嗎？」
「有一點。」葛瑞絲說。
他往她臉上稍微巡視片刻。或許在想她是否嗅到那氣味會作何感想。
「一定的。看到這塊皮了嗎？我們要把它翻開，把底下清乾淨，然後我會用一、兩針把它縫起來，我有藥可以抹，所以沒有想像那麼痛。」他抬頭看格蕾琴：「嘿，請這些觀眾讓開吧。」
他這會兒都還沒跟他媽媽說上半句話。而此時崔佛斯太太只是重複說著，他這時候回來真是太好了。
「童子軍嘛，『時時須準備』。」他說。
他雙手的動作並未流露醉態，眼神也沒有，而此刻整個人看起來不像剛剛跟小女孩們說話時扮演的那個快活舅舅，也不像他剛在葛瑞絲面前表現的那樣滔滔安慰個沒完。

他的前額高闊而蒼白，灰黑的頭髮濃密鬈曲，灰眼眸炯炯有神，薄唇闊嘴微微噘起，似乎帶著強烈的不耐，或興味，或痛苦。

她的割傷就在臺階上用繃帶包紮好了。此時格蕾琴已經回廚房，並把小孩子們都帶走。但崔佛斯太太仍在原地，目不轉睛看著，雙唇緊抿，彷彿在保證她絕不會出聲干擾。尼歐說最好送葛瑞絲去市區醫院。

「要打一支破傷風的針。」

「感覺沒很痛呀。」葛瑞絲說。

「那不是重點。」尼歐說。

「我同意，破傷風——那可不是開玩笑。」崔佛斯太太說。

「我們很快就回來。來吧，妳叫葛瑞絲對吧？葛瑞絲，我扶妳上車。」尼歐說。他攙住她一隻胳臂。葛瑞絲已經穿上了那隻還沒壞的涼鞋，另一隻也想辦法套上，拖著走路。繃帶包紮得又好又緊。

「這新車，我慢慢開。」葛瑞絲坐上車時，尼歐說：「幫我說聲抱歉。」向格蕾琴嗎？是向梅斐思。

崔佛斯太太走下露臺，表情透著一股迷茫的熱中，在她臉上顯得很自然，事實上今天她一直壓制不住那神情。她一隻手搭在車門上。

「很好，這樣很好；葛瑞絲，妳真是上天派來的，妳今天可要看著他，別讓他喝酒，好嗎？

妳知道怎麼做的。」她說。

葛瑞絲聽到了，卻沒怎麼多想，因為她此刻太沮喪，見到崔佛斯太太的改變，看到她似乎更顯龐大的身軀，她一切動作的僵硬，她那種隨機而頗失控的慈愛感，她眼眸流瀉出那泫然欲泣的喜悅，她嘴角甚至沾著一點糖霜般的唾液乾沫。

醫院在卡爾頓廣場，三哩外。他們走一條鐵路上方的高架橋，開得飛快，葛瑞絲感覺彷彿速度飆到巔峰時，汽車已經離開路面，他倆飛了起來。這時路上沒什麼車，她並不害怕，況且她也管不了。

尼歐認識那位在急診室值勤的護理師，他填完表格後，任護理師瞥了葛瑞絲的腳一眼（她興致索然地說了一句：「處理得很好啊。」）然後他就自己動手替葛瑞絲打了破傷風針。（「現在不會痛，但之後會痛。」）他打完針時，護理師回到他們的隔間說：「有個男的在等候室，說要接她回家。」

她對著葛瑞絲說：「他說他是妳未婚夫。」

「妳跟他說她還沒好，不，妳跟他說我們已經走了吧。」尼歐說。

「我說你們在裡面了。」

「但妳回來的時候，我們已經走啦。」尼歐說。

「他說他是你弟，他不會看到你的車停在停車場嗎？」

「我車子停在後面，停在醫生車位。」

「真賊啊。」護理師回過頭來說。

尼歐對葛瑞絲說：「妳還不想回家吧，對不對？」

「對。」葛瑞絲說著，彷彿在讀一個寫在她眼前牆上的字，彷彿在做某個視力測驗。

她再度被攙上車，腳套著涼鞋皮帶，鞋一甩一甩的，坐到奶油色的椅墊上。他們從一條小路開出停車場，不走平常出市區會走的路，她知道他們不會碰到穆禮，她不須想到他。更不須想到梅斐思。

葛瑞絲事後描述這一段，這段她生命中的改變，她可能會說——她確實這麼說了，說那就像把一道大門在背後砰地一聲關上。但在那當下，並沒有什麼砰聲，僅是一股默從的感覺泛起漣漪，擴散到她全身，拋到腦後的那些人的權利也就被輕鬆撤銷了。

葛瑞絲對這天記憶猶新，細節歷歷在目，儘管一些她特別沉湎的片段已經在心中悄悄更改。而甚至有些細節，她必定記錯了。

＊　＊　＊

他們先走七號公路，往西開。在葛瑞絲記憶裡，公路上除了他倆以外空空蕩蕩，而他們飆得幾乎像在高架橋上一樣快，飛也似的。這必定記錯了——因為公路上一定有其他人，週日早晨返家的人，準備與家人共度感恩節的人，去教堂或從教堂回家的人，而開過村落和鎮郊時，以及拐過這條老舊公路的許多彎道時，尼歐必定也曾放慢車速。當時她不習慣坐掀蓋敞篷車，風吹著眼睛，吹得她頭髮紛飛，給了她持續高速的錯覺，完美奔逃的錯覺——並不失控忙亂，而是宛若奇蹟，安寧祥和。

而儘管她將穆禮、梅斐思和其他家人從思緒中抹除了，某個崔佛斯太太的零碎片段卻仍在她腦中，盤旋著，低聲耳語，搭配著一種奇特、羞愧的咯笑，訴說著她最後的話語：

妳知道怎麼做的。

葛瑞絲和尼歐並未交談，想當然，就她回憶所及，當時得扯開喉嚨喊才能讓對方聽見。而老實說，她所記得的是，自己當時腦子裡在幻想男女歡愛是怎麼一回事，幻想與她的實際認知幾乎難以區分。應該先是不期而遇，然後是無聲但強而有力的暗號，接著是近乎靜默的奔逃，而她會在其中扮演類似人質的角色，輕率隨便，任憑擺布，肉體在此時輕若鴻毛，僅剩欲念湧動。

最後，他們終於在卡拉德停車，進了一間旅館——那老旅館至今仍在原地。尼歐牽起她的手，十指交握，配合著她一跳一跳的步伐慢慢地走，帶她走進旅館酒吧。她看得出那是酒吧，雖然她從沒進過這種地方（貝理斯瀑布飯店還沒取得賣酒的執照，只能在客房裡喝酒，或是對街一間搖搖欲墜的所謂「夜總會」）。酒吧和她想像的一樣——悶而昏暗的寬敞空間，倉促清掃後草草擺放回去的桌椅，飄著來蘇爾清潔劑的氣息，卻抹除不了充斥其間的氣味——啤酒、威士忌、雪茄、菸斗，男人的味道。
裡面沒人——或許下午後才營業，但此時不也差不多下午了嗎？她的時間概念似乎不大對了。
這時一個男人從另個房間走進來，對尼歐說：「哈囉，大醫生。」然後走進吧檯後方。
葛瑞絲相信就會是這種情況——無論他倆上哪，都會有尼歐認識的人。
「你也知道今天星期天。」男人嚴厲高聲說道，幾乎像大吼，彷彿想讓聲音傳到外頭停車場似的。「星期天我不能賣東西給你，我也根本不能賣東西給她，她根本不該到這裡，你懂嗎？」
「噢，是，老哥，沒錯，我完全同意，老哥。」尼歐說。
兩個男人邊說話，站在吧檯後的男人已經從一個隱藏的置物架拿出一瓶威士忌，倒進玻璃杯，推過吧檯，推到尼歐面前。
「妳會口渴嗎？」他對葛瑞絲說著，手已經開了一瓶可樂，沒拿杯子便直接給了她。
尼歐放了一張紙鈔在吧檯上。男人把錢往前推。
「就說了，我不能賣你東西。」他說。
「那可樂呢？」尼歐說。
「也不能。」
男人收起那瓶威士忌。尼歐將酒杯裡的酒一飲而盡，他開口：「你真是個好人，奉公守法好國民耶。」
「可樂帶走吧，她愈快離開這裡我愈高興。」

「還用你說。她是個好女孩，是我弟媳，未來的弟媳，就我所知啦。」尼歐說。

「你講的是真話嗎？」

他倆沒回七號公路，而是開上往北的路。這條路沒鋪柏油，但夠寬，坡度也修得夠平緩。尼歐喝了酒，車子似乎反而開得穩，他已經配合這條路，放慢到適合、甚至稱得上謹慎的速度。

「妳不介意嗎？」他開口。

葛瑞絲說：「介意什麼？」

「被帶來到一些老舊的地方呀。」

「不介意。」

「我需要妳陪。妳的腳現在還好嗎？」

「還好。」

「有點痛吧。」

「不會，還好。」

他牽起那隻沒拿著可樂瓶的手，將她的掌心按在嘴上，舔了一下，然後讓手落下。

「妳覺得我是要綁架妳去做些奸邪的事嗎？」

「沒有。」葛瑞絲言不由衷，同時心想，他那詞，多像他媽媽會說的話。**奸邪**。

「換作以前，妳想得可能沒錯。」他說，彷彿她回答的是「對」。「但今天不會，在我看來不會。妳今天安全得跟去教堂一樣。」

他說起話來變了——變得親密、坦率、安靜。而她腦中還記得他剛剛雙唇覆上、舌頭舔拭她肌膚的情景，這深深影響了葛瑞絲，使她對這些話聽而不聞，無法理解其含義；她感覺到他舌頭百次、千次的移走，一種懇求之舞，舞遍她的肌膚。然而她仍稍加思索，說了一句：「教堂也不一定安全。」

「說得對，說得對。」

「而且我也不是你的弟媳。」

「未來的啊，我不是說未來的弟媳嗎？」

「我也不是。」

「噢，這樣啊，我想我也不意外，嗯，不意外。」

然後他的聲音又變了，變回有條有理。

「我在找這裡的一條岔道，右轉的，有一條我知道的路；妳熟這鄉間嗎？」

「這附近不熟。」

「妳不知道花站，還是烏恩帕，或是琶蘭嗎？還是雪路[4]？」

她沒聽過這些地方。

---

4 Flower Station、Oompah、Poland 和 Snow Road 都是位於七號公路以北的安大略省聚落。

「我想去找一個人。」

車子拐了個彎，右拐，他同時遲疑地咕噥幾聲。放眼不見路標，路變得狹窄而崎嶇，有一座單線道的木板橋，闊葉木的樹枝在頭頂交織成蔭，今年天氣異常暖和，樹葉遲遲未變色，枝葉依然綠蔥蔥，只有零星的幾條亮晃晃地點綴其間，如旗幟一般，四下有一種庇護所的氛圍。一連數哩，尼歐和葛瑞絲靜默無言，樹蔭仍然連綿，林木無窮無盡，接著尼歐打破沉默。

他問：「妳會開車嗎？」葛瑞絲說不會，他說：「我覺得妳應該學。」

他的意思是，立刻就學。他停車，下了車，走到她這側，她只得移到駕駛座。

「沒有比這更好的地方了。」

「要是有人怎麼辦？」

「不會有人，就算有人也有辦法，所以我才選這段直路，而且不用擔心，妳用右腳就行了。」

他們位於一條長長的林蔭隧道開端，地面灑著點點陽光。他壓根沒解釋汽車怎麼開動，只告訴她右腳擺哪，並讓她練習換檔，然後便說：「好，開吧，我怎麼說妳就怎麼做。」

車子第一次往前衝嚇壞了她，她用力換檔，發出刺耳的刮擦聲，她想他會立刻結束這堂課，他卻笑出聲，說：「嘩，放輕鬆，放輕鬆，繼續開。」她便照做。他沒評論她掌方向盤如何，也沒說她光顧方向盤就忘了油門，只是說著：「繼續開，繼續開，開在路上，不要讓引擎熄火。」

「我什麼時候可以停？」她問。

「我沒叫妳停就繼續開。」

他一直讓她開到車子出了隧道，然後教她煞車。她一停車，便打開車門，準備跟他換手，但他開口：「不行，這只是休息。妳很快就會喜歡上開車了。」他們再度上路，她開始體會到他說得沒錯，但她一時的得意差點讓他們兩個進了路邊溝裡，但他大笑著握住方向盤，繼續授課。

他讓她一直開，似乎開了好幾哩，甚至還開過幾個彎道——慢慢地開。最後他才說他們可以換手了，因為他要自己開車才有方向感。

他問她現在感覺如何，她全身發抖，但仍回答：「還行。」

他在她肩肘之間的手臂搓搓，說聲：「撒謊。」但僅止於此，沒再碰她，沒再讓她身體的任何部位感受到他嘴的觸感。

他開了幾哩，想必找回了方向感，因為他們來到一個十字路口時，他向左轉，林木便逐漸稀薄，車子沿著一條崎嶇的路爬上長坡；開了幾哩，他們便來到一個村子，至少是聚集在路邊的多棟建築。有一棟教堂，一間商店，都沒作為教堂或商店來使用，但大概都住了人，因為旁邊停著車，窗裡掛著可憐巴巴的窗簾。另外還有幾棟差不多狀態的屋子，其中一棟後方有穀倉，早已塌陷，暗色的陳年乾草從一道道裂開的橫梁之間鼓出，宛若腫脹的內臟。

尼歐一看到這地方便歡呼，但沒停車。

「真是鬆了口氣，真的——鬆了口氣，現在我知道了。謝謝妳。」他說。

「謝謝我？」

「謝謝妳讓我教妳開車，幫我冷靜下來。」

「幫你冷靜下來？真的嗎？」葛瑞絲說。

「騙妳做什麼。」尼歐微笑，但視線沒看她，他忙著左右張望，看著馬路進入小村後道路兩旁的空地。他彷彿在自言自語。

「這就是了，一定是，這樣我們就知道了。」

他就這麼喃喃自語，最後拐進一條小巷，這巷子不直，而是在一塊地上迂迴蜿蜒，避開岩石和一叢叢的杜松。小巷盡頭有一棟房子，模樣沒比村裡的房子稱頭。

「好了，這地方，這地方我就不帶妳進去了，等我五分鐘就好。」他說。

他進去遠不只五分鐘。

葛瑞絲坐在車裡，在這房子的陰影處。屋門開著，只有紗門關上，紗門上有補丁，新的鐵絲和舊的編在一起。沒人過來看她，連一條狗也沒有，而這會兒車停了，四下白晝陷入一股異乎尋常的寂靜，說異乎尋常，是因為你會預期這樣一個炎熱的午後充滿了各種嗡鳴啁啾的聲響，來自草裡和杜松叢裡的蟲子，即便你看不見，那聲音也該從大地生長的萬物之間揚起，從腳下到遙遠的地平線。但這時節已經晚了，或許晚得連南飛的雁鳴也聽不到了，總之，她耳邊一片沉寂。

在這裡，他們似乎來到了世界的最高處，或至少是極高處，地勢往四面八方低垂，周圍林木都長在較低處，僅能看見部分。

他在這裡認識的是什麼人，住在這房裡的是誰呢？一個女人嗎？他會感興趣的女人似乎不可能住在這樣的地方。但葛瑞絲今天遇上的怪事本來就沒完沒了。沒完沒了。

這本該是一棟磚房，但部分磚牆讓人拆了，露出裡面未經修飾的木板牆，而原本覆蓋其外的磚塊就胡亂堆在院子裡，或許是要出售。還留在牆上的磚塊排成一條對角線，階梯似的。葛瑞絲感到百無聊賴，便往後靠，將座椅往後推，準備數那些磚塊。她用傻氣又嚴肅的態度數著磚塊，就像人摘著花的一片片花瓣一樣，只是沒大刺刺說出**他愛我**——**他不愛我**——

走運——不走運——走運——不走運——她只敢這樣數。

她發現磚塊排成這樣的鋸齒狀很難數，尤其因為排到門上方又攤平了。

她是知道的。這裡還能是什麼地方？就是賣私酒的吧。她想起老家那私酒販，一個顯疲態、瘦巴巴的老頭，孤僻而可疑，他會在萬聖夜時拿著獵槍坐在自家前臺階，他堆在門邊的木柴還一根根標了號碼，哪根被偷他都知道。她想著那個私酒販子——或是這一位，這位想必正在熱天中打著瞌睡，在他那骯髒但東西擺得整齊的房間裡（她知道想必是這樣，看那紗門上的補丁就知道），他會從他那吱嘎作響的折疊床或沙發椅站起身，上頭攤著一件髒汙的被子，是某個已經嚥氣的女親戚多年前縫的。

其實她沒進過哪個私酒販的家裡，但在她老家，以一些老掉牙而正經方式營生的人家和不正經人家之間畢竟只隔著薄牆，這些事她是知道的。

她竟想跟穆禮結婚，多麼奇怪，那將是一種背叛，是背叛她自己。但跟尼歐開這趟車卻不是，因為他跟她見識過一樣的事，而她也一點一滴更加了解他。

而這會兒在門口，她似乎見到她姨公。他身姿佝僂，一臉茫然，彷彿她已離家多年，答應要回家卻忘得一乾二淨；而他早該撒手人寰，卻還撐著一口氣。

她掙扎著想跟姨公說話，但姨公消失了，她醒來，動了動身子。她正與尼歐一起在車上，車又開在路上了，她剛剛張著嘴睡著了，這會兒覺得口乾。他轉頭看她一下，而她注意到，儘管車開得風呼呼地吹，她仍能聞到他身上新添的威士忌酒味。

果然沒錯。

「妳醒啦？我剛出來的時候妳已經睡死了。對不起啊。我得跟人交際一下。妳會尿急嗎？」

事實上，這問題從他們停在那房子前的時候她就在想了，她看到那裡有廁所，在房子過去一點的地方，但不好意思下車走去上。

尼歐說：「這裡好像可以。」他停了車。她下車，走進一片盛開的野黃菊、野胡蘿蔔花和野冬菊裡，蹲下身子。他則站在路對面的花草叢裡，背對著她。她回到車上，看到腳邊地上的酒瓶，已經空了超過三分之一。

他看到她在看。

「噢，不用擔心。我只是倒一些進來這裡。」他舉起一個扁酒瓶。「這樣方便邊開邊喝。」

地上還有一瓶新的可口可樂。他叫她在置物箱裡找開瓶器。

「還是冰的耶。」她驚訝地說。

「有冰櫃。他們冬天的時候切下湖裡的冰塊，儲存在木屑裡，那個人放在他房子地底下。」

「我還以為我在那房子門口看見我阿公了，但我是在做夢。」葛瑞絲說。

「妳可以跟我說說妳阿公，說說妳住的地方，妳的工作，什麼都好，我想聽妳說話。」

他說起話來多了一股力道，神情也變了，但並非酒醉躁狂的滿面紅光，只像是病了——不是重病，只是不舒服，身體微恙，又希望表現得沒事，讓人安心似的。他蓋上瓶蓋，擱下酒瓶，抓住她的手，輕握著，稱兄道弟似的握住。

「我阿公滿老了，他其實是我姨公，他是編藤工，就是編藤椅的。我不知道怎麼解釋，但如果我們有把藤椅可以編，我就可以示範給你看——」葛瑞絲說。

「不過我們沒有。」

她笑出聲，說：「很無聊啦其實。」

「那跟我說說妳覺得什麼東西有意思，妳覺得什麼有意思？」

她說：「你呀。」

「噢。妳覺得我哪裡有意思？」他的手滑開了。

葛瑞絲下定決心地說：「你現在做的事呀，還有為什麼要這樣呀。」

「妳說喝酒嗎？我為什麼喝酒嗎？」瓶蓋再次打開。「妳問問我呀？」

「我已經知道你會說什麼。」

「什麼？我會說什麼？」

「你會說，不喝要幹麼？類似那樣的話。」

「倒是，我差不多就會那樣說。嗯，然後妳就會說我這樣為什麼不對。」

「不會，我不會那樣說。」葛瑞絲說。

她話說出口，便感覺到自己的冰冷。她向來自認是認真的人，但這下她發現自己一直想用這些答案打動他，使她顯得像他一樣世故，而在這過程中，她發現了這觸底的事實，這種絕望——真真切切，理所當然，永恆不變。

尼歐說：「是嗎？對，妳不會的，真讓人放鬆。妳真讓人放鬆啊，葛瑞絲。」

過一會兒，他開口：「話說——我有點想睡，我們找個好地方，我停車睡覺，睡一下就好，妳不介意吧？」

「不會，我也覺得你該睡一下。」

「妳會幫我看著嗎？」

「好。」

「很好。」

他找到一座叫福瓊的小鎮，鎮郊有個公園，旁邊有條河，還有一塊停車的碎石子地。尼歐把椅背往後一倒，立刻睡著了。這時夜色已降臨，約莫晚餐時間，顯示現在終究不是夏天了。這裡不久前還有人在享用感恩節野餐——露天的火爐猶飄著殘煙，空氣中還有漢堡排的味道。那味道實際上並未令葛瑞絲感到飢餓——只是讓她想起從前飢餓的感覺。

尼歐很快熟睡了，她便下車。剛剛的駕駛課一下停車、一下發動，她身上積了好些沙塵，她用戶外的水龍頭將胳臂和手臉盡量洗乾淨，然後慢慢走到河邊，過程中小心護著割傷的腳。她看到水很淺，蘆葦都探出河面。一旁有塊告示牌警告：此地禁止褻瀆、猥褻行為及粗俗語言，違者將受罰。

她試玩了一座鞦韆，鞦韆面西，她把自己盪得高高的，眺望晴朗的天空——天空微綠，透著一點黯淡的金，地平線有一抹熾烈的桃紅邊，而空氣已然寒涼。

她原以為那是撫摸，那唇舌、肌膚和軀體的相親，骨骼的相碰，身子熱，心頭燒；但其實在他倆之間的完全不是那麼回事，僅是一場兒戲，依她對他的了解，依她現在看透他的理解。

她剛剛看到的已是結局了，彷彿她站在一片淺而幽黑的水邊，水綿延無垠，寒冷，淺平，看著那樣幽黑、冰冷、淺平的水面，便明白那片水就是如此而已。

那並不是酒後亂性。無論如何，同樣的事都蟄伏等待著，無時無刻，喝酒、想喝酒——那不過是轉移注意力的把戲，跟其他所有事情一樣。

她走回車上，試著叫醒他，他動了動，但還是不肯醒，她便又下車走走，保持身體暖和，也試著練習用受傷的腳走走路。因為她已經知道自己要工作了，明天一大早就要替人上早餐。

她又試一次，語氣急切地跟他說話。他用各種說法虛應、咕噥，但旋即又睡著。等到夜幕低垂，她已經放棄。這時夜晚寒冷，其他事實也在她腦中浮現了，她意識到他們不能一直待在原地，他們畢竟身處在這世界上。她也明白她得回到貝理斯瀑布。

她費勁將他拖到副駕駛座。他連這樣都沒醒，便是怎樣都不可能醒來了。她花了點時間研究怎麼開大燈，然後便緩緩開動汽車，將車子顛顛簸簸地駛回路上。

她完全不知道方向，街上也沒有半個人可問路，她就只是往小鎮的另一頭開，而何其幸運，她看到一個路標，上頭指的地名正包括了貝理斯瀑布。距離九哩而已。

她開在雙向單線道公路上，時速保持在三十哩以下。路上車很少，有一、兩次她被超車、鳴喇叭，還有幾輛對向的車也對她按喇叭，其中一次大概是她車速太慢，另一次則是她不知道如何調暗車燈。不管了，她沒辦法停車，一旦停下就鼓不起勇氣重新上路了，她只能繼續走，就像他說的。繼續走。

一開始她還沒認出貝理斯瀑布，她第一次從這個不熟悉的方向進來，但後來她發現到了，變得比開先前的九哩都要害怕，因為開在未知的地方是一回事，轉進飯店大門則是另一回事。

她在停車場停車後，他醒了。對於他們來到這裡，或她做的事，他都沒表現出驚訝的樣子，他說，其實他早在好幾哩之前就被喇叭聲吵醒，只是裝睡而已，因為最重要的是不能嚇著她，而他並不擔心，他知道她做得到。

她問他是否清醒了，能自己開車了。

「清醒得很，眼睛跟錢幣一樣亮呢。」

他叫她脫下受傷那腳的涼鞋，用手這裡那裡摸啊壓的，然後說：「不錯，沒發熱，也沒腫。妳手臂會痛嗎？可能不會了。」他陪她走到門前，並感謝她陪了他一程。她仍驚訝自己平安歸來，還沒意會過來，該是他們道別的時候了。

事實上，直到今天，她仍不知道他當時到底有沒有說那些話，或僅是伸手摟住她，雙臂纏繞著她的身子，緊攬入懷，力道不停歇而持續變幻，讓她感覺彷彿不只有兩隻手，感覺像被他環繞。他的身體既強壯又輕盈，那姿態既是索求也是放棄，彷彿在告訴她，她不該放棄他，什麼事都是可能的，然後又告訴她，她是該放棄他，他只是想在她身上留下印記，然後一走了之。

隔天一大早，經理來敲宿舍的門，叫葛瑞絲。

「有人打來，妳不用去接，他們只是想知道妳在不在，我說我來看就好，沒事了。」他說。

是穆禮吧，她想，總之是崔佛斯家的人，但八成是穆禮。現在她得處理穆禮的事了。

她下樓替客人上早餐（穿著帆布鞋），聽到了車禍的事。一輛車在往小塞博湖的半途撞上橋臺，迎面撞上，撞得稀爛，車子起火。沒有其他車輛，車上除了駕駛似乎也沒有其他乘客。駕駛的身分得再去比對牙齒紀錄，也或許這時結果已經出來了。

「這什麼要命的死法，倒不如割喉還好一點。」經理說。

「可能是意外啊，可能是因為打瞌睡。」生性樂觀的廚子說。

「對，也是啦。」

葛瑞絲的手臂倏地痛起來，彷彿遭到重擊，她拿不穩托盤，只得用兩手將托盤頂在胸前。

結果她不須跟穆禮正面對峙。他寄來了信。

拜託告訴我是他逼妳的，告訴我妳自己並不想去。

她回信，只寫了幾個字。是我自己想去的。她本想加一句對不起，但忍住了。

＊　＊　＊

崔佛斯先生來飯店找她。他客客氣氣，有條有理，堅定冷靜，不失厚道，在她看來，這局勢使崔佛斯先生顯出他的本事，他是個能掌管局面的男人，是能解決問題的人。他說這件事十分悲傷，他們都很悲傷，但酗酒本來就十分糟糕；他說等崔佛斯太太好一點，他會帶她去旅遊，度個假，找個氣候暖和的地方。

然後他便說，他得走了，還有許多事要做。他跟她握手道別時，放了個信封到她手裡。

「我們兩個都希望這妳可以好好利用。」他說。

那是一張千元支票，她當下想把支票寄回，或撕掉，有時候，甚至到了現在，她還覺得如果能那樣會很了不起，但當然，當時她終究沒能那麼做，在那年代，那筆錢已足以讓她的人生有好的開始。

逾越

他們在午夜時分驅車出了市區——哈瑞和戴芬在前座，艾琳和蘿倫坐後座。夜空清朗，枝頭的雪已滑落，但樹下和路邊突出岩石上的積雪都尚未融化。哈瑞在一座橋邊停了車。

「這裡可以。」

「可能會有人看到我們停在這裡，他們搞不好會停下來看我們在做什麼。」艾琳說。

於是哈瑞又往前開。他們拐進第一條鄉間小路，四人都下了車，小心翼翼走下路堤，走一小段，便進了濃密漆黑的杉木林。雪面有輕微的裂紋，底下的地仍溼軟泥濘。蘿倫的外套裡面還穿著睡衣，但艾琳已經讓她穿上靴子。

「這裡可以嗎？」艾琳問。

哈瑞說：「這裡離馬路不夠遠吧。」

「夠遠了。」

這一年是哈瑞辭掉新聞雜誌的工作之後；他因為倦怠離職，買下這小鎮的週報。這裡是他兒時記得的地方，從前他家人在這地區的一個小湖上有棟避暑的房子，他還記得此生第一瓶啤酒就是在小鎮大街的飯店喝的。他與艾琳和蘿倫來到這兒的第一個星期天晚上就到那飯店用餐。但酒吧沒開。哈瑞和艾琳只能喝白開水。

「怎麼會這樣？」艾琳問。

哈瑞揚起眉毛看著飯店老闆——他自己兼服務生。

「今天禮拜天耶？」哈瑞說。

「沒執照。」老闆說話口音極重，且似乎語帶輕蔑。他身穿襯衫，打了領帶，搭配開襟羊毛衫和長褲，所有衣物看起來彷彿長在一起——因為全都是軟皺毛絨，像一層起屑轉灰的外皮，而真正的皮膚則藏在底下。

「跟以前不同囉。」哈瑞說。老闆沒接話。哈瑞便替大家點了烤牛肉。

「態度還真好。」艾琳說。

「歐洲作風嘛，這跟文化有關，他們不覺得有必要成天陪笑。」哈瑞說。他指出餐廳裡與從前相同的事物——挑高天花板，緩緩轉動的吊扇，甚至是一幅晦暗的油畫，畫中有一條獵犬，嘴裡刁著一隻鏽紅色的鳥。

其他用餐的客人進來了。是一家子來聚餐，有幾個小女孩穿著漆皮鞋，身上的衣褶硬挺得能扎人，還有個蹣跚學步的嬰兒，和一個十幾歲的男孩，身穿西裝，尷尬得像是去了半條命。另有幾位父母和他們的父母——削瘦恍神的老翁，和斜倚在輪椅上、別著胸花的老婦。而幾位穿著花洋裝的婦人身材大概都有四個艾琳加起來那麼臃腫。

「結婚紀念日吧。」哈瑞低聲說。

他離開餐廳時，停下來介紹了自己和家人，向那一家子說他是報社的新老闆，並向他們道賀，說希望他們不介意他記下他們的名字。哈瑞生得一張闊臉，長相稚氣，皮膚曬成小麥色，一頭閃亮的淺棕頭髮，他那健康快樂的光彩和滿嘴好話感染了全桌的人——或許只有那青少年和那對老夫婦除外。哈瑞問二位結婚多久了，那桌人回答六十五年。

「六十五年呀。」哈瑞嚷道，想到結婚那麼久真令他一陣暈眩。他問他能否親吻新娘，然後就吻了。老婦將臉別開。他用嘴唇碰碰她那長長的耳垂。

「那該妳親新郎了。」他對艾琳說。艾琳繃著臉微笑，在老人頭頂上輕啄一下。

哈瑞問婚姻的幸福之道是什麼。

「媽媽沒辦法說話，我來問問爸爸。」其中一位大塊頭婦人說。她朝著父親耳畔大喊：「婚姻幸福有什麼祕訣呀？」

他頑皮地皺起臉。

「凡事都要把她壓得死死的。」

所有成年人都笑了。哈瑞說：「好吧，我就在報紙上寫你凡事都要徵詢太太的同意。」

出了餐廳，艾琳開口：「她們怎麼能胖成那樣？我不懂，得沒日沒夜地吃才能吃得那麼胖吧？」

「真怪。」哈瑞說。

「剛剛那是罐頭四季豆，現在是八月，不是四季豆成熟的時候嗎？這裡又是鄉下，不是應該種了很多東西嗎？」她說。

「怪得不得了。」哈瑞的語氣十分開懷。

飯店旋即有了改變。原本的餐廳加了一道假天花板——以金屬條支撐的硬紙板，而一張張大圓桌換成了小方桌，沉甸甸的木椅換成很輕的金屬椅，座墊是栗色塑膠皮。因為天花板壓低，窗戶也縮成了扁長方形，其中一扇窗上掛了霓虹招牌，寫著「迎賓咖啡廳」。

儘管招牌這麼打，但老闆呢，這位波萊吉安先生照樣不笑，也照樣惜字如金。

儘管如此，咖啡廳每天中午的客人還是川流不息，下午稍晚時也是。顧客都是中學生，多是九年級到十一年級的孩子，也有一些小學高年級學生。這地方的一大吸引力就是誰想抽菸都行，倒不是說看起來未滿十六歲的人也能買菸，波萊吉安先生對這點十分嚴格，他會說，**你不能買**，用他那濃重沉悶的聲音說，**你不行**。

這時他已經雇了個女人替他工作，要是哪個年紀不到的人敢跟她買香菸，她便會大笑出聲。

「你想騙誰呢，娃娃臉。」

然而十六歲或超過十六歲的人都能幫年紀小的人代買，買個半打也行。

鑽法律漏洞嘛，哈瑞說。

哈瑞不再上那裡吃午餐——太吵了，但他仍舊去吃早餐，希望哪天波萊吉安先生能破個冰，說說自己的人生故事。哈瑞有個檔案，裡頭全是些寫書的想法，他總在尋覓各種人生故事，像波萊吉安先生這樣的人，甚至是那位說話很僵硬的肥胖女侍，背後都可能藏著某個當代悲劇或冒險故事，能寫成暢銷書。

哈瑞告訴蘿倫，人生呢，就是要懷著興致活在這世上，要睜大雙眼，在遇到的每個人身上看見各種可能，看見人性，要時時覺察，若說他有什麼能教給她，就是這點了，**時時覺察**。

蘿倫總自己準備早餐，通常是穀片，不加牛奶，淋楓糖漿。而艾琳會把咖啡端回床上慢慢喝，她不想開口說話，她得讓自己進入狀況，面對新的一天，面對報社的工作。等夠進入狀況了，她才下床沖澡，換上她那些休閒而挑逗的服裝，隨著時序入秋，她通常穿寬大的毛衣，配皮短裙和鮮豔的褲襪。艾琳像波萊吉安先生一樣，能輕易在這鎮上顯得與眾不同，但與他不同的是，她生得美，一頭黑髮剪成男生頭，戴著驚嘆號似的細長金耳環，眼皮抹成淡紫色。她在報社做事乾淨俐落，神情冷淡，但時不時會巧妙露出嫣然微笑。

他們在小鎮邊緣租了一棟房子，後院外頭便是一片度假勝地，花草林野，疙瘩石頭地，花崗岩坡，杉木泥塘，小湖泊，還有一段過渡的林地，長著白楊、紅花槭、美洲落葉松和雲杉。哈瑞極愛這地方，他說他們可能哪天早上醒來，看到後院出現一頭麋鹿也不一定。蘿倫放學回家時，夕陽已經西斜，秋日褪下偽裝的和暖，屋裡透著寒意，飄著各種氣味，包括前一天的晚餐、久放的咖啡渣，以及她負責拿出去扔的垃圾。哈瑞正在做堆肥——打算明年種一塊菜園。蘿倫將整桶的蔬果皮、蘋果核、咖啡渣和剩菜剩飯拿到林地邊緣；這林地可能會有麋鹿或熊出沒的。此時白楊葉已經轉黃，落葉松挺著一根根尖刺毛茸的橘色枝葉，襯著四周暗綠的常綠樹。蘿倫倒了垃圾，再照著哈瑞教她的，鏟些沙土和草梗蓋住。

她的生活與短短數週前截然不同。幾週前，她和哈瑞、艾琳會在炎熱的午後開車去一個湖游泳。入夜後，她和哈瑞便去冒險，在小鎮四處走。艾琳則在屋子裡打磨、油漆、黏壁紙，她說她自己做還比較快也比較好，她只要哈瑞把他那一箱箱文件、他的檔案櫃和書桌搬去地下室的一間破爛房間，別擋她的路就好。蘿倫幫他一起搬。

蘿倫拿起的一個紙箱異常輕，似乎裝著什麼輕軟的東西，不像紙，倒像布料或紗線之類。她才開口說：「這是什麼？」哈瑞瞧見她捧著那箱子，便「喂」了一聲，然後說：「我的天啊。」

他從她手裡拿走紙箱，塞進檔案櫃的一格抽屜，砰地闔上，然後又說了聲：「天啊。」

他幾乎從未用這樣嚴厲、這樣氣急敗壞的語氣跟她說話。他轉頭四顧，彷彿可能有人在看他們，接著雙手往長褲一拍。

「對不起，我沒想到妳會拿那個東西。」他把兩手手肘放在檔案櫃上，手心按著額頭。

他說：「好了，蘿倫，我是可以編些謊話騙妳，但我想告訴妳事實，因為我認為小孩子也該知道事實，至少妳的年紀可以了。不過這件事妳要保守祕密，好嗎？」

蘿倫說：「好。」不知怎地，她已經寧可他別說。

「裡頭裝的是灰。」哈瑞說，講到**灰**這個字時詭異地壓低嗓音。「不是普通的灰，是一個嬰兒的骨灰，這個孩子在妳出生之前就過世了，好嗎？妳坐下。」

她坐在一疊硬皮筆記本上，那些是哈瑞的寫作。哈瑞抬頭望著她。

「妳聽我說——我現在要告訴妳的這件事讓艾琳很難過，所以才要守密，不讓妳知道，因為艾琳沒辦法忍受提起這件事，現在妳懂了嗎？」

她說了該說的答案。懂。

「好了，反正，事情就是，我們生下妳之前，還有過另一個寶寶，是個女娃，她還很小的時候，艾琳又懷孕了。這讓她很震驚，因為她才了解到照顧新生兒有多辛苦，而她就那樣，沒辦法睡，又一直吐，害喜呀，還不只晨吐，是日也吐、夜也吐，她不知道怎麼面對懷孕這件事。所以有天晚上，她情緒快崩潰的時候，她突然想出門走走，就上了車，也帶著寶寶，放在提籃裡，那時天黑了，又在下雨，她又開得太快，一個彎沒拐好。就那樣了，寶寶沒固定好，飛出提籃。艾琳也肋骨斷裂，腦震盪。我們一度以為我們兩個寶寶都要沒了。」

他深呼吸。

「我的意思是，那一個已經沒了，寶寶飛出提籃就死了。但艾琳肚子裡懷的那個保住了，因為，那就是妳，妳知道嗎？就是妳。」

蘿倫點點頭，幅度微乎其微。

「我們之所以沒告訴妳這件事——除了艾琳的情緒狀態，也因為怕妳覺得自己不受歡迎，一開始確實是，但相信我，我們後來很高興有妳，噢，蘿倫，真的，現在也是。」

他的手離開了檔案櫃，走過來擁抱蘿倫，他身上有汗味，以及他和艾琳晚餐時喝的葡萄酒味，令蘿倫極不舒服又尷尬。儘管她覺得骨灰有些嚇人，但這故事並未使她難過，然而她相信他的話，相信這件事打擊了艾琳。

「這就是你們有時候吵架的原因嗎？」她說，以一種漫不經心的口吻。哈瑞鬆開了手。

「吵架啊。」他語氣憂傷。「我想這件事的確可能是原因，她歇斯底里的原因，妳知道這一切讓我很難過的，真的。」

他們出去散步時，他偶爾會問她會不會煩心，或傷心，因為他告訴她的那件事。她回答：「不會啊。」語氣斬釘截鐵，頗不耐煩。他便會說：「那就好。」

每條街都有奇特的景點——維多利亞大宅（如今是養老院）、掃帚工廠僅存的磚砌塔樓，以及歷史最早可追溯回一八四二年的墓園，另外還有幾天，鎮上舉辦了秋季露天遊樂會，他們倆就看著一輛輛卡車費勁駛過沙土，不時停下來測量距離；車後面拖著平臺，上面堆滿水泥磚，磚塊直往前滑，導致卡車開得一扭一扭的。

蘿倫如今回想，那段日子全籠罩在一種虛假的光暈之中，帶著一股輕率愚昧的熱情，絲毫未考慮到一旦開學、報紙正式發行和天氣改變後她所必須承受的生活壓力，或者說是現實；熊和麋鹿，牠們是不折不扣的野生動物，得設法餬口維生——這可不是什麼興奮刺激的事。而換成現在，她也不可能再像那時那樣在露天遊樂場大跳大叫、為她選的卡車歡呼，否則同校的人看到了，準把她當怪胎。

但她學校同學差不多就這麼想。

她在學校之所以孤立，是由於她擁有的知識和經驗，而她隱約明白，這些在別人眼中跟單純和自以為是差不多的。大家視為神祕至極的事她認為沒什麼，而又不懂得裝，她因此格格不入——除了這點，還有好比她知道「蘭塞奧茲牧草地」的法文發音、讀過《魔戒》，這都是原因。她五歲就喝過半瓶啤酒、六歲就吸過大麻菸，雖然她都不太喜歡。現在她晚餐有時會佐一點葡萄酒，這她倒挺喜歡。她了解口交是怎麼一回事，也知道所有避孕方法，以及同性戀會做些什麼。她經常看到哈瑞和艾琳赤身裸體，也看過他們朋友間舉辦的森林裸體營火派對。那次假期她還跟其他小孩子溜出去，看那些父親們在偷偷約定後溜進別人太太的帳篷。其中一個男孩還提議跟她發生關係，她也答應了，但他自己做不成，結果兩人都生對方的氣，後來她看到他就討厭。

這些對於身處此地的她都是負擔——給她一種尷尬和奇怪的悲傷感受，甚至是一種缺憾。而她什麼事也不能做，只能記得在學校要稱呼哈瑞和艾琳為「爸媽」；這似乎使他們顯得比較了不起，但也沒那麼鮮明了，每當這樣稱呼他們，他們原本分明的輪廓便稍稍模糊，原有的性格也稍微掩蓋，這是她面對他們時無法做到的事，她甚至沒法承認，這樣可能使她心裡好過點。

蘿倫班上有幾個女孩覺得咖啡廳一帶相當吸引人，卻又沒膽真的走進去，就會進到飯店大廳，到女用洗手間，待在裡面十五分鐘或半小時，把自己或彼此的頭髮弄成各種樣式，或擦她們從斯特曼折扣百貨店摸來的口紅，或聞彼此頸間和手腕上的氣味，她們噴了藥妝店的各種免費試用香水。

她們問蘿倫要不要一起去。她疑心她們想耍她，但還是答應了，一部分是她太討厭在日漸縮短的黃昏時分獨自走回森林邊緣的家。

她們一走進飯店大廳，其中兩個女孩子便抓住她，推著她走到櫃臺前。只見在餐廳做事的那個女人坐在高腳凳上，正對著計算機算一些數字。

這女人的名字（蘿倫從哈瑞那裡聽來的）叫戴芬。她有一頭纖纖長髮，看起來又像泛白的淺金色，又像白頭髮，因為她不年輕了。她想必經常把頭髮甩到臉後，她此刻就這樣。那黑框眼鏡後的一雙眸子半垂著眼皮，塗成紫色，而一張臉寬闊闊的，和身體一樣，臉龐蒼白光滑。然而她整個人沒有半點慵懶。她這時抬起那雙黯淡的淺藍眼眸，逐一掃視這些女孩，彷彿她們的行為再可鄙也不會令她驚訝。

「就是她。」那幾個女孩說。

戴芬看著蘿倫，並開口說：「妳就是蘿倫嗎？是嗎？」

蘿倫不明所以，應了聲是。

「是這樣，我問她們學校裡有沒有誰叫蘿倫。」戴芬說得好像其他女孩已經走遠似的，將她們排除在她與蘿倫的對話之外。「我會這樣問，是我們這裡找到一個東西，有人把這東西掉在咖啡廳。」

她打開抽屜，拿出一條金鍊子，鍊子上掛著「蘿倫」的字樣。

蘿倫搖搖頭。

「不是妳的嗎？太可惜了。我也問了高中的學生，那我看就只好保管起來，可能會有人來找。」戴芬說。

蘿倫說：「妳可以在我爸的報紙上登失物招領。」她沒意會到應該說「報紙」就好。隔天，她在學校走廊上與兩個女孩子擦身而過，她聽到一個聲音裝模作樣地說：**我爸的報紙**。

「是可以，但可能會有一堆閒雜人等來認領，甚至亂掰名字之類，這是金子啊。」戴芬回答。

「但他們應該沒辦法戴吧，如果他們說的不是真名。」蘿倫指出。

「可能吧，但我反正不想讓他們來亂領。」

其他女孩開始走向女用洗手間。

戴芬對她們喊：「喂妳們，那裡不准進去。」

她們都回頭，一臉詫異。

「怎麼會？」

「因為不准，就是這樣，妳們去別的地方混吧。」

「以前妳都讓我們進去。」

「以前是以前，現在是現在。」

「廁所是開放讓大家用的吧。」

「不是，鎮公所的廁所才開放讓大家用，快點走吧。」戴芬說。

蘿倫正準備跟著她們走。戴芬對蘿倫說：「我不是說妳。可惜鍊子不是妳的，妳過一、兩天再回來看看吧，如果沒人來問，那我覺得，嘿，反正這上面是妳的名字嘛。」

蘿倫隔天回來了。她其實不在乎那鍊子，她沒法想像一個人把自己的名字掛在脖子上走來走去，她只是想找件事做，找個地方去。她也可以去報社，但她聽到她們說**我爸的報紙**那樣子，便不想去了。

如果戴芬不在櫃臺，而是波萊吉安先生，她決定她就不進去了。但戴芬就在那裡，正在給前窗一株其貌不揚的植栽澆水。

「噢太好了，都沒人來問，等到這禮拜結束吧，我有預感鍊子最後還是妳的，妳每天都可以來呀，每天這時候，我下午不用在咖啡廳幫忙，如果我不在大廳，妳就按鈴，我都在這附近。」戴芬說。

蘿倫說：「好吧。」便轉身要走。

「妳想坐一下嗎？我在想要喝杯茶，妳喝茶嗎？妳可以喝茶嗎？還是想喝汽水類的飲料？」

「檸檬汽水好了，麻煩妳。」蘿倫說。

「用玻璃杯裝嗎？妳要用玻璃杯嗎？要加冰嗎？」

「直接喝就可以了，謝謝。」

戴芬依然拿了玻璃杯，還有冰塊。她說：「不然好像不夠冰。」她問蘿倫想坐哪——窗邊那些磨損的皮椅，或櫃臺後的一張高腳椅。蘿倫選了高腳凳。戴芬則坐在另一張凳子上。

「那，要不要告訴我妳今天在學校學了什麼？」

蘿倫開口：「喔，就——」

戴芬的闊臉綻開笑容。

「我開玩笑的，以前我最討厭人家那樣問，因為第一，我從來都記不住一天裡學了什麼，再來，我下課後真的不需要再聊學校的事，所以我們就別說那些吧。」

這女人明顯想跟她交朋友。蘿倫並不驚訝，她從小被帶大的方式讓她覺得小孩和大人也能平起平坐，儘管她也發現許多大人並未體認到，而最好也不要特別強調這點。她看出戴芬有些緊張，才會話說個不停，並在奇怪的時間點發笑，還不惜使出小招，伸手進抽屜拿出一條巧克力。

「小點心讓妳配著飲料吃，不然妳還跑這趟來找我呢，對不對？」

蘿倫替這女人感到難為情，但又很開心能拿到巧克力，她在家裡吃不到糖。

「妳不用賄賂我來找妳呀，我很願意來。」她說。

「喲，這樣是吧，妳真是孩子氣，好吧，那還給我。」

戴芬伸手去抓巧克力。蘿倫一個閃身護住巧克力，這下她也笑了。

「我是說下次，下次妳就不需要賄賂我。」

「但賄賂一次沒關係，是嗎？」

「我有事情做很好，可以不用直接回家。」蘿倫說。

「妳不會去朋友家玩嗎？」

「我根本沒朋友，我九月才進這所學校。」

「這個嘛，如果妳能交的朋友都像那些到這裡來的女孩子，我看妳別交還比較好。妳覺得這個鎮怎麼樣？」

「很小，有些地方還不錯囉。」

「這裡是垃圾坑，全都是垃圾，我這輩子見識過太多垃圾坑，妳大概要以為我的鼻子已經被老鼠啃了。」她用手指輕敲著自己的鼻梁，上上下下；她指甲和眼皮的顏色是一樣的。「現在倒還在。」她用懷疑的語氣說。

這裡是垃圾坑。戴芬就會說這種話，她說話措辭激烈——不是討論，而是斷言，而那些評斷都苛刻又反覆無常，至於說起自己的事，她的喜好、她的身體狀況，則像在說什麼至大的奧祕，某件殊絕之事。

她對甜菜過敏。只要一滴甜菜汁流進喉嚨，組織就會腫起來，她就得上醫院緊急動手術才能呼吸。

「那妳呢？妳對什麼過敏嗎？沒有啊？很好。」

她認為無論做什麼工作，女人都該把手弄得漂漂亮亮。她喜歡塗墨藍或紫紅色的指甲油。她還喜歡戴耳環，大大的，哐啷作響的那種，上班也照戴著。那種鈕釦式的小耳環她看不上眼。她不怕蛇，但對貓有種奇怪的感覺。她覺得她嬰兒時期一定曾有哪隻貓被奶味吸引，跑來壓在她身上過。

「那妳呢？妳怕什麼？妳最喜歡的顏色是什麼？妳夢遊過嗎？妳的皮膚是會曬黑還是曬傷的那種？妳的頭髮長得快嗎？」她對蘿倫說。

蘿倫並非不習慣有人對她感興趣。哈瑞和艾琳也對她很感興趣，他們會想知道她的想法，她的意見，她對事情的感覺，尤其是哈瑞，有時他們的興趣都快把她惹毛了。然而她以前從不知道還有這些其他事情，這些沒什麼理由的事實，竟也可以如此重要，如此吸引人。而戴芬的問題也不會讓她覺得背後還有其他問題——在家裡她就會有這種感覺，但戴芬不會讓她感覺一個不小心，她就會被赤裸裸地攤開。

戴芬還告訴她許多笑話。她說她知道成千上百個笑話，但她只告訴蘿倫一些恰當的。那些關於紐芬蘭人的笑話（紐芬蘭佬笑話[1]），哈瑞大概不會覺得恰當，但蘿倫還是配合地笑了。

1　紐芬蘭佬（Newfies）在英文中是口語說法，指來自紐芬蘭的人，同時也有「蠢蛋」的意思。

她跟哈瑞和艾琳說她放學後會去找個朋友。其實不算撒謊，他們似乎也很開心。但就是因為他們，她才沒拿那條有她名字的金鍊，儘管戴芬說她可以拿。她假裝擔心失主哪天會回來找。

戴芬認識哈瑞，她在咖啡廳替他端早餐，她大可提起蘿倫來找她的事，但顯然她也沒有。

有時她會擺出一張告示——如需服務請按鈴，然後就帶蘿倫到飯店其他地方。這裡偶爾還是有房客入住，他們的床就得鋪，馬桶和洗手檯得刷，地板得吸。戴芬不讓蘿倫幫忙。她說：「妳坐著，跟我說話就好，這工作很寂寞。」

但說話的總是她。她說著自己的人生，說得雜亂無章，一會兒說這人，一會兒說那人，好像蘿倫應該不問就知道他們是誰。叫某某先生和某某太太的都是好老闆，其他的老闆則叫老醃豬、老馬屁股（妳不可以學我講話），他們就很差勁。戴芬工作過的地方有醫院（我當護理師？妳說什麼笑呀？），有菸田，有還不錯的餐廳，有不像樣的餐館酒館，還有伐木場，她在那裡當廚子，還有巴士站，她在那裡打掃，看過一些說不得的噁心事，她也在徹夜營業的便利商店做過事，結果被搶劫，便辭了工作。

至於姊妹淘，她有時跟洛蘭走得近，有時跟菲兒走得近。菲兒會不問一聲就借走人家的東西，她曾拿了戴芬的一件襯衫，穿去舞會，流了一身汗，把腋下那裡都弄爛了。洛蘭書念到高中畢業，但她嫁錯人，嫁了個蠢蛋，現在後悔莫及。

戴芬自己其實可以結婚，她約過會的男人之中，有些挺成功，有些淪落街頭，有些她也不曉得後來怎麼了。她很衷情一個名叫湯米．基歐布萊得的男孩，但他是天主教徒。

「妳大概不曉得這對女人來說代表什麼。」

「代表不能避孕。艾琳本來也信天主教，但後來不信了，因為她不認同。艾琳就是我媽。」蘿倫說。

「妳媽反正不用擔心，都那樣了。」

蘿倫不明所以。然後她想，戴芬指的是她是獨生女吧，戴芬以為哈瑞和艾琳生了她之後想繼續生，但艾琳生不出孩子了。就蘿倫所知，情況並非如此。

她說：「他們想生的話是可以再生的，在我之後。」

「妳是這樣想的吧？說不定他們生不出來呀，說不定妳是領養來的。」戴芬逗著說。

「不，我不是，我知道不是。」蘿倫差點就要說出艾琳當年懷孕發生的事，但忍住了，因為哈瑞那麼鄭重地視為祕密，她很忌諱違背諾言，儘管她注意到大人經常不怎麼在乎毀約。

「表情不要那麼嚴肅嘛。」戴芬說著，雙手捧住蘿倫的臉，黑莓色的指尖在蘿倫臉頰上輕點。「我只是開玩笑。」

飯店洗衣間的乾衣機出了問題，戴芬得把溼床單和毛巾晾起來，因為下雨，最好的地方就是以前的寄養馬房。蘿倫幫忙抬幾個堆滿白被單的籃子，穿過飯店後方的一小塊碎石子地，走進空蕩蕩的石砌畜舍。裡頭已經鋪上水泥地，但一股氣味仍從底下的土滲出，或穿透了那一堵堵大小石塊砌成的牆。溼泥、馬皮，以及濃濃的尿液和皮革殘味。這地方空落落的，只有晾衣繩及幾張壞掉的椅子和書桌。她們的腳步聲迴蕩在空間之中。

「妳喊妳的名字看看。」戴芬說。

蘿倫喊：「戴——芬——」

「我說**妳**的名字耶，妳幹麼？」

「這樣比較有回音呀。」蘿倫說著，又喊了一次：「戴——芬——」

「我不喜歡我的名字，沒人喜歡自己的名字。」戴芬說。

「我不會不喜歡自己的名字。」

「蘿倫不錯，是好名，他們幫妳取了個不錯的名字。」

戴芬把被單夾到晾衣繩上，身影隱沒其間。蘿倫就四處晃，吹著口哨。

「在這裡唱歌才好聽呢，妳唱一首最喜歡的歌吧。」戴芬說。

蘿倫想不出她有哪首最喜歡的歌。戴芬對此似乎甚感驚奇，一如她發現蘿倫連半個笑話也不知道的時候。

「我有一堆呢。」她說著，便唱起來。

「月之河，浩瀚寬餘哩——」

哈瑞有時會唱這首歌，他唱時總是開這首歌玩笑，或開自己玩笑。戴芬的唱法則不同。蘿倫感覺彷彿被她嗓音中的恬靜憂傷拉向那些晃盪的白被單，被單彷彿要在她周圍化開——不，是在她和戴芬的周圍化開，營造出一股濃烈的甜蜜氛圍。戴芬的歌唱如擁抱，全然敞開，供人飛奔入懷，而同時那散落的情緒又使蘿倫的胃起了一陣冷顫，隱約如作嘔的感覺。

「等在河彎處

我的知心友——」

蘿倫打斷了戴芬的歌聲——她拎起一把缺了座墊的椅子拖著走，椅腳刮過地面。

＊　＊　＊

「我一直想問你們一件事。」在晚餐桌前，蘿倫堅決地對哈瑞和艾琳說：「我有可能是領養來的嗎？」

「妳從哪裡來的想法？」艾琳說。

哈瑞不再吃了，揚眉盯著蘿倫，帶著警告意味，然後開始說笑。「如果我們要領養孩子，妳認為我們會領養一個愛問這麼多八卦問題的孩子嗎？」

艾琳起身，弄弄裙子拉鍊，裙子應聲落地，然後她把褲襪和內褲往下捲。

「妳看這裡，這樣應該回答妳了吧。」她說。

她的腹部平時在衣服底下顯得平坦，此時才能看出略微鬆垮，比基尼痕跡上方仍是淺淺的曬出來的小麥膚色，而肚皮上劃著一道道死白的紋路，在廚房燈下瑩瑩閃耀。蘿倫從前就看過這些紋路，但不曾多想，她覺得那些就是艾琳身體的一部分，一如她鎖骨上那兩顆雙生的痣。

「我懷妳的時候肚子有這麼大，皮膚被撐開了。」她一隻手在身體前方比了個難以置信的距離：「這樣妳相信了嗎？」

哈瑞把頭靠在艾琳身上，用鼻子蹭蹭她光裸的腹部，然後離開，開口對蘿倫說話。

「怕妳還會想我們為什麼沒再生小孩，答案是，妳就是我們唯一需要的孩子，妳聰明、漂亮，又有幽默感，我們要怎麼確定能再生出一個這麼好的呢？而且，我們也不是一般的家庭，我們喜歡四處為家，嘗試新事物，喜歡彈性，我們已經有了個這麼完美、適應力強的孩子，不需要繼續試手氣。」

此時他的臉，艾琳看不見，他正對著蘿倫，臉上神色比他嘴裡說出的話嚴肅多了，帶著持續的告誡神情，混雜著失望與訝異。

若艾琳不在場，蘿倫會繼續質問他。如果當年他們是失去了兩個寶寶，而不是一個呢？如果她並非艾琳懷的，不須為艾琳肚皮上的紋路負責呢？她怎麼能確定她不是他們弄來的替代品？如果他們瞞著她那樣一件大事，又怎麼能確定沒有其他事情呢？

這想法令她心緒不寧，卻有一種朦朧的吸引力。

蘿倫下次放學後進到飯店大廳時，她咳著嗽。

「到樓上，我有些好東西可以處理。」戴芬說。

她擺出如需服務請按鈴的告示。波萊吉安先生正好從咖啡廳走進大廳，他一腳穿著鞋，另一腳趿著拖鞋，拖鞋扯開一些，容納著繃帶包紮的腳，而腳姆趾的地方有一塊乾涸的血漬。

蘿倫以為戴芬看到波萊吉安先生就會把告示取下，但沒有，她只對他說：「你有機會最好換個繃帶。」

波萊吉安先生點點頭，但雙眼沒看她。

「我等等就下來。」她對他說。

她的房間在三樓，位於屋簷下方。蘿倫邊爬邊咳，開口問：「他那腳怎麼了？」

「什麼腳？可能被人踩了吧，我看，說不定被鞋跟踩了？」戴芬說。

她房間的天花板從一道屋頂窗的兩邊陡斜切下，房裡有單人床、水槽、一把椅子和一張書桌，椅子上擱個電熱爐，上面有煮水壺，桌上擺滿各色化妝品，以及髮梳、藥錠，還有兩罐馬口鐵罐裝的茶包和熱可可粉。床罩是單薄、棕白條紋的泡泡紗材質，跟客房用的一樣。

「滿簡陋的對吧？我不常待在這裡。」戴芬說。她在水槽把煮水壺裝滿，把電熱爐插電，然後扯開床罩，拉出一件毯子。「妳把外套脫掉，用這個裹暖一點。」她摸摸電暖器。「這裡暖氣要開大半天才會熱。」

蘿倫便照做。兩只杯子和兩支湯匙從上層抽屜拿了出來，熱可可罐裡量了可可粉。

戴芬說：「我都用熱水泡，我猜妳習慣加牛奶吧，我喝茶或什麼的都不加奶，拿上樓就酸了，我沒冰箱。」

「用水泡也可以。」蘿倫說，儘管她從未喝過這樣的熱可可。她突然很希望自己是在家裡，在沙發上裹得好好的，看著電視。

「嗯，別杵在那裡。」戴芬說，語氣不知是微微惱怒或緊張。「坐下，讓自己舒服一點，水很快就燒好了。」

蘿倫坐在床沿。突然，戴芬轉過身來，抓住她兩邊腋窩下方，弄得她又開始咳嗽，就這樣將她拉起來，讓她倚牆而坐，腳懸在地板上方。她的靴子給脫了下來，戴芬迅速擰擰她的腳，看襪子是否溼了。

沒溼。

「嘿，我是要拿東西幫妳治咳嗽，我的咳嗽糖漿咧？」從同一個上層抽屜裡取出了一瓶半滿的琥珀色液體。戴芬倒了一湯匙。「嘴巴張開，味道沒那麼可怕。」

蘿倫嚥下藥水後問：「裡面加了威士忌嗎？」

戴芬端詳瓶身，上頭沒標籤。

「我沒看到上面這樣寫，妳看到了嗎？如果我讓妳喝一匙威士忌治咳嗽，妳的媽咪爹地會不會抓狂呀？」

「我爸有時候還會弄托迪酒[2]給我喝。」

「這樣啊。」

煮水壺燒開了，水倒入杯中。戴芬匆匆攪拌，壓碎結塊，一邊對它們說話。

「快點，討厭的東西，好了，你們。」佯裝一副快活模樣。

戴芬今天不太對勁。她似乎心煩意亂，太興奮，似乎還隱藏著憤怒。而且她在這房間裡顯得塊頭太大，太鬆垮累贅，太金光閃閃。

「妳看看這地方，我知道妳會怎麼想，妳會想，哇，她一定很窮，她的東西怎麼這麼少？但我不喜歡囤積東西，這是有原因的，因為我有太多次打包走人的經驗，才剛安頓好，就有事發生，妳就得走人。可是我會存錢，大家要是知道我銀行裡存了多少錢會很驚訝。」她說。

戴芬把蘿倫的杯子給她，然後在床頭小心翼翼坐下，背後是枕頭，穿著絲襪的腳伸在坦露的床單上。蘿倫對穿絲襪的腳有一種特別的厭惡，對光腳不會，對穿襪子的腳不會，對穿鞋子的腳不會，對穿絲襪又裹在鞋子裡的腳也不會，就是穿著絲襪的腳沒穿鞋會令她不舒服，特別是接觸到其他布料的時候。這僅是一種私密而古怪的感覺，就像她看到蘑菇或灑在牛奶裡的早餐穀片會起的反應。

2 托迪酒（toddy）是以烈酒、水和糖調製而成的熱調酒。

「妳下午來的時候，我正覺得難過，我想起一個以前認識的女孩子，正在想如果我知道她人在哪，該寫封信給她。她叫喬伊絲，我想到她人生中發生的事。」戴芬說。

戴芬的重量使床墊下陷。蘿倫得設法別滑過去，而如此費勁避免碰到那身軀使她很難為情，便更想表現得禮貌些。

「她是妳什麼時候認識的人？妳年輕的時候嗎？」蘿倫問。

戴芬笑出聲。「對，我年輕的時候，她那時也很年輕。她想離開家，她跟個男人在一起，結果出事了，妳知道我指的是什麼嗎？」

蘿倫說：「懷孕了。」

「沒錯。然後她什麼事也不做，心想說不定會好起來，說不定，哈哈，像流感一樣。她交往的那男人已經跟另外一個女人生了兩個孩子，他沒娶那女的，但那女的也差不多像他老婆了，他老想著要回到她身邊。而他還沒來得及回去，他就被抓了，喬伊絲也是，因為她經常幫他帶東西，塞在丹碧絲棉條的導管裡。妳知道棉條長什麼樣嗎？妳知道我說帶東西是帶什麼嗎？」

「知道，當然知道，毒品啊。」蘿倫回答了兩個問題。

戴芬大口喝著熱可可，發出咕嚕嚕的聲音。「這些都是最高機密，妳知道嗎？」

一些可可粉的結塊沒壓碎，沒化開，蘿倫又不想用湯匙壓，因為湯匙上還有那所謂咳嗽糖漿的味道。

「她逃過一劫，得到緩刑，所以她懷孕也不完全是壞事，就是懷孕才逃過的。後來呢，她接觸了一些基督徒，他們認識一對醫生夫婦，那對夫婦專門照顧一些懷孕生子的女孩，還幫她們送養。其實這沒那麼正大光明，因為他們送養嬰兒是收錢的，但總之這樣她不會被社工煩。所以，她就生下了寶寶，連一眼也沒看過，只知道是個女娃。」

蘿倫四下張望，想找時鐘，似乎沒看見。戴芬的手錶在黑毛衣的袖子底下。

「所以她就離開那裡了。接下來她發生一件又一件事情，她從沒想過那寶寶，她覺得以後會結婚，會再生孩子，結果呢，卻沒有。她也沒那麼在意，有些人她真的是也不想跟對方生孩子，她甚至還做過幾次手術，就為了別把孩子生下來。妳知道是什麼手術嗎？」

「墮胎。」蘿倫說。「現在幾點了？」

「妳這孩子知道的真多。對，沒錯，就是墮胎。」戴芬說。她拉起袖子看錶。「還不到五點咧。我剛是要說呀，後來她開始想起那個女娃，想知道她後來怎麼了，所以就開始調查，想知道答案。然後她運氣好，找到當初那些人，那些基督徒，她沒辦法，得對他們不太客氣，但總算得到一點資訊，查到了領養女娃的夫妻叫什麼名字。」

蘿倫扭動身子下了床，還稍微被毯子絆著。她把杯子放在書桌上。

「我要走了，下雪了。」她說著，目光望向小窗外。

「是嗎？下雪也沒什麼了不起吧，妳不想知道接下來的事嗎？」

蘿倫已經穿起靴子，並展現一副心不在焉的樣子，以免吸引戴芬注意。

「聽說那男的在雜誌社工作，所以她就去那雜誌社，結果他們說他不在了，但跟她說他去了哪裡。她不曉得他們給她的寶寶取了什麼名字，不過這她後來也查到了，天下無難事，只怕有心人嘛。妳想從我身邊溜走呀？」

「我要走了，我胃不舒服，我感冒了。」

戴芬先前把蘿倫的外套掛在門後高處的勾子上。這時蘿倫用力想扯下外套，一時拉不下來，淚水已經盈眶。

「這個叫喬伊絲的人我根本不認識。」她說，模樣可憐兮兮。

戴芬把腳踩到地上，緩緩從床上站起身，杯子往書桌一擱。

「妳胃不舒服就應該躺著休息，妳大概剛剛喝太快了。」

「我想拿我的外套。」

戴芬將外套拿了下來，但舉在高處，蘿倫伸手去抓，她卻不放手。

「怎麼啦？妳該不會在哭吧？我可沒想到妳是愛哭包，好了好了，給妳，逗妳玩而已。」她說。

蘿倫穿了外套，但知道自己一定沒辦法把拉鍊拉好。她把雙手插進口袋。

「還行嗎？妳還好嗎？我們還是朋友嗎？」戴芬說。

「謝謝妳請的熱可可。」

「不要走太快，要讓胃平靜下來。」

戴芬向前俯身。蘿倫急忙後退，唯恐將那些白髮吃進嘴，那頭絲綢般、披垂如布幕的髮。

人年紀大到有白頭髮了，就不該再留長髮。

「我知道妳會守密，我知道妳不會把我們見面、聊天和其他事情說出去。妳之後會了解的。妳是個很棒的小女孩，來。」

她親了蘿倫的頭。

「妳什麼都不用擔心。」她說。

雪大片大片落下，在人行道上積了一層鬆軟的雪，人走過便踩出一條條黑印子，然後又被重新填滿。路上的車都開得小心翼翼，亮著朦朧的澄黃車燈。蘿倫不時轉頭張望，看有沒有人跟上來。她看不清楚，因為雪愈下愈大，天色又漸暗，不過似乎沒看到有人跟著她。

她感覺肚子既脹又空，覺得似乎只要吃下對的食物，就能消除那感受。因此她一進家門便直接走到廚房碗櫃前，倒了一碗平常吃的早餐穀片；楓糖漿沒了，但她找到玉米糖漿。她便站在冷冷的廚房裡，靴子和室外衣物都沒脫就吃起來，一邊望向後院裡簇新的潔白景象。雪使景色變得清晰，即便廚房燈亮著，外頭仍歷歷分明。她看見自己的倒影襯著那雪中庭院，一旁的黝黑石頭上覆著白雪，常綠樹的樹枝已被白皚皚的積雪壓垂。

她才將最後一湯匙送入嘴，便衝進浴室，將所有東西全吐了出來——形狀還沒什麼改變的玉米片、已然黏糊糊的糖漿、一絲絲油滑慘白的巧克力。

父母回到家時，她躺在沙發上，靴子和外套都沒脫下，在看電視。

艾琳替她脫下室外衣服，拿一條毯子給她，幫她量了體溫，溫度正常，又摸摸她的肚子，看看硬不硬，又要她把右膝屈到胸前，問她身體右側痛不痛。艾琳最怕闌尾炎，因為曾有一次她去參加派對——狂歡幾天幾夜的那種，裡頭就有個女孩死於闌尾破裂。大家太醉，沒發現女孩的狀況危急。艾琳判斷蘿倫的闌尾沒事之後，便去買晚餐。哈瑞留下陪著蘿倫。

「我看妳得的是『上學炎』，我以前也得過，只是在我小時候這種病還沒有解藥，妳知道解藥是什麼嗎？就是躺在沙發上，看電視。」哈瑞說。

隔天早上，蘿倫說她還是不舒服，儘管其實並沒有。她拒絕吃早餐，等哈瑞和艾琳一出家門，她便去拿了個大大的肉桂捲，沒加熱就吃起來，一邊看電視。她把黏兮兮的手指往蓋著的毯子上擦，思索起自己的未來。她多希望今後的人生就在這裡度過，就在這房子裡，在這沙發上，但除非她能生出某種真正的病痛，否則應該沒轍。

電視新聞播完，演起了一齣每天播放的肥皂劇。這是她去年春天得支氣管炎時很熟悉的世界，後來全忘光了，但儘管曾一度拋到腦後，一切似乎沒什麼改變，大部分角色都還在——當然，處境是不同了，而他們的行為表現（高貴、殘忍、性感或悲傷），凝視遠方的方式，說起意外和祕密時句子講到一半的習慣，全都一如往昔。她樂在其中看了一會兒，但接著她突然想起一件事，便又心煩起來。這些劇情裡的小孩或大人，經常發現自己其實來自別的家庭，有陌生人突如現身，有的看起來瘋狂而危險，生活便被他們攪得天翻地覆。

這種可能性從前對她而言或許頗有吸引力，現在可沒有了。

哈瑞和艾琳不鎖門的。哈瑞會說，想像一下，我們住在一個出門不必鎖門的地方呢。這會兒蘿倫起身，鎖上了門，前後門都鎖了，又把全部窗子的窗簾都拉上。今天沒下雪，但雪還沒融，那層新雪上已經染了一點灰，彷彿一夜衰老。

前門的那些小窗格她沒辦法蓋住，那大門上有三個窗格，淚滴形狀，排成一條斜線。艾琳很討厭那些窗格子。艾琳撕了壁紙，將這棟廉價房子裡的牆壁都漆成意想不到的顏色——知更鳥蛋藍、黑莓紫、檸檬黃，她也拆了醜陋的地毯，將地板拋得光亮，然而對於這三個小不溜丟的窗格她卻無計可施。

哈瑞說這些窗格也沒那麼糟，他們可以一人用一個，而高度也恰好供他們每個人往外看。他給這幾個小格子取名叫「熊爸爸」、「熊媽媽」和「熊寶寶」。

肥皂劇播完了。轉為一男一女在討論室內盆栽的節目。蘿倫陷入淺睡，自己渾然不覺，後來她確知自己睡著了，是她從一個關於動物的夢裡醒來時。她夢見一頭冬季的獸，她不確定是灰鼬或一頭瘦瘠的狐狸，在光天化日之下，牠從後院凝視著這屋宇。夢中有人告訴她，這是頭瘋了的獸，因為牠絲毫不怕人類和人類的居所。

電話響了。蘿倫將毯子拉到頭上，掩住那聲音。她知道一定是戴芬打來的，戴芬想問她還好嗎，為什麼躲起來，以及對她說的那故事有什麼想法，還有她何時要再去飯店呢？

其實打電話的是艾琳，她想問蘿倫的身體怎麼樣了，以及她闌尾的狀況。艾琳讓電話響了十來聲，便從報社狂奔出來，沒穿外套就驅車返家。她發現門上鎖，便用拳頭猛敲門，並將門鈕轉得喀嗒響，然後把臉貼在「熊媽媽」的窗格上，大喊蘿倫的名字。她聽見電視聲，又跑到後門，同樣大敲大叫。

蘿倫雖然頭蓋毯子，當然都聽見了，但過了好一會兒，才發現那是艾琳，不是戴芬，她才溜進廚房，毯子就在後面地上拖著，只是她仍半信半疑，想那聲音會不會是騙人的。

「天啊，妳是怎麼回事？」艾琳把她摟進懷裡說：「門為什麼鎖著，妳為什麼不聽電話，妳在玩什麼把戲？」

蘿倫撐了約莫十五分鐘，任艾琳一會兒抱、一會兒吼的，接著便崩潰了，全盤托出。她如釋重負，但即便在顫抖哭泣之際，她也感覺到，這是拿某件私密而複雜的事情去換取安全與舒適。要說出事情的全貌是不可能的，因為連她自己都還弄不懂。她無法解釋她原本想要的是什麼，只是說著她現在不想要了。

艾琳打電話給哈瑞，說他得立刻回家，走路回來，她沒辦法去接他，不能離開蘿倫身邊。

她打開前門的鎖，發現一個信封，投進了信箱口，卻沒蓋郵戳，上頭只寫著蘿倫。

「妳聽到這東西投進信箱的聲音嗎？妳聽到有人在門廊上嗎，媽的這怎麼發生的？」她說。

她撕開信封，拉出那條有著蘿倫名字的金鍊。

「我忘了跟妳說這件事。」蘿倫說。

「還有一張紙條。」

「不要看，**不要念**，**我不想聽**。」蘿倫嚷道。

「別傻了，紙條又不會咬人，她只是說她打去學校，妳沒去上課，所以她想知道妳是不是病了，這禮物送妳，讓妳開心點，她說那反正是她買給妳的，不是哪個人弄丟的。這什麼意思？她說本來想當成生日禮物，等三月妳滿十一歲的時候送妳，但她決定現在就給妳。她哪來的想法覺得妳生日是三月？妳生日在六月呀。」

「我知道。」蘿倫這時恢復了原本筋疲力竭、孩子氣而鬱鬱不樂的聲音。

「看吧？她根本都搞錯了，她腦袋有問題。」艾琳說。

「可是她知道妳的名字，她知道妳之前住在哪裡，如果我不是妳領養的，她怎麼會知道？」

「我不知道她怎麼知道的，但她搞錯了，完全弄錯；妳聽好，我們會去調出妳的出生證明，妳是在多倫多的威爾斯利醫院生的，我們就帶妳去那裡，我指給妳看妳是在哪個房間生的——」

艾琳又看了一眼那紙條，在拳頭裡一把揉爛。

「那臭婆娘，還打電話去學校，還到我們家來，瘋婆娘。」她說。

「把那東西藏起來。」蘿倫指的是那條金鍊子。「藏起來，收起來，**現在**。」

哈瑞沒像艾琳那麼憤怒。

「我跟她講話的時候，都覺得她看起來正常得不得了。她從沒跟我說過這件事。」他說。

「這個嘛，她不想啊，她想直接對蘿倫動腦筋。你一定要去找她談，不然我就自己去，我說真的，就今天。」艾琳說。

哈瑞說他會去。「我去跟她說清楚，交給我吧，不會再有麻煩了。真是的。」

艾琳提早弄了午餐，做了塗美乃滋和芥末醬的漢堡，是哈瑞和蘿倫都喜歡的。蘿倫吃光了才想到她不該表現得這麼有胃口。

「覺得好一點了嗎？下午要回去上課嗎？」哈瑞說。

「我感冒還沒好。」

艾琳說：「不，不要回去上課，而且我要留在家裡陪她。」

「我覺得沒必要吧。」哈瑞說。

「順便把這個還她。」艾琳說著，將信封塞進哈瑞口袋。「不用管，不用看，只是她的一個蠢禮物，還有告訴她，不要再做那種事，不然她就倒楣了。永遠都不要，永遠。」

蘿倫再也沒回學校上課，再也沒回那鎮上的學校上課。

那個下午，艾琳打電話給哈瑞的姊姊。哈瑞已經不跟姊姊說話了，因為姊姊的丈夫批評他，批評他的生活方式。她倆聊了姊姊從前讀的學校，一所多倫多的私立女校。接下來再撥幾通電話，面談敲定了。

「這不是錢的問題，哈瑞有錢，再不然他也弄得到。」艾琳說。

她說：「也不只是因為這件事，反正妳也不該在這個破爛小鎮待著，不能讓妳以後說起話來像個鄉巴佬。我本來就一直在想這件事，只是想等妳再大點。」

哈瑞回到家後，說這當然要看蘿倫自己的意願。

「蘿倫，妳想離開家嗎？我以為妳喜歡這裡，我以為妳在這裡有朋友。」

「朋友？她朋友就是那女的——**戴芬**。你到底跟她講清楚了沒？她了解嗎？」艾琳說。

「講了，她知道了。」哈瑞說。

「你把她那賄賂的東西還她了嗎？」

「如果妳要那樣稱呼那東西的話，還了。」

「不會再有麻煩嗎？她都懂了，不會再有麻煩了？」

哈瑞打開廣播，他們聽著新聞吃完晚餐。艾琳開了一瓶葡萄酒。

「這是幹麼？慶祝嗎？」哈瑞的語氣略帶一點威脅。

這些跡象蘿倫能看懂，而她覺得看出了今後將經歷的種種、他們所要付出的代價，為了這奇蹟似的營救——也就是再也不會回那學校或接近那飯店，或許再也不會走在大街上，以及聖誕假期前的兩個禮拜再也不踏出家門半步。

酒就是其中一個跡象，有時是，有時不是。但當哈瑞拿出那瓶琴酒，給自己倒上半杯，除了冰塊什麼也沒加（不久後，他連冰也不加了），局勢便底定了。此後一切或許仍愉快，但那種愉快尖利如刀。哈瑞會跟蘿倫說話，艾琳也會跟蘿倫說話，他們都比從前更常跟她說話，而偶爾他們彼此也會交談，說起話來幾乎一如往昔。然而空氣中總有一種未以言語表達出來的輕率。蘿倫心裡盼望，或至少存著一點希望，或者說得精確點，她曾經存著一點希望，期盼他們別把架吵開，而她也始終相信，存著這種盼望的不只有她——她至今仍相信。他們兩人確實也盼望，至少心中有一部分是，但另一部分他們又巴不得山雨欲來，他倆從未戰勝那渴望。每一次，當那種感覺籠罩家中，當氣氛改變，當懾人的透亮使所有形狀、所有家具和用品變得鮮明而沉重，每一次總會走向最糟的發展。

曾經，蘿倫無法待在自己房裡，她得跟他們待在一起，她得猛撲到他們身上，抗議、哀泣，等他們其中一人抱起她，把她帶回床上，對她說：「好了好了，別煩我們，別煩我們嘛，這是我們的生活，我們要好好談呀。」「好好談」的意思就是在屋裡踱步，滔滔指責、尖叫反駁，最後朝對方扔菸灰缸、瓶子和碗盤。有一次艾琳跑到屋外，倒在草皮上，手扯著一塊塊的土和草。哈瑞在門口嘶聲說：「哇，這樣就對了，讓大家都來欣賞。」另一次哈瑞把自己鎖在浴室裡，大聲說：「只有一種方法能脫離這種折磨。」他們兩人都曾揚言要吞藥和用刀片。

「噢，天啊，我們不要這樣了，拜託，拜託，我們不要再這樣了。」某次艾琳說。

哈瑞殘忍地高聲模仿她的嗚咽聲音說：「是妳帶頭的——那**妳自己**不要再這樣呀。」

後來蘿倫放棄探討那些架是為什麼而吵。總是為了某件新的事（今晚她躺在黑暗中，想著他們吵架大概是因為她離家讀書，因為艾琳私自下了決定），但也總是為了同一件事——一件屬於他倆的事，他們無法拋到腦後的事。

她也不再覺得他們倆其實都有痛處——她曾覺得哈瑞總是說笑，是因為心裡悲傷；而艾琳總是明快輕蔑，是因為哈瑞似乎排拒著她。而只要蘿倫幫他們雙方說清楚，情況就會改善。

隔天他們總緘默無聲，顯得受傷、羞愧，而又異常興奮。「大家難免這樣，情緒壓抑著不好啊，還有個理論說壓抑憤怒會致癌呢。」艾琳曾這樣對蘿倫說。

哈瑞則將他們的大吵說成是爭執，他會說：「不好意思，我們又起爭執了，艾琳是個喜怒無常的女人。寶貝，我只能說，老天，我只能說，這種事難免。」

這晚，蘿倫甚至在他們真正爆發前就睡著了，她甚至還不曉得他們會不會吵起來。那琴酒瓶還沒現身她便離開，上床睡了。

後來哈瑞叫醒她。

「對不起，抱歉，女兒，妳可不可以起來，到樓下來？」

「現在是早上了嗎？」

「還沒，還是晚上，我跟艾琳想跟妳談談，我們有一件事要跟妳談，算是一件妳已經知道的事，來吧，妳要穿著拖鞋嗎？」

「我最討厭穿拖鞋。」蘿倫提醒他。她走在前面下了樓。哈瑞的衣服仍穿得好好的，艾琳也是，她等在玄關。她對蘿倫說：「有個妳認識的人來了。」

是戴芬。戴芬坐在沙發上，她那身常穿的黑長褲和毛衣外面穿著一件滑雪外套。蘿倫以前從沒看過她穿著室外服裝。她的臉垂了，皮膚鬆弛，一身姿態顯得無比挫敗。

「我們不能去廚房嗎？」蘿倫說。她也說不上為什麼，但廚房感覺安全些，比較沒這麼特別，而如果圍著餐桌坐，還有桌子能扶。

「蘿倫想去廚房，我們就去廚房吧。」哈瑞說。

他們坐下，哈瑞開口：「蘿倫，我已經解釋了我跟妳說過那寶寶的事，就是我們在妳之前的那個寶寶，還有她發生的事。」

他等待蘿倫應聲：「對。」

「我現在可以講話嗎？我可以跟蘿倫說些話嗎？」艾琳說。

哈瑞說：「當然可以。」

「哈瑞沒辦法接受再多一個寶寶。」艾琳說著，俯視桌面下她放在腿上的雙手。

「他沒辦法接受家裡的混亂，他想寫東西，他想做些大事，所以他沒辦法承受混亂。他要我去墮胎，我說好，然後又說不要，然後又說好，但後來我做不到，我們吵了架，我就抱著寶寶，上了車，想去朋友家。我沒有超速，也絕對沒喝醉，就只是因為路上光線不好，天氣也不好。」

「還有提籃沒繫好。」哈瑞說。

他接著說：「但算了別說這個。我沒有堅持要墮掉啊，我可能提過墮胎，但我不可能逼妳呀。我沒跟蘿倫說這件事，是不想讓她聽了不舒服；這聽了一定會不舒服的。」

「對，但這就是事實。蘿倫可以承受的，她又不會把那想成是**她**。」艾琳說。

蘿倫開了口，她自己都嚇了一跳。

「那就是我啊，不是我那是誰？」她說。

「對，但又不是我想墮的。」艾琳說。

「妳也沒有完全**不想**吧。」哈瑞說。

蘿倫說：「夠了。」

「我們說好了不要這樣的，我們不是說好不要這樣嗎？我們也該向戴芬道歉。」哈瑞說。

他們說話的全程，戴芬都沒抬頭看任何人，她也沒把椅子拉到桌子前，似乎連哈瑞說她名字的時候她都沒注意到。她靜止不動，不只因為挫敗，還有著沉重的倔強，甚至是厭惡，是哈瑞和艾琳未能發現的。

「蘿倫，我今天下午跟戴芬談過了，把寶寶的事告訴她，那是她的寶寶。我沒跟妳說那寶寶是領養的，是因為那樣聽起來更糟——我們領養了寶寶，又把事情搞砸了。我們努力了五年，覺得不可能懷孕了，所以就領養，寶寶的媽媽是戴芬。我們叫她蘿倫，後來也叫妳蘿倫——我想是因為這是我們最愛的名字，而且也讓我們有一種重新來過的感覺。然後戴芬想知道她寶寶的下落，她查出是我們領養的，自然會誤以為那寶寶就是妳，她來這裡就是為了找妳，這件事很悲傷。我把實情告訴她的時候，可以理解，她要求證據，所以我請她今晚來這裡，讓她看文件。她從來不是要把妳偷走或做什麼，只是想跟妳當朋友，她只是寂寞，又弄糊塗了。」

戴芬猛地拉下外套拉鍊，像是想多吸些空氣。

「我也告訴她，我們一直還留著——一直沒機會，或說找到對的時機去……」他的手往那放在流理臺上的紙箱揮了揮。「所以我也讓她看了。

「所以今晚，我們要以一家人的身分，今晚一切都說開了，我們就一起出去，做這件事，然後解決這一切——悲慘和責難。我和戴芬跟艾琳，還有我們也希望妳一起來。妳可以嗎？妳還好嗎？」

蘿倫說：「我剛都在睡了，我感冒了。」

「妳最好照哈瑞說的做吧。」艾琳說。

戴芬仍沒有抬起頭來。哈瑞端起流理臺上的紙箱，遞給戴芬。「這個可能應該讓妳拿，妳還好嗎？」他說。

「大家都很好，快出發吧。」艾琳說。

戴芬捧著箱子，佇立雪中。艾琳便說：「讓我來嗎？」然後她莊重地把箱子拿過來，原想交給哈瑞，又改變主意，遞向戴芬。戴芬捧起一小把骨灰，但沒接過箱子傳給下一人，艾琳便抓了一把，然後將箱子交給哈瑞。哈瑞拿起一把骨灰，正準備將紙箱遞給蘿倫，但艾琳開口：「不，她不用。」

蘿倫早早把雙手插進口袋了。

沒有風，因此骨灰就落在哈瑞、艾琳和戴芬灑的地方，墜落雪上。

艾琳用彷彿刺痛的嗓子說：「我們在天上的父——」

哈瑞一個字一個字清晰地說：「這是蘿倫，我們的孩子，我們都鍾愛她——我們大家一起說吧。」他看著戴芬，再看看艾琳，他們便齊聲說：「這是蘿倫。」戴芬的嗓音微弱，僅是咕噥。艾琳說得極盡所能地真誠。哈瑞則說得鏗鏘響亮，引領大家，嚴肅至極。

「我們在此與她道別，將她送入雪中——」

最後艾琳匆匆說：「請寬恕我們的罪，我們的逾越，請寬恕我們逾越的罪行。」

回鎮上的車程，戴芬跟蘿倫一起坐在後座。哈瑞原本替戴芬開了他旁邊前座的車門，但她踉蹌地走過他身邊，進了後座，將那比較好的座位讓出去，因為她已經不是捧著骨灰的人。她伸手到滑雪外套的口袋裡拿衛生紙，結果把一個東西拉了出來，掉到車裡地上。她不由自主哼了一聲，想伸手去撿；但蘿倫快了她一步，蘿倫拾起那枚常看戴芬戴著的耳環——及肩的七彩珠子耳環，會在她髮間閃耀。她晚上必然戴著這耳環，後來想還是收進口袋比較好。蘿倫摸到那耳環，摸到那冰涼晶亮的珠子在指間蜿蜒滑動，突然極度渴望許多事能消失，渴望戴芬變回最初的那個人，坐在飯店櫃臺後方，大膽又精力充沛。

戴芬一言不發，將耳環拿過來，沒碰到蘿倫的手指，但那是她和蘿倫那晚第一次直視彼此的臉。戴芬睜大了眼，那麼個片刻，她眼眸露出一種熟悉的神色，那種嘲弄和心照不宣的眼神。她聳聳肩，將耳環放進口袋。就這樣——那之後她只是盯著哈瑞的後腦勺。

稍後，哈瑞停下車，讓她在飯店下車，他說：「希望妳可以來我們家吃晚餐，看哪天晚上妳不必工作。」

「我幾乎都要工作。」戴芬說著，下了車，說了聲「再見」，不知對著誰說，然後就踩著大力的步伐，沿著泥濘的人行道走進飯店。

返家路上，艾琳說：「我就知道她不會答應。」

哈瑞說：「這個嘛，說不定她很高興我們開口問啊。」

「她才不在乎我們，她只在乎蘿倫，在她以為蘿倫是她孩子時；現在她連蘿倫也不在乎了。」

「嗯，我們在乎啊，她是我們的。」哈瑞拉高了嗓子。

「蘿倫，我們愛妳，我只是想再告訴妳一次。」哈瑞說。

她的。我們的。

蘿倫感覺有東西扎著她光裸的腳踝，她往下一摸，發現睡褲沾了帶芒刺的果實，密密麻麻的刺果。

「我黏到雪底下的刺果了，我身上黏到好幾百個刺果。」

「回家我再幫妳弄掉，現在我也沒轍。」艾琳說。

蘿倫氣急敗壞地從睡褲上拔掉刺果，才拔掉，發現又黏到了手指，她用另一手去撥，刺果馬上又黏到那手上。她十分厭惡這些刺果，恨不得用力打自己的雙手並放聲大叫，但她知道她唯一能做的便是坐著，等待。

招數

一

「我會死，如果那件洋裝還不能拿，我會死的。」多年前一個傍晚，蘿賓說。

他們在埃薩克街這棟暗綠色隔板屋的玻璃門廊上。住隔壁戶的韋拉德．葛立格此時正與蘿賓的姊姊喬安妮在牌桌前玩拉密牌。蘿賓則坐在沙發上，對著一本雜誌皺眉，一旁菸草植物的氣息正與番茄醬的味道較勁，街上不知哪戶人家的廚房裡正在慢火煨著醬汁。

韋拉德看著喬安妮露出微乎其微的笑意。接著她以十分中立的語氣問：「妳說什麼？」

蘿賓語氣十分強硬。「我說，我會死，如果明天他們，我說洗衣店的人，如果他們還沒把洋裝弄好，我會死的。」

「我想我就是聽到妳這麼說。妳會死呀？」

喬安妮說這類話時是一點破綻也沒有的。她的語調溫和，她的鄙夷不動聲色，而那笑，僅是嘴角些許上揚，這會兒已經消失無蹤。

「哎呀，我就是會，我需要那件洋裝。」蘿賓挑釁地說。

「她**需要**那件洋裝，她會**死**，她要去看那部**戲**。」喬安妮用一種祕密的口氣對韋拉德說。

韋拉德說：「好啦，喬安妮。」他雙親和他自己都是這兩個女孩父母的朋友——至今在他心中她們仍是**女孩**，而如今他們的父母都已不在人世，他感覺自己有責任讓她們別招惹彼此，至少盡量。

喬安妮現年三十歲，蘿賓二十六歲。喬安妮有一副孩子般的身子骨，胸脯窄窄的，一張臉長而蠟黃，棕髮直直細細。她從未假裝自己不是個苦命人，她困在童稚和成熟女性之間的階段，發育中斷，且幾乎稱得上殘廢，因為兒時以來嚴重而持續的氣喘。一般人不會想到這模樣的人，一個冬天沒辦法踏出門外、夜裡不能沒人看照的人，竟擁有如此強大的力量，能意會他人（那些比她好命的人）的愚蠢，而且心中能積存如此多的鄙夷。這大半輩子，韋拉德感覺，他老是看著蘿賓給氣得淚眼汪汪，然後聽著喬安妮說：「妳又怎麼啦？」

這晚，蘿賓只感覺心中微刺，明天就是她去斯特拉福的日子了，她自覺已經脫離喬安妮的控制範圍。

「哪部戲呀，蘿賓？」韋拉德為了緩頰，便開口問。「莎士比亞的戲嗎？」

「對，《皆大歡喜》。」

「妳可以看他的戲看整晚呀？莎士比亞耶？」

蘿賓說她可以。

「妳太了不起了。」

＊　＊　＊

蘿賓這習慣已經有五年了，每年夏天都去看一齣戲。這是從她還住斯特拉福的時候開始的，當時她在那裡受訓，準備當護理師。她跟個同學一起去；那同學有個阿姨負責服裝，送她免費的票。女同學看得無聊透頂——那齣是《李爾王》。蘿賓便沒說她心中的感覺，反正她也不能表達——她的感覺是但願能獨自離開劇場，並且至少二十四小時不必跟人說話。那時她便下定決心要再回去看，而且要自己去。

這並不難，她成長的小鎮（後來她因為喬安妮的緣故，得回鄉謀職）距離斯特拉福不過三十哩。這小鎮的人知道莎翁的劇在斯特拉福演出，但蘿賓從未聽過有誰真的去看。有些人像韋拉德，除了聽不懂台詞，也怕被觀眾席裡的人看輕；也有人像喬安妮，堅信絕沒有人是真正喜歡莎劇，若有哪個鎮上的人去看，一定是想結交一些要人，其實並不樂在其中，只是假裝罷了。鎮上少數有看戲習慣的人多半去多倫多，上皇家亞歷山大劇院，看巡迴的百老匯音樂劇。

蘿賓想坐好一點的位子，她只能負擔起週六白天場的票價。她選了一齣在她醫院工作休假的週末上演的劇，她先前沒讀過，也不在乎那是悲劇或喜劇。她沒看見半個熟人，在劇院或街頭都沒有，這正合她的心意。有個一起工作的護理師曾對她說：「我從來沒膽子自己去看戲。」蘿賓聽了才意識到自己必然與多數人截然不同，那種時候，被陌生人圍繞的時候，她是再怡然自得不過了。看完戲，她會沿著河岸，往市中心走，找些不貴的店吃東西，通常是吃一份三明治，就坐在吧檯的凳子上吃。七點四十分到了，她就搭火車回家，不過如此，然而這短短幾小時卻能重新給她滿滿的希望，讓她確信自己要回去過的生活，那種湊合、未盡人意的生活，只是一時的，她可以忍受，而那後頭，那種生活以及一切事物的後頭，都透著一種光輝，如同火車窗外照進來的日光，夏日原野上的日光和斜長的陰影——如她腦中殘留的莎劇點滴。

去年，她看了《安東尼與克麗奧佩托拉》。戲演完後，她沿著河走，注意到一隻黑天鵝，那是她頭一次看到黑天鵝，一個隱晦的入侵者，在距離白天鵝群不遠處，划水，覓食。或許是那些白天鵝亮閃閃的翅膀，令她這回想找真正的餐廳用餐，而不是坐在吧檯吃東西。白桌巾，幾朵鮮花，一杯葡萄酒，配些不尋常的吃食，好比淡菜或春雞。她還走到一旁看錢包，想看自己帶了多少錢。

但她卻沒看到錢包。那只極少用、繫著銀鍊子的佩斯利花紋布包沒像平常那樣掛在她肩膀上，錢包不見了。她獨自一人從劇院幾乎走到了市中心，都沒發現錢包丟了。而當然，她的洋裝沒有口袋，她身上沒有回程車票，也沒有唇膏、髮梳，沒有錢。她身無分文。

她記得看戲時她一直把錢包按在腿上，壓在節目表下，現在節目表也不見了。也許兩樣東西都滑到地上了？但不對，她記得進女用洗手間的廁間時錢包還在，她把錢包鍊子掛在門後的鉤子上。但她沒把錢包忘在那裡，沒有，因為她還在洗臉盆前照鏡子，拿出髮梳來弄頭髮。她生得一頭黑髮，髮質纖細，雖然她總想像自己的頭髮像賈姬・甘迺迪一樣蓬鬆，還會在晚間上捲子，但她的頭髮總是十分容易扁塌。除此之外她對映入眼簾的一切都滿意，她有著灰綠眼眸，黑眉毛，膚色無論是否刻意去曬都是小麥色，而這一切讓她那身縮腰設計的傘裙襯得極好，這洋裝是酪梨綠的顏色，亮面棉布，臀部有成排的小褶子。

她就把錢包留在那裡，在洗手臺上，洗臉盆旁，當時她欣賞著自己的模樣，轉過身去，別過頭來看那洋裝背後的V字形（她認為自己的背挺美的），並確認胸罩帶子沒有露出來。

就在那泉湧的虛榮和愚蠢的快意中，她邁步離開洗手間，錢包就忘在那裡。

她爬上河堤，走回大街上，沿著最直的路線往劇院的方向走回去。她用最快的速度走，傍晚炎熱，街上沒有半點遮蔭，有非常多車，她幾乎跑了起來，洋裝裡汗水都從腋窩汗墊底下滲出。她艱辛地穿越那熱氣蒸騰、此時全空的停車場，爬上小坡，這裡已經沒有遮蔭了，而放眼望去，劇院建築附近一個人也沒有。

但劇院還沒鎖門。她在空蕩蕩的大廳站了一會兒，讓視力從室外的刺眼光線恢復。她能感覺心臟撲通跳，人中冒著水珠。售票口已經關閉，小吃櫃臺也關了，內部的劇場出入口已經上鎖。她走下樓梯到洗手間，鞋子在大理石臺階上喀嗒響。

拜託別關，拜託別關，拜託錢包還在。

沒有。光滑的花紋檯面上空無一物，廢紙簍裡、所有門後鉤子上都沒有東西。

她上樓，一個男人正在大廳拖地。他告訴她，錢包可能送去了失物招領處，但失物招領處鎖了。他不怎麼情願地放下拖把，帶她下了另一道樓梯，走到一個小間前，裡面放著一些雨傘、包裹，甚至有外套、帽子，還有一條看來噁心、泛棕色的狐狸圍巾。然而就是沒見到佩斯利花布肩背錢包。

「運氣不好。」男人說。

「不知道會不會在我座位底下？」她懇求，儘管她知道不可能在那裡。

「裡面都已經掃過了。」

她無可奈何，只好走上樓梯，穿過大廳，回到大街上。

她往停車場的反方向走，想找遮蔭。她能想像喬安妮會說，那清潔工一定藏了她的錢包，要拿回家給太太或女兒，這種地方的人就是這副德性。她想找長凳或矮牆歇歇腿，想一想接下來該怎麼辦，但放眼四顧都沒看到。

一隻大狗從背後衝出來，經過她身邊時撞著了她。那是一隻深棕色的狗，腿很修長，神情傲慢頑固。

「朱諾，朱諾，走路要看路。」一個男子喊道。

男子對蘿賓說：「她只是年紀小，沒規矩，以為人行道是她的呢，她沒惡意。妳會怕嗎？」

蘿賓說：「不會。」她一心只想著錢包丟了，壓根沒想到還可能被狗攻擊。

「大家看到杜賓犬常會怕，杜賓犬是出名的凶，她也被訓練得很凶，在看門的時候，但散步的時候不會。」

蘿賓幾乎不會分辨狗的品種，喬安妮有氣喘，她們家從來沒有貓狗。

「沒關係。」她說。

這主人沒走去朱諾等著他的地方，倒把朱諾叫回來，把原本拿著的皮帶扣上她的項圈。

「我在草地上放她自己走，在劇院過去那邊，她喜歡這樣，但到這裡她就應該繫狗鍊，是我太懶了。妳身體不舒服嗎？」

對方話鋒一轉，蘿賓並不驚訝。她說：「我的錢包掉了，都是我自己不好，我把錢包忘在劇院廁所的洗臉盆旁邊，回去找的時候已經不見了；我看完戲把錢包留在那裡就走了。」

「今天演哪齣戲？」

「《安東尼與克麗奧佩托拉》。我的錢和回家的火車票都在裡面。」她說。

「妳搭火車來呀？為了看《安東尼與克麗奧佩托拉》啊？」

「對。」

她想起母親從前叮囑她和喬安妮搭火車出門時要注意的事，應該說凡是出門都要注意的事，就是記得折幾張鈔票，用別針別在內衣褲裡，以及別跟陌生男人說話。

「妳在笑什麼？」男子問。

「我不知道。」

「這個嘛，妳可以繼續笑了，因為我很樂意借妳一些錢讓妳去搭車。幾點的火車？」他說。

她回答了。然後他說：「好，但搭車前妳應該吃點東西，不然會餓得沒辦法好好享受車程。我沒帶東西出來，我出來遛朱諾的時候都不帶錢的，不過這裡離我店裡不遠。妳跟我來，我去收銀機拿錢。」

她剛剛心不在焉，這會兒才注意到他講話有口音。是什麼口音呢？不是法文也不是荷蘭口音，這兩種口音她自認能分辨，法文腔是在學校裡聽過的，荷蘭腔則是醫院裡有些病人是移民。她還留意到另一件事，他說希望她享受搭火車。她認識的人裡沒人會說讓成年人享受搭火車吧；但他說得煞是自然，理所當然。

走到唐尼街的轉角，他說：「我們拐進去，我家就在前面。」

他說**家**，剛剛說的是**店裡**。但也可能他的店面開在家裡。

她並不擔心。事後她回想也不免詫異，她未曾遲疑片刻就接受了他的幫助，讓他拯救她，還覺得這些事都自然得很：他出來散步身上沒帶錢，但可以回他店裡的收銀機拿錢。

這或許是因為他的口音。有些護理師會取笑地模仿那些荷蘭農民農婦的口音——當然，是在他們背後。因此蘿賓已經養成習慣，對這樣的人會特別體諒，彷彿他們有語言障礙、甚至心智遲緩似的，儘管她知道這根本說不通。但總之，口音會引發她的善意和客氣。

而且她還沒仔細打量過他。一開始是她太沮喪，後來想看也不容易，因為他們是並肩走著。他個頭高，腿長，步伐很快。她注意到的一點是陽光在他髮上閃爍，他的頭髮理得極短，鬍渣一般，她看上去覺得似乎銀閃閃的，也就是灰髮。他的額頭高闊，同樣在日光下反光，不知為何，她感覺他比她大上一輩——是個彬彬有禮、頗有教師調調的人，高壓專橫，需要別人的尊敬而非親近。稍後，進到室內，她才看見他的灰髮裡混雜著鏽紅色——儘管他的皮膚偏橄欖色，這在紅頭髮的人身上很少見。他在室內動作起來偶爾會流露一點拙態，彷彿不習慣自己的生活空間多了同伴。他應該沒比她大十歲。

她因著一些錯誤的原因信任他，然而她沒錯信。

這店面的確在住家裡。一棟遺留自早期的狹窄磚房，坐落在這條滿是商店建築的街上。這房子有一般住家的大門、臺階和窗戶，窗上掛著一座精美繁複的鐘。男人打開上鎖的門，但沒將休息中的牌子翻面。朱諾從他倆前面擠了進去，男人再度替她致歉。

「她覺得她的工作就是要去檢查裡面有沒有不該有的人，還要檢查家裡跟她出門的時候都一樣。」

屋內擺滿大大小小的鐘。深色木質、淺色木質，有彩繪人偶，有鍍金圓頂，一個個時鐘端坐在架上、地板上，連做生意的櫃臺上都有，此外還有些擱在長凳上，內部零件露了出來。朱諾俐落地穿梭其間，並傳來砰砰踩上樓梯的聲響。

「妳對鐘有興趣嗎？」

蘿賓回答：「沒有。」這才想到應該禮貌些。

「好吧，那我就不必長篇大論推銷了。」他說著，便帶她沿著朱諾走的路線，經過一道約莫是廁所的門，然後爬上很陡的樓梯。他倆來到廚房，一切明亮光潔。朱諾已經等在地上的一只紅碟子旁，尾巴啪嗒啪嗒往地面甩。

「妳等一下，對，等一下，沒看到我們有客人啊？」他說。

他往旁邊一站，讓蘿賓走進寬敞的客廳。裡頭，上了油漆的木地板沒鋪地毯，窗上沒有垂落的布窗簾，只有遮簾。一套 Hi-Fi 音響占了大半面牆，對面牆則擺著一張沙發椅，能拉開變成床的那種，另外有兩、三張帆布折椅，還有一個書櫃，一層放書籍，其餘幾層都是雜誌，疊得很整齊。放眼望去什麼照片、靠枕和裝飾都沒有，儼然一個單身漢的房間，所有物品都經過考量，都是必需品，展現出某種簡樸的滿足。這與蘿賓唯一熟悉的另個單身漢住處截然不同——就是韋拉德·葛立格住的地方，那裡渾像個孤苦無依的臨時營地，隨意建在他死去父母的家具之間。

「妳想坐哪？沙發嗎？沙發比椅子舒服。我幫妳弄杯咖啡，妳坐著喝咖啡，我去做晚餐。妳每次這時間都做什麼事？我說看完戲後到搭車回家前的空檔？」

外國人說起話來不一樣，每個字都會稍微停頓，像演戲的人一樣。

「走路，找東西吃。」蘿賓說。

「那今天也一樣。妳自己吃飯會無聊嗎？」

「不會，我會想剛看完的劇。」

咖啡非常濃，但她喝幾口也就習慣了。她不覺得自己得提議進廚房幫忙，若他是女人她大概就會。她站起身，幾乎是踮著腳走到客廳另一邊，自己拿了本雜誌。她才拿起來便知道是枉然，這些以廉價棕色紙張印刷的雜誌全是她看不懂的語言，連是哪一國文字都不曉得。

事實上她在腿上翻開雜誌才發現，甚至還有些她不認識的字母。

男人又端了咖啡進來。

「噢，所以妳看得懂我的語言呀？」他開口。

這話聽起來很諷刺，但他的視線避開她，彷彿在自己的地盤害臊起來。

「我連這是什麼文都不知道。」她回答。

「是塞爾維亞文，有些人會說是塞爾維亞－克羅埃西亞文。」

「你就是那裡人嗎？」

「我是蒙特內哥羅人。」

這下難倒她了。她不曉得蒙特內哥羅在哪。在希臘旁邊嗎？不對，那是馬其頓。

「蒙特內哥羅是南斯拉夫的一部分，他們這麼說啦，我們不認為。」男人說。

「我以為那些國家的人沒辦法出來，那些共產國家呀，我以為你們不能像一般人一樣出國、到西方國家來。」她說。

「喔，可以呀。」他的語氣彷彿這事不怎麼吸引他，或已經被他拋到腦後。「真的想出來都可以的，我快五年前出來的，現在又更容易。我過陣子就會回去，然後應該會再出來。我要去煮妳的晚餐囉，否則妳就要餓著肚子離開了。」

蘿賓說：「再問你一個問題，這些字母我怎麼看不懂？我是說，這些是什麼字母？是你們國家的字母嗎？」

「是西里爾字母，跟希臘文的字母一樣。我去煮飯了。」

她把那本印著奇特內容的書攤開在腿上，感覺自己進入了異國。在斯特拉福唐尼街的一小方異國世界。蒙特內哥羅。西里爾字母。她心想，一直問他問題應該很無禮吧，讓他感覺自己像什麼標本似的，她得自制，儘管這會兒她多的是問題想問他。

樓下所有的鐘——至少大部分的鐘，都響起報時。七點了。

「有晚一點的火車嗎？」他從廚房喊。

「有，九點五十分。」

「那可以嗎？會有誰擔心妳嗎？」

她說不會。喬安妮會不高興，但很難形容那是擔心。

晚餐是一道燉菜，或者算很濃稠的湯，盛在大碗裡，配上麵包和紅酒。

「這是酸奶牛肉，希望妳喜歡。」他說。

「很好吃。」她由衷地說。那酒她沒那麼確定——要是味道甜一點就好了。「這是你們在蒙特內哥羅會吃的料理嗎？」

「其實不是，蒙特內哥羅的菜不怎麼好吃，我們不是以吃出名的。」

這時順勢問下去便很恰當了。「那你們以什麼出名？」

「那妳呢？」

「我是加拿大人。」

「我說那你們以什麼出名？」

這使她很懊惱，覺得自己很蠢。但她仍笑了。

「我不曉得，沒什麼出名吧。」

「蒙特內哥羅最出名的就是大吼大叫和吵架，就跟朱諾一樣，需要紀律。」

他起身去放音樂。他沒問她想聽什麼，這使她鬆了口氣。她不想被問喜歡哪位作曲家，因為她能想到的只有莫札特和貝多芬，而且還不確定能不能分辨哪首曲子是誰的作品。她挺喜歡民謠，但她想，喜歡那種歌可能會令他不耐，並自覺高她一等，這是蒙特內哥羅給她的某種感覺。

他放了某種爵士樂。

蘿賓從來沒有愛人，連半個男朋友都沒交過。這為什麼會發生？或者說，為什麼會沒發生？她不曉得。當然，因為有喬安妮，但一些其他有類似負擔的女孩子也交了呀。一個原因或許是她對這回事沒多放心思，也不夠早開始重視。在她居住的小鎮，多數女孩子高中畢業前便定下來，還有些沒讀完高中就輟學結婚去了。當然，至於那些高一等的女孩子——那種父母能供養她們上大學的女孩子，她們得甩開高中男友，尋覓更好的對象。那些被拋棄的男孩子很快讓人挽了去，動作不夠快的女孩子便沒什麼菜色可揀了。過了一定年齡，來到鎮上的男人都是配了妻子的。

但蘿賓有過機會。她曾離家去讀護理，照理能重新開始，念護理的女孩子有機會交上醫生，但她在那裡也沒成功，她自己當時仍沒意識到。她太嚴肅認真，或許這正是問題所在。她對像《李爾王》這樣的東西太認真，沒好好把握舞會和打網球等機會。女孩子身上若有某種認真，便會抵銷她長相的好。但她很難想到哪個女孩子找到的男人是令她欽羨的，事實上她到目前為止想不到半個她會想嫁的人。

她倒不是反對結婚，只是還在等待，彷彿她還是個十五歲少女，而她只偶爾必須面對她真正的處境。有時她的女同事會安排她跟某個人見面，她便會震驚於她們認為她合適的對象。不久前就連韋拉德都嚇著了她，因為他打趣說他哪天該搬過來住，幫她一起照顧喬安妮。

有些人已經在責備她，甚或是讚揚她，認為她想必從一開始就決心將這輩子奉獻給喬安妮。

他倆用完餐，他問她搭車前想不想去河邊散散步。她答應了。然後他說，他們若想去散步，他得先知道她叫什麼名字。

「我可能需要跟哪個人介紹妳也不一定。」他說。

她說了自己的名字。

「就是『知更鳥』那個字嗎[1]？」

「就是『紅胸脯知更鳥』[2]的那個字。」她像以往一樣不假思索地說。這下子她尷尬得只能趕緊胡亂說話。

「那換你告訴我名字了。」

他的名字叫丹尼爾。「其實是丹尼洛，但在這裡叫丹尼爾。」

「所以這裡歸這裡是吧。」她仍是這種戲謔語氣，還在為剛剛說了紅胸脯而尷尬。

「但那裡是哪裡呀？在蒙特內哥羅——你住在鎮裡或鄉下？」

「我住在山裡。」

他倆剛坐在店面樓上房間時一直保持著距離，她毫不害怕——也毫不希望，那樣的距離被他來個唐突、笨拙或狡詐的動作給打破。少數幾次其他男性對她做出那樣的事時，她總替他們難為情。現在出於必須，她和男人散步時走得頗近，若遇到其他人，他們還可能蹭著彼此的胳臂，或他會稍微走到她後面，讓出空間，他的手臂或胸膛便會稍稍碰著她的背。這些可能性，以及曉得遇到的人必定都以為他倆是一對，這些事彷彿凝成一道嗡響、一股緊繃，在她雙肩和那側的胳臂漫開。

他問了她關於《安東尼與克麗奧佩托拉》這部戲的問題，問她喜不喜歡（喜歡），還有最喜歡哪部分。她當時腦海中想到的是那一次次大膽逼真的擁抱，但她總不能這麼回答。

「最後面的地方，就是她準備把毒蛇放到身體上的時候。」她回答。她原想說胸脯，臨時改了說法，但身體聽起來也沒比較好。「老人拿著那籃藏著毒蛇的無花果進來，他們還開開玩笑之

1 「蘿賓」（Robin）在英文中意為「知更鳥」。

2 「紅胸脯知更鳥」（Robin Redbreast）即知更鳥在英文中的別名，描述其外表特徵。

類的。我喜歡這段，因為讓人想不到。我的意思是，我也喜歡其他段，但這段很不一樣。」

「對，我也喜歡這段。」丹尼爾回答。

「你也看過這齣劇嗎？」

「沒有，我現在在存錢，但我以前讀過很多莎士比亞，學英文的學生都會讀；我白天學時鐘的東西，晚上學英文。妳是學什麼的？」

「沒學什麼，在學校沒學到什麼。後來我去學了該學的東西，護理。」她說。

「那不好學呀，護理，我覺得。」

之後他們聊起這晚間的涼爽，多麼舒適，以及現在天黑的時間明顯變長了，雖然眼前還有一整個八月。他們也聊到朱諾，說她本來想跟他倆一起出來，但他一提醒她得留著看店，她便立刻靜下來。這場對話愈來愈像某種雙方商定好的伎倆，像一道俗套的屏障，遮掩著他倆之間某件益發明顯、益發必要的事。

但一到火車站亮晃晃的燈光下，無論曾有什麼可能或難以言傳的事，全都煙消雲散了。男女老少在窗口前排隊，而他站在他們後面，等著輪到他，然後替她買了票。他們走出去，到月台上，有些乘客在等車。

「如果你可以把你的全名和地址寫在紙上給我，我會馬上把錢寄還給你。」她說。

就是這會兒要發生了，她心想。而**什麼事**也沒有。這會兒什麼事也沒發生。再見。

謝謝你，我會寄錢給你。不急。謝謝你。小事。還是謝謝你。再見。

「我們沿著這裡走一下吧。」他說。他們便沿著月台走，往燈光外面走。

「錢的事不用擔心，沒多少錢，而且反正可能也寄不到，因為我很快就要離開了，郵件有時候送得很慢。」

「噢，可是我一定要還你錢啊。」

「那我告訴妳怎麼還，妳聽好。」

「好。」

「我明年夏天會在這裡，在同一個地方，同一家店，我最晚六月會回來，明年夏天，所以妳到時候選好要看的戲，搭火車來，再回到那家店。」

「那我到時候把錢還你？」

「對，然後我會煮晚餐，我們可以喝葡萄酒，我再告訴妳這一年發生了什麼事，妳也是。還有答應我一件事。」

「什麼事？」

「妳要穿同一件洋裝，這件綠洋裝，髮型也要一樣。」

她笑出聲。「這樣你才認得。」

「對」。

他倆走到了月台的盡頭，他說：「小心。」走到下面的碎石子地時，他又說：「可以嗎？」

「可以。」蘿賓的聲音一顫，不是因為碎石子地走起來令人不太踏實，就是因為此時他的雙手已經搭在她肩上，正往下撫著她光裸的胳臂。

「我們能相遇很珍貴。我這樣想，妳也這樣想嗎？」他說。

「沒錯。」

「沒錯。沒錯。」

他雙手繞到她胳臂下，將她抱得更緊，摟住她的腰。他倆親吻起來，一遍又一遍。吻的對話。巧妙，醉心，無畏，魔幻。停下時，兩人都在發顫，而他好不容易才控制住自己的聲音，用冷靜的嗓音說話。

「我們不要寫信，寫信不好，我們就記住彼此就好，明年夏天再相見，妳不必告訴我，直接來就好，如果妳感覺還一樣，妳就會來。」

已經能聽到火車的聲音。他扶她登上月台，然後就沒再碰她，但在她身旁步伐輕快地走著，手在口袋裡找東西。

他離開她之前，遞給她一張折起的紙條。他說：「我們離開店裡之前我就寫了。」

在火車上，她念他的名字：丹尼洛．雅維奇。還有一行字：畢耶洛捷維奇。我住的村莊。

她從火車站走回家，走在陰暗濃密的樹下。喬安妮還沒上床睡覺，在玩撲克牌，玩接龍。

「對不起，我沒搭到上一班火車，我吃過晚餐了，吃酸奶牛肉。」蘿賓說。

「所以我聞到的就是那味道。」

「我還喝了一杯葡萄酒。」

「我也聞到了。」

「我想直接去睡了。」

「我想妳最好這樣。」

踩著榮耀的雲朵。蘿賓上樓時不禁想。從神那裡來，祂是我們的家鄉[3]。多愚蠢呀，甚至是褻瀆了，如果相信所謂「褻瀆」的話。讓人在車站月台親吻，並叫她一年後報到。要是喬安妮知道了會怎麼說呢？一個外國人，外國人勾搭沒人要的姑娘。

接下來兩、三週，這對姊妹幾乎沒交談。接著眼看沒人打電話或寄信來，蘿賓晚間出門又只是上圖書館，喬安妮才安心。她知道發生了某種變化，但認為不是什麼重大的事。她開始向韋拉德開玩笑。

她當著蘿賓的面說：「你知道我們這位小姐開始在斯特拉福神祕兮兮地冒險嗎？我告訴你，她回家身上有酒味和匈牙利湯的味道，你知道那聞起來像什麼嗎？嘔吐物。」

她大概是想蘿賓去了某家古怪餐廳，菜單有歐洲菜，還點了杯葡萄酒佐餐，自認有品味。蘿賓上圖書館，其實是去找蒙特內哥羅相關的東西來讀。

3 此兩句為英國詩人威廉・華茲渥斯（William Wordsworth）的詩句。

她讀著：「逾兩個世紀，蒙特內哥羅持續抵抗土耳其人和阿爾巴尼亞人，這對他們而言幾乎是人生在世的責任所在。（因此蒙特內哥羅人是出了名的有自尊、好戰，並且厭惡工作，最後這點在南斯拉夫是歷久不衰的笑話。）」

究竟是哪兩世紀，她查不到。她閱讀著那些國王、主教、戰爭、暗殺，還有那首最偉大的塞爾維亞語詩歌，叫《山花環》，是一位蒙特內哥羅國王寫的。讀完後她幾乎一個字也記不住，只記得那個名字——蒙特內哥羅的本名，但她不曉得怎麼發音。Crna Gora[4]。

她也看了一些地圖，要找到這個國家就夠難了，但藉助放大鏡，最後還是能得知幾個城鎮的名字（其中沒有畢耶洛捷維奇），以及莫拉查河和塔拉河，還有那些畫著陰影的山脈，山脈似乎遍布全境，只有澤塔谷地除外。

她很難解釋為何如此深入研究，也並未試著解釋（但當然她現身圖書館、且如此全神貫注，別人已經留意到了）。她所嘗試的（而且也至少成功了一半），是將丹尼洛放進一塊真實的土地和一段真實的過往，是想著她所認的這些名字他必然知道，這些歷史他必定在學校學過，其中有些地方他兒時或年輕時必定去過，也可能他現在就在那裡。她的手指撫過一個印刷的地名時，也許正撫觸著他人在的地方。

她也努力看書、看圖解來研究製鐘技術，只是並不成功。

他始終在她身邊。她醒來時想著他，工作告一個段落時也想著他。看著聖誕節的慶祝活動，她的思緒飄到東正教會的儀式，她在書上讀過，有蓄鬍的神父穿著金色的聖禮儀服，有香燭，有操著那異國語言、深沉哀婉的吟頌。看著寒冷的天、結到湖中心的冰，她想到山中的隆冬。她感覺彷彿自己被選定，要與那世上奇特的一部分連結，被選定擁有一種截然不同的命運。這些便是她自己心中使用的詞彙。**命運**。**愛人**。不是男朋友。是愛人。有時她會想起他說到進出那國家時，那種漫不經心、不願多談的模樣，她會替他恐懼，想像他捲入某種黑暗陰謀、那種電影裡的情節和危機。他決定他倆不通信，這或許是好事，否則她的生活將被寫信和等信耗竭，寫信，等信，寫信，等信。當然還有擔憂，擔憂信寄不到。

現在她無時無刻，無論到哪，都帶著一點不同。她也曉得有一種光芒籠罩著自己，籠罩她的身體、聲音，以及她的一舉一動，這光暈使她步態改變，沒來由地微笑，對待病人也多了不尋常的溫柔。她覺得能一次只想著一件事十分快樂，她能在盡日常義務的同時想這些事，在與喬安妮共進晚餐時想這些事。那房內光裸的牆，那光線穿過百葉窗，一塊塊劃了條紋，映在牆上。那些雜誌粗糙的紙質，上頭沒有照片，只有老派的素描插畫。那只他用來盛酸奶牛肉、有一道黃圈的厚實陶碗。朱諾口鼻的巧克力色，以及她精瘦強壯的腿。街上的沁涼空氣，市政府花圃的香氣，河畔的路燈，一整個小蟲子社會圍著燈光盤旋猛衝。

然後是她心頭一沉，接著緊閉，在他買完她的車票走回來的時候。但在兩人去走走之後，那

4 蒙特內哥羅國名的原文，意為「黑山」。

些慎重的步伐，步下月臺，踏到碎石子地上。當時透著薄薄的鞋底，她還能感覺踩在尖銳碎石上的疼痛。

在她心中，一切從未褪去，無論這些畫面如何重複播演。她的記憶，以及這記憶的渲染增色，僅是不斷鑿下更深的刻紋。

「**我們能相遇很珍貴。**」

「**沒錯。沒錯。**」

然而六月到來時，她卻拖延了計畫。她還沒決定看哪齣戲，也還沒寄信訂票。最後她想，最好挑週年紀念日吧，跟去年同一天。那天的戲是《皆大歡喜》。她想到其實可以直接去唐尼街，別費心看戲，屆時她滿腹心事，興奮不已，不會看入心的。然而她迷信，不想改變那天的安排。她買了票，送洗綠洋裝。去年那天後，她沒再穿過那洋裝。她希望洋裝纖塵不染，平整如新。

洗衣店負責熨燙衣服的婦人那週請了幾天假，她的孩子病了。但店家保證她會回來上班，週六早上一定能拿到洋裝。

「我會死，如果那件洋裝明天還不能拿，我會死的。」蘿賓說。

她看著喬安妮和韋拉德，兩人正圍著桌子打拉密牌。她看他倆呈現這樣的姿勢無數次，而今後她或許再也見不到他倆。他們距離那種緊繃和違抗、距離她生命的風險多麼遙遠。

結果洋裝沒能拿到。那孩子仍病著。蘿賓考慮把洋裝拿回家自己熨，但她覺得會太緊張，熨不好，特別是喬安妮在一旁看的話。她立即進了市區，去唯一一家像樣的女裝店，而且夠走運，她自認是走運，順利找到了一件綠洋裝，同樣合身，只不過是直線條的剪裁，且是無袖款式，也不是酪梨綠，是檸檬色，鮮綠的。店裡的女人說這是今年當紅的顏色，而且傘裙和縮腰的款式已經退流行了。

透過火車車窗，她看見雨開始下。她連傘都沒帶。她對面位子還坐了個她認識的乘客，是幾個月前才去醫院割了膽囊的婦人。這婦人有個已婚的女兒住斯特拉福，而她這人的想法是，兩個認識的人在火車上遇見了，又要去同一個地方，就該聊個不停。

「我女兒要來接我，我們載妳去妳要去的地方吧，尤其又下雨。」她說。

抵達斯特拉福時，天沒下雨，出著太陽，十分炎熱，儘管如此，蘿賓莫可奈何，只能接受這趟便車。她跟兩個小孩一起坐在後座，他們正在吃冰棒，她的洋裝沒滴到什麼柳橙或草莓汁液似乎是奇蹟了。

她沒能撐到那齣劇演完。她在開著空調的劇院裡發抖，那件洋裝的布料十分輕薄，又沒有袖子。又或者是緊張吧。她道著歉走到整排座位末端，爬上那不規則的階梯走道，步入大廳的日光之中。此時又下雨了，雨勢滂沱。她獨自一人在女用洗手間，就是她弄丟錢包的那洗手間，設法整理頭髮。溼氣壞了她梳得圓蓬的髮型，她原本鬈得光潔的頭髮開始散成一綹綹深黑鬈曲的髮絲，垂落在臉龐四周；真該把髮膠帶出門的。她盡可能將頭髮整理好，重新往後梳。

她走出來時，雨停了，陽光再度普照，溼漉漉的人行道給映得刺眼。她出發了，感覺雙腿無力，一如從前還在學校時，給叫到黑板前演算數學題，或是站到全班面前背誦。太快了，她已經走到唐尼街轉角，她尚未準備好，然而也禁不起延宕了。

走到第二個街區，她已經能看到那棟奇特的小房子在前方，兩邊被普通的商店建築包夾著。她走近了，愈來愈近。門開著，跟街上多數商家一樣——開空調的店家還不多。只有紗門關著，擋蒼蠅用。

她爬上那兩個臺階，站到門口。但她沒立刻推開門，想先讓眼睛適應半暗的屋內，也小心走進去時別絆著。

他就在裡頭，在櫃臺再過去的工作區，在一顆燈泡下忙著，身子前俯，側身對著她，全神貫注弄著一只鐘。在此之前，她還一直擔心有什麼改變，她其實擔心自己沒將他記得精準，或者蒙特內哥羅改變了些什麼——好比他換了髮型，或蓄了鬍子。但沒有——他一如往昔。工作燈打在他頭上，照著相同的硬刺短髮，如從前一樣閃爍反光，銀白中夾雜黯淡的紅棕顏色。那雙肩膀渾厚而微駝，衣袖捲起，露出長著肌肉的下手臂。他臉上神情專注熱切，全然沉浸於眼前工作，投入在他弄著的機械零件上，正是她腦海中相同的模樣，儘管她從未親眼看過他弄時鐘，她一直以來想像的，是那神情凝望著她自己。

不，她不想進去，她想要他起身，走向她，打開門。因此她出聲喚他。丹尼爾。她最後一秒鐘害羞了，不敢叫他丹尼洛，唯恐自己將外語的音節念得笨拙了。

他沒聽見，或者因為他正忙著，沒立刻抬頭。接著他抬起頭，但沒看她，似乎是在找某件他需要的東西，但他一抬起視線，便看見了她。他小心翼翼將某個擋路的東西移開，從工作檯前一推，站起身，頗不情願地走向她。

他對她微微搖頭。

她一手原已準備好要推開門，但她沒推。她等著他說話，但他沒開口，再度搖搖頭。他看起來十分心煩，杵著不動，把視線從她身上轉開，看看店裡，看著那大批的時鐘陣仗，彷彿能從中獲得什麼資訊或支持。他再度注視她的臉，顫抖起來，並且不由自主地露出前排牙齒——或許還不是不由自主呢。彷彿見到她使他完全害怕起來，擔憂著某種危險。

她杵在那裡，僵住了，彷彿還有點可能，這只是個玩笑，是個遊戲。

這時他又朝她走過來，彷彿下定決心要做一件事。他沒再看著她，但舉動顯出堅決，以及嫌惡——在她看來是如此。他伸出一手按住木門，就是原本敞開的店門，然後在她面前關上門。

這是一條捷徑。她在驚恐中理解了他的做法，他裝模作樣，是因為用這種方法擺脫她容易多了，不必大費周章解釋一番，還得處理她的驚愕、女人家的大吵大鬧、她受傷的心情和可能的崩潰決堤。

* * *

羞恥，可怕的羞恥，這就是她的感覺。若她是個較有自信、涉世更深的女人，她或許會感覺憤怒，怒氣沖天走人。**吃屎吧**。蘿賓曾聽一位女同事這樣罵一個拋棄她的男人。**那些穿褲子的東西沒一個能信的**。那女人表現得好像她一點也不驚訝。而此刻在心底深處，蘿賓也不驚訝，但她怪的是自己。她早該了解去年夏天的那些話，在車站的許諾和道別，不過是一件蠢事，是對一個掉了錢包、隻身看戲的寂寞女子表示一點不必要的善意。他大概還沒到家就後悔了，並祈禱她沒把他的話當真。

很可能他從蒙特內哥羅帶了個妻子回來，妻子就在樓上——如此也就不難想見他何以一臉驚恐、沮喪發顫了。若說他曾想起蘿賓，也是在害怕她做出這樣的事吧——做著她那可怕的處女夢，編織著她的蠢計畫。想必從前也有其他女性在他面前出洋相，他一定已經想出一些擺脫她們的方法，而這便是其中一種。仁慈不如殘忍，別道歉，別解釋，別給希望，假裝不認得她，如果還不奏效，直接在她面前關上門。讓她愈快恨你愈好。

儘管對某些女人來說，那是一件艱難的事。

真的。看她就是這樣，哭了起來。她忍過了整條街，沒掉淚，但一走到河畔小徑，她便哭泣起來。同樣有那隻黑天鵝獨自泅水，同樣有一窩窩小鴨和牠們嘎嘎叫的父母，同樣有陽光照耀河面。最好別試著逃避，最好別不顧這記重擊，如果暫時拋到腦後，之後就得忍受它再度來襲，當著胸給妳重傷的一擊。

＊　＊　＊

「今年時間倒抓得好多了，戲看得怎麼樣？」喬安妮說。

「沒看完。我一進劇院，就有蟲子飛進眼睛裡，我一直眨眼都弄不掉，只好站起來去女廁，想用水沖，結果一定是沾到紙巾，又揉進另一邊眼睛裡。」

「妳看起來好像快把眼睛都哭掉了，妳走進來的時候我還以為妳看了多悲傷的戲呢。妳最好去用鹽水洗洗臉。」

「我正想。」

她也在想其他事，或者說不想。再不想去斯特拉福，再不想踏上那些街道，再不想看任何戲，再不想穿那兩件綠洋裝，無論萊姆綠或酪梨綠。再不想聽見蒙特內哥羅的消息，這倒不太難。

二

冬天真正來了，湖冰幾乎一路結到防波堤。冰面崎嶇，有些地方看上去彷彿凍結的波濤。工人已經出來拆聖誕節的燈飾。流行性感冒的疫情也出現了。而人迎風走在路上，眼裡會給逼出淚來。多數女人都穿起了運動棉褲和滑雪外套，彷彿冬季制服。

但蘿賓沒有。她走出電梯，進到醫院最高的三樓巡視時，身上穿的是黑色長大衣、灰羊毛裙和紫丁香灰的絲質襯衫。她一頭濃密、炭灰顏色的直髮剪到肩膀，耳朵上戴著小小的鑽石。（這年頭大家仍會注意到，就跟從前一樣，鎮上長得最好看、打扮得最好的女人有些往往是未婚的。）她現在不需要一身護理師裝扮了，因為她只做兼差，而且只在這層樓工作。

要上到這三樓來可以像一般方式搭電梯，但要下樓就麻煩些，得請櫃臺護理師按個隱藏的鈕才能開門。這裡是精神病房，儘管很少這麼稱呼；這裡跟蘿賓的公寓一樣，向西俯瞰湖泊，因此大家經常稱為「日落飯店」，有些老一輩的人則稱之為「皇家約克飯店」[5]。這裡收的是短期病患，儘管有些短期病人會一再復發。如果病人的妄想、停藥症狀或痛苦轉成永久性，就會轉走，轉到郡立療養院；那療養院的名字取得很好，叫「長期療養中心」，就在市區外。

四十年來，這城鎮並未急速發展，改變仍是有的。多了兩家購物中心，但廣場上的店家仍撐著。崖邊也蓋起新的住屋——是個銀髮社區；原先那些俯瞰湖泊、年代悠久的大房子，其中有兩棟被改建成公寓區，而蘿賓運氣夠好，租到其中一間公寓。她和喬安妮從前在埃薩克街住的房子已經以塑鋼翻新，改成一間房地產辦公室。韋拉德的房子仍是老樣子，沒怎麼變。他幾年前中風過，恢復得挺好，只是走路得拄兩根枴杖。他住院時，蘿賓常見到他，他總說她和喬安妮以前是多好的鄰居，他們一起打牌的時光有多快樂。

喬安妮已經死了十八年。蘿賓賣掉房子後，便與舊人脈斷了聯繫，她不再上教堂，而除了那些成為醫院病患的人之外，她幾乎沒再見過年輕時認識、一起上學的那些人。

在她人生的這階段，婚姻的大門再度開啟，當然機會是局限了些。有些鰥夫，一些給自個兒留在世上的男人們，他們會想找對象，通常他們想要有婚姻經驗的女性，不過擁有好工作的女人仍有些好處。但蘿賓已經表明自己不感興趣。從年輕時就認識她的人說她從來也沒感興趣過，她這人就是這樣，有些她認識的人如今認為她一定是女同志，只是成長的環境太傳統壓抑，導致她無法承認。

現在鎮上有各種不同的人，而她所結交的就是這些朋友。有的人只同居不結婚，有的人出身印度、埃及、菲律賓或韓國。從前那套生活模式、早年的那些規矩，某種程度上仍維繫著，但許多人就以自己想要的方式過活，對傳統渾然不覺。如今想吃哪種食物幾乎都買得到，而在晴朗的週日早晨，一個人可以坐在路邊小桌前，嘴裡喝高檔咖啡，耳邊聽教堂鐘聲，但心裡絲毫沒有信神的念頭。湖畔不再圍繞著鐵道庫房和貨倉——現在可以沿著湖邊木棧道散步個一哩。鎮上多了一個合唱社和一個演劇社，蘿賓在演劇社仍很活躍，儘管沒像之前那麼常上台演出。幾年前她飾演過海妲・蓋柏樂[6]，大家普遍反應是這齣戲令人看了不舒服，但她演海妲真是出色，特別是（大家認為）這角色與現實生活的她可謂恰恰相反。

如今這裡不少人會去斯特拉福看戲，但她不去，她要看戲時，會去濱湖尼亞加拉。

5　即今日的「費爾蒙皇家約克飯店」（Fairmont Royal York Hotel），為歷史悠久的大型飯店，位於多倫多。

6　《海妲・蓋柏樂》是挪威劇作家易卜生的劇，主角是性情剛烈而令人費解的將軍之女海妲。

蘿賓注意到對面牆邊擺了三張折疊床。

「怎麼回事？」她問櫃臺護理師寇洛。

「暫時的，要重新分配病房吧。」寇洛的語氣不怎麼有把握。

蘿賓去把大衣和提包掛在櫃臺後的壁櫥。寇洛告訴她，那些病患是從珀斯來的，珀斯病人太多，只不過有人搞錯了，這裡的郡立療養院還沒準備好，有關單位便決定把病人暫時安置這裡。

「我應該過去打聲招呼嗎？」

「看妳囉，我剛看他們的時候他們都茫茫的。」

三張床的護欄都立起來，病人都躺平著，寇洛說得沒錯，他們似乎都在睡，分別是兩個女性和一個老年男性。蘿賓轉身，然後又轉回去，站著低頭看那老人。他的嘴巴開著，沒戴假牙，倒是還有頭髮，白髮理得很短。凹陷的雙頰肉都垂了，但兩鬢之間仍是一張闊臉，保有某種權威的模樣，並與她上一次見到時一樣，神情心煩意亂。他的臉上有幾塊萎縮蒼白、幾近銀色的皮膚，約莫是切除了癌症斑塊的地方，而身子孱弱，雙腿幾乎消失在被單下，但胸膛肩膀仍是挺寬的，與她記憶中差不多。

她看了掛在他床腳的牌子。

亞歷山大・雅維奇。

丹尼洛。丹尼爾。

或許這是他的中間名。亞歷山大，或者他當時是騙她，提防著她，撒了一個謊，或是半個謊，打從一開始就騙了她，幾乎騙到這盡頭。

她走回櫃臺問寇洛。

「有那男人的資料嗎？」

「做什麼？妳認識他嗎？」

「好像認識。」

「我來查查有什麼資料，我可以在電腦上調出來。」

「不急，可以等妳有空的時候，我只是好奇而已。我該去看我那些病人了。」蘿賓說。

蘿賓的工作是每兩週跟她的病人聊一聊，寫報告，記錄他們的妄想或憂鬱是否改善、藥物是否奏效，以及他們的情緒是否受親戚或伴侶探病影響。她在這層樓工作多年，打從一九七〇年代讓精神病患離家近些的做法興起後就開始了，她跟一些不斷復發住院的病人都已熟識。她為了取得照顧精神病患的資格，還上了額外課程，但總之她對這工作有興趣。她那次沒能看完《皆大歡喜》、從斯特拉福回來後，就開始對這工作產生興趣。她的人生確實被某件事改變了——儘管並非她所期待的事。

她把雷伊先生留到最後一個看，因為他通常需要最久時間，她不一定總能如他所願——要看其他病人的問題如何。今天其他病人普遍恢復良好，藥物管用，而他們都只是為自己造成的麻煩道歉。但雷伊先生（這位病人相信他發現了ＤＮＡ的存在，貢獻卻沒得到獎勵或認可）今天卻為了他寫給詹姆斯・華生[7]的信暴跳如雷。他叫他小詹。

「我寄給小詹的那封信啊，我當然知道寫那種信一定自己要留一份，但昨天我翻我的檔案，妳猜怎麼了？妳說說看。」他說。

「你告訴我吧。」蘿賓說。

「不見，不見了，被偷啦。」

「可能放到別的地方了，我再幫你四處找找。」

「我一點都不驚訝，我老早該放棄了，我在對抗的是那些大人物，哪個人對抗大人物贏過了？妳告訴我實話，妳告訴我，我該放棄嗎？」

「你要自己決定，只有你自己可以決定。」

他開始向她滔滔說起他那番不幸的具體細節，都是老調重彈。他不是科學家，他的職業是勘測員，但他想必一輩子都在關注科學發展，他所告訴她的資訊，甚至他用一枝鈍鉛筆努力畫出的草圖無疑都十分正確，只有他受騙的故事笨拙俗套，大概從電視電影取得不少靈感。

然而她一直很喜歡他說的其中一段——他描述螺旋結構分解、兩股散開的過程，他會以如此優雅的雙手，做出如此優雅的示意。每一股都依著個別的指示，展開指定的旅程，各自複製。

他也很愛這段，他會為之讚嘆，淚水盈眶。每一次她都會感謝他的解說，但願他就此打住，但他當然停不下來。

儘管如此，她仍相信他正在好轉。當他開始搜尋一些不公不義的僻徑、專注在像是遭竊信件這類事情上，就代表他八成正在好轉。

只要稍加鼓勵，稍微轉移他的注意力，他或許會愛上她。這種事先前已發生過兩次，兩個都是有婦之夫，但她仍舊跟他們上床了，在他們出院後。儘管如此，到了那時，感覺已經走味，男人心裡懷的是感激，她心裡懷的則是好意，雙方都懷著某種錯置的緬懷之感。

她倒不會悔恨這樣的事。現在少有什麼事能令她悔恨了，性生活當然也不會；她的性生活零星而祕密，但整體而言令她舒服。她或許沒什麼必要這樣竭力保密，因為大家對她早已有了定見——她現在認識的人跟她以前認識的人有一樣的想法，徹底而錯誤。

＊　＊　＊

寇洛遞給她一張列印文件。

「資料不多。」寇洛說。

蘿賓向她道謝，然後將文件折起，拿到壁櫥，放進自己的錢包裡。她想等獨處時再讀。但她等不及回家再讀，便到樓下的「沉思間」，就是從前的「禱告間」。此時沒人在裡頭沉思。

7　詹姆斯・杜威・華生（James Dewey Watson）是分子生物學家，與同事佛朗西斯・克里克（Francis Crick）共同發現DNA的雙螺旋結構，榮獲諾貝爾獎。

亞歷山大・雅維奇

一九二四年七月三日出生在南斯拉夫的畢耶洛捷維奇，於一九六二年五月二十九日移民至加拿大。照顧人為其兄弟丹尼洛・雅維奇，出生於一九二四年七月三日，同為加拿大公民。

亞歷山大・雅維奇一直與兄弟丹尼洛同住，丹尼洛於一九九五年九月七日過世後，亞歷山大於同年九月二十五日進入珀斯郡立長期療養中心，此後一直是院內病人。

患者應為天生聾啞，或出生後不久即因病聾啞，幼時未受特殊教育機構輔導，智商未受檢測，但擁有修理鐘錶技能。不曾接受手語訓練，完全仰賴其兄弟，據判斷，無法以其他管道與外界溝通。症狀為漠然、無食欲，偶懷敵意，入院後逐年退化。

太誇張了。

兄弟。

攣生兄弟。

蘿賓真想把那張紙呈給哪個人看，呈給哪個權威人士看看。

這太荒謬。這我無法接受。

儘管如此。

莎士比亞應該讓她能夠面對這種事才是。在莎翁作品中，攣生子女常是混亂和災難的肇因，是導向結局的途徑，這便是那些招數的作用。最終謎題會解開，玩笑獲得諒解，愛火這一類東西便能重燃，遭到愚弄的人都寬容大度，不會怨天尤人。

他當時一定是去辦什麼事了，去去就回，他不可能把店留給那兄弟太久。或許那紗門還是門上的——她從未嘗試把門推開；或許他告訴他兄弟，要把紗門閂著，別開門，他只是帶朱諾在那街區遛遛。她曾想過為何朱諾不在店裡。

要是她晚點去。或早點去。要是她能待到戲演完，或乾脆不去看戲。要是她沒去整理頭髮。然後呢？她和他要怎麼走下去？他有亞歷山大，而她也有喬安妮。看亞歷山大那天的舉措，他不像能忍受入侵者，不像能接受改變；而喬安妮一定也會十分折磨，或許家裡多個又聾又啞的亞歷山大還是其次，主因是她不會喜歡蘿賓跟外國人結婚。

現在很難置信，當年事情就是這樣的。

一切全毀於一天，毀於幾分鐘之內，而非這類事情通常毀壞的過程——斷斷續續，種種掙扎，希望又失望，拖得又臭又長。若說這種事多半沒有好結局，長痛不如短痛吧，不是嗎？

但人不會這麼想，發生在自己身上時，人不會這麼想。蘿賓也沒辦法。即便是現在，她也渴望當年能有機會，她絕不會對那使出的招數有一時半刻的感激。但她終會改變想法，會對發現這件事心存感激，至少她得知了真相，當年一切其實都完好，一直到那一刻他們遭到某種輕浮的擺弄。她覺得憤慨不已，卻又感覺到遙遠的暖意，不再感覺羞恥。

顯然，他倆當時是在另一個世界裡，如一個舞臺上虛構的世界，他們那脆弱的安排，親吻的儀式，那包裹著兩人的魯莽信念，深信一切將按照計畫啟航。這種情形下，只要往哪個方向挪動個半吋，事情就不對了。

蘿賓有些病人相信髮梳和牙刷得按照正確的順序排，鞋子得朝正確的方向擺，走路得數步子，否則就會招來某種懲罰。

若說她犯了這類的錯誤，一定就是那件綠洋裝。因為洗衣店的那婦人，那生病的孩子，讓她穿了錯的綠洋裝。

她多希望能把這件事對哪個人說。對他說。

能力

讓但丁休息一下

一九二七年三月十三日

這會兒冬天倒來了，在我們應該看到春天的時候。風急雨驟，路都封了，學校也都停課，聽說還有個老人到外面小路散步，很可能凍死了。今天我套著雪鞋，走在馬路中間，雪地上空蕩蕩，只有我的鞋印，等到我從商店走出來，足跡又被雪填滿了。都是因為今年湖沒像往常一樣結冰，西風挾帶很多水氣，就變成傾盆大雪了。我出門去買咖啡和一、兩樣日用品，結果在店裡看到一個人——不就是泰莎．涅特比嗎，我大概一年沒見過她了，都沒去看她，我覺得很慚愧，因為她輟學後，有陣子我努力想維繫跟她的友誼；我想好像只有我一個人想這麼做。她用一件大披巾把自己裹得密不透風，看上去就像故事書裡的角色；她甚至有點頭重腳輕呢，因為她生得一張寬臉，一頭黑髮鬈蓬，肩膀又闊，但她應該不到一百五十公分。她見了我只微笑，還是從前的那個泰莎。我問她最近過得如何——說真的，每次看到她就是會這麼問，主要因為她從大約十四歲起就長期病痛，輟了學，不知是什麼病，但同時也因為想不到什麼別的可說。她與我們其他人在不同的世界。她沒參加社團、沒辦法參與體育活動，也沒有正常的人際往來。她也有自己的生活，她的生活中也有些人，那種生活也沒什麼問題，只是我不曉得要怎麼聊，或許她也是。

麥克威廉斯先生在店裡幫太太的忙，因為店員這天都有事，沒辦法進店裡。麥克威廉斯先生最愛捉弄人，這會兒又開始逗泰莎，問她是不是暴風雨要來了，她怎麼沒跟我們大家說呀之類的，麥克威廉斯太太叫他別說了。泰莎一副沒聽見他說話的樣子，只開口說要買一罐沙丁魚。我突然覺得好難過，想到她晚餐就吃一罐沙丁魚罐頭，當然這不太可能，她沒道理不能像別人一樣煮頓像樣的飯吧。

我在商店裡聽到的大消息是皮西厄斯騎士會堂[1]的屋頂塌了。我們那齣《威尼斯船夫》[2]的舞臺就這麼沒了，原本三月底要上演的。鎮公所的禮堂舞臺不夠大，舊歌劇院現在又被海伊家具用來堆棺木了。我們本來今晚要排演，但我不曉得誰會去，也不曉得最後會如何。

三月十六日

《威尼斯船夫》決定今年先不演了，我們只有六個人能去主日學校禮堂排演，因此就不排了，改去威爾夫家喝咖啡。威爾夫也宣布他原本就打算演完今年就不演了，因為他診所生意太忙，所以我們得找新的男高音。這對我們是個打擊，因為沒人比他唱得好。

到現在我還是覺得用名字直呼一位醫生很怪，就算他只有三十歲左右。威爾夫的房子以前是柯根大夫的，而很多人還是這麼喊那棟屋子。房子是特別蓋成醫生的住家，一側有廂房當成診所，但威爾夫將屋子整個翻修過，一些隔間都拆了，變得寬敞明亮。席德．羅斯頓開他玩笑，說他準備好可以娶老婆進門了。金妮也在場，這話題十分敏感，但席德大概不知情。（共有三個人向金妮求過婚，第一個就是威爾夫．洛伯史東，接著是湯米．夏鐸斯，然後是尤恩．麥凱，先是醫生，然後是驗光師，然後又有牧師。她比我大八個月，但我覺得我沒指望能追上她的進度。我覺得是她自己有點誤導他們，雖然她總說真不懂為什麼，還說每次他們向她求婚，她都驚訝得不得了。我的想法是，總有辦法可以說笑帶過，讓對方曉得妳不歡迎人家求婚的，不需要放任人家，最後讓人家出洋相吧。）

如果哪天我生了重病，希望我有辦法毀掉這本日記，或翻過一遍，劃掉裡面所有惡毒的話，以免我之後死了。

我們幾個聊得相當嚴肅，我不知道為什麼，接著話題轉到我們以前在學校學的東西，以及有多少內容我們都忘了。有人聊到鎮上以前的辯論社，後來大戰後，大家都有了汽車可以開著四處

1　皮西厄斯騎士會（The Knights of Pythias）是十九世紀創立於美國華盛頓特區的祕密慈善兄弟組織。

2　《威尼斯船夫》（The Gondoliers）為英國作曲家亞瑟．蘇利文（Arthur Seymour Sullivan）和作家威廉．施文克．吉伯特（William Schwenck Gilbert）創作的歌劇作品。

跑，還有看電影，還有打起高爾夫，辯論社就廢了，但他們以前會聊多麼嚴肅的話題呀。「科學或文學，哪一個對於形塑人類性格較為重要？」誰能想像現在這年頭讓大家出門去聽人談這些？我們就算大家隨意坐著聊這話題，也要覺得很蠢吧。然後金妮就說，我們至少應該組個讀書會，督促自己讀些一直想讀、但始終沒認真開始讀的書，像那套年復一年放在客廳書櫃玻璃門後的《哈佛經典》系列呀。我說，為什麼不讀《戰爭與和平》呢，但金妮宣稱那本她早讀過了。所以總之我們就投票表決選擇《失樂園》[3]或《神曲》，結果《神曲》贏了。我們只知道這本書其實不太像喜劇[4]，還有是用義大利文寫的，雖然我們要讀的當然是英文版。席德還以為是用拉丁文寫的，說他以前在賀爾特老師的班上把一輩子要讀的拉丁文都讀了，夠了，我們都對他大吼，他才假裝他一直都知道。反正，既然《威尼斯船夫》延後了，我們應該有時間每兩、三週聚一次，彼此激勵一下。

威爾夫帶我們把整棟房子看了一遍。他家的餐廳在門廳一側，客廳在另一側，廚房有嵌入式廚櫃、雙槽水槽和最新型電爐。有一間新的洗衣間在後門廳旁，還有一間線條流暢俐落的浴室。衣櫃大得可以走進去，門裡面還裝了全身鏡，此外全室都鋪了金黃色的橡木地板。我回到家時，覺得家裡好窄小，壁板顏色好深好老派。隔天吃早餐時，我跟爸爸開口，說我們可以在餐廳旁邊加一間那種玻璃窗環繞的日光室，這樣家裡至少有一間明亮現代的房間。（我忘了說，威爾夫家在跟診所相對的另一側有一間日光室，空間看來很協調。）爸爸說我們要日光室做啥？我們都有兩個門廊了，早上和傍晚都曬得到太陽呀，我就知道我的住家改造計畫是不可能有進展了。

＊＊＊

四月一日

我起床的頭一件事就是耍爸爸。我跑到門廳，尖叫說有蝙蝠從煙囪跑進我房間裡。他奔出浴室，牙套也沒戴，滿臉泡沫，叫我別再歇斯底里嚷嚷，快去拿掃把。我就去拿了，假裝很害怕，躲到後面樓梯上，看著沒戴眼鏡的爸爸拿著掃把胡亂揮打，找著那隻蝙蝠，最後我可憐他，才大喊：「愚人節快樂！」

接著金妮打電話來。她說：「南希，怎麼辦？我一直掉頭髮，掉得枕頭都是，我漂亮的頭髮大把大把掉在枕頭上，現在頭都禿一半了，我不敢踏出家門了，妳可以快點跑過來，看看能不能幫我用頭髮做一頂假髮嗎？」

我很冷靜地說：「妳混些麵粉和水，把頭髮黏回去就行了，而且這件事剛好發生在愚人節早上，真有趣對吧？」

接下來就是我不那麼急於記下的部分了。

---

3 《失樂園》（*Paradise Lost*）是十七世紀英國詩人約翰．彌爾頓參考舊約聖經的《創世紀》所創作的史詩作品。

4 《神曲》為義大利詩人但丁（Dante Alighieri）的作品，完成於十四世紀，英文名為Divine Comedy，直譯為「神聖喜劇」，之所以名為「喜劇」，是由於此書以關於天堂的描述作結，與現代通俗文化中的喜劇定義不同。

我走到威爾夫家，甚至沒先等早餐弄好，因為我知道威爾夫很早就會進醫院。結果他親自來開門，身上只穿著背心和襯衫。我原本想診所應該還沒開，就懶得去敲那邊的門。威爾夫請來做家務的老婦人（我連她叫什麼名字都不知道）正在廚房裡把東西弄得砰砰響，我以為來開門的會是她，沒想到威爾夫正好在門廳準備出門。「南希，什麼事？」他開口。

我不發一語，直接裝出痛苦的表情，手抓住喉嚨。

「妳怎麼了，南希？」

我繼續用力抓著喉嚨，發出慘兮兮的沙啞叫聲，猛力搖頭，表示我沒法開口。噢，可憐死了。

「妳進來。」威爾夫說著，領我走過側走廊，穿過住處的門，進到診所。我看見那老婦人偷窺一眼，但我沒表現出看到她，只是繼續裝模作樣。

「來。」他說著，把我按在病人椅上，打開了燈。窗上的百葉窗都還關著，診間裡散發消毒劑之類的嗆味。威爾夫拿出一支壓舌頭的棒子，以及那種有燈可以照進喉嚨裡的儀器。

「好，妳盡量把嘴巴張大。」

我照做，但就在他準備用壓舌棒按住我舌頭時，我趕緊大喊：「愚人節快樂！」

他臉上沒閃現半點笑意，只是一把丟開壓舌棒，啪地一聲關了儀器的燈，不發一語，用力拉開診所大門，這才開口：「我有生病的人要照顧耶，南希，妳可不可以表現出妳這年紀該有的樣子？」

我只好夾著尾巴落荒而逃，沒膽問他為什麼連個玩笑都開不起呢。他廚房裡那個八卦老太婆一定會到鎮上四處說，說威爾夫有多氣，而我又是多麼丟臉地溜走。我一整天心情都糟透了，而最蠢的巧合是我甚至真的不舒服起來，開始發燒，喉嚨有點痛，我就坐在客廳裡，腿上蓋條毯子，讀那老但丁的作品。明天晚上就是讀書會了，我的進度得遠遠超過他們所有人才行。問題在於我怎麼讀也讀不進腦子裡，因為我看書的同時，腦子裡一直想自己做那什麼蠢事呀，我還能聽見威爾夫用那尖酸的語氣叫我表現出我年紀該有的樣子，但接著我就發現自己在腦子裡跟他吵，在生活中找點樂子也沒有多糟呀。印象中他父親是牧師，他才養成這種性格嗎？牧師一家得經常搬家，因此他從沒有機會與一群朋友一起長大、彼此熟悉，成天混在一起。

這會兒我能看見身穿背心和漿挺襯衫的威爾夫，用手撐開了門，他整個人瘦瘦長長，渾像把刀子，還有那頭分邊整齊的頭髮和嚴厲的八字鬍。這真是一場災難。

我想了要不要寫信給他，解釋一下我覺得開開玩笑無傷大雅？或者我就寫封不失尊嚴的道歉信算了？

我不能問金妮的意見，威爾夫向金妮求過婚，這代表她在他心中優於我，而我現在心情低落，就會覺得她是不是也暗暗這麼想。（即便她已拒絕了他。）

四月四日

威爾夫沒來讀書會，因為有老人中風了。所以我就寫了封信給他，表現出歉意但沒太卑微。

我真的一天到晚為此心煩，不是為了信，而是為了我做的事情。

四月十二日

今天中午我去應門，可說是我這年輕愚蠢生命中的一大驚訝。那時爸爸剛到家，才坐下吃晚餐，威爾夫就上門來了。他一直沒回我寫給他的信，我已經接受他大概決定討厭我一輩子，未來我別無選擇，也只能用鼻孔看他了。

他問有沒有打擾到我吃晚餐。

他不可能打擾到我吃晚餐，因為我早已決定在瘦個五磅之前都不吃晚餐。爸爸和巴克斯太太用餐時，我就把自己關在房裡，挑戰一下但丁。

我說沒有。

他說，那，要不要跟他去兜個風？我們可以去看河冰融化。他又補了兩句，解釋他晚上幾乎沒睡，一點又得開始看診，沒時間小睡，去呼吸新鮮空氣能清醒些。他沒說他晚上為什麼沒睡，我想大概是去接生小孩吧，他覺得告訴我的話我會尷尬。

我說我正準備讀今天該讀的書呢。

「讓但丁休息一下吧。」他說。

所以我拿了外套，跟爸爸說一聲，我們就出去，上了他的車。我們開到北橋，已經聚集了好幾個人在看河冰，大多是午休時間出來的男人和男孩。今年入冬晚，所以冰塊不怎麼大，但河冰仍然一下下在橋墩上撞啊磨的，也像往常一樣，有涓涓細流從冰塊之間流過，發出淅瀝聲響。在這裡什麼事也不能做，只能杵著，一副像被迷住的樣子盯著眼前的景色，而且我的腳變得好冷，雖然冰開始融了，但冬天似乎還沒放手，春天似乎還很遙遠。真不曉得為什麼有些人可以站在那裡樂呵呵看好幾個小時。

威爾夫也很快就看膩了。我們回到車上，一時找不到話題，直到我不畏艱險，勇敢開口問，他收到我的信了嗎？

他說有，收到了。

我說我真的覺得自己做的事很蠢（這是實話，但或許我的語氣太痛悔了）。

他說：「喔，不用在意。」

他倒了車，我們開往城裡。他開口：「我本來想向妳求婚，只是不想這樣求，我想再鋪陳一下，在更適合的情況下問。」

我說：「你的意思是你本來想但現在不想了？還是你現在還想？」

我發誓我那樣說並不是想趕鴨子上架，我真的只是想弄清楚。

「我現在想啊。」他說。

「好。」我還沒從震驚中恢復過來，便已脫口而出。我不知道該如何解釋，我答應得和藹有禮，但又沒有太熱切，比較像是好，給我一杯茶吧的那種好，我甚至沒裝出驚訝的樣子，彷彿我得讓我們兩人快點度過這一刻，快點放鬆、恢復正常。儘管我在威爾夫面前其實從未放鬆和正常過，而且一度還搞不懂他，覺得他既嚇人又滑稽，而自從那不幸的愚人節之後，我對他更只有尷尬得無以復加。我希望我的意思並不是說，答應跟他結婚是為了擺脫尷尬。我確實記得自己想著應該收回那句「好」，說我還需要時間思考，但我根本沒辦法，那樣我們兩個會深陷更混亂的尷尬，而且我也不知道我還要思考什麼。

我跟威爾夫訂婚了，真不敢相信。大家是不是都這樣走過來的呢？

四月十四日

威爾夫來找爸爸談，我則去找金妮聊。我開門見山說了，並坦言我覺得告訴她很難為情，然後說我想請她當伴娘，希望她不會不自在。她說當然不會，接著我們倆情緒澎湃起來，摟著彼此，還稍微有點抽搭。

「男人比起好姊妹算什麼呢？」她說。

然後我就恢復了我那種肆無忌憚的態度，對金妮說，反正都是她的錯。

我說我沒辦法讓那可憐男人連吃兩個女孩子的閉門羹呀。

五月三十日

好久沒在這裡寫東西，因為我有一堆要做的事，忙得團團轉。婚禮定在七月十日。我的婚紗在柯尼許小姐那裡做，我簡直被她搞瘋，她讓我穿著內衣褲站著，身上別了一堆針，動彈不得，還一直吼我，要我別亂動。婚紗是白色的薄羅紗材質，沒有長裙襬，因為我怕自己會絆倒。然後是辦嫁妝，買了六件夏天睡袍、一件百合圖案的波紋綢日式睡浴袍，還有三套冬天睡衣褲，都在多倫多的辛普森百貨買的。很顯然那種兩件式的睡衣褲不是理想的嫁妝，但睡袍根本不保暖，而且反正我也不喜歡，因為穿到最後老是捲到腰上。還買了一堆絲質襯裙和其他東西，全是蜜桃色或「裸色」。金妮說我應該趁這機會多囤一點，否則如果中國開戰，很多絲製品都會缺貨；她還是那麼掌握時事。她的伴娘服是粉藍色的。

昨天巴克斯太太做了蛋糕。蛋糕得放六個禮拜熟成[5]，所以我們算是趕在最後關頭。麵糊得讓我攪拌，這樣才能帶來好運，但混了水果的麵糊好重，我感覺手都要斷了。昨天歐利也在，所以巴克斯太太沒看著的時候，他就接手幫我攪兩下。這樣會帶來什麼運氣我可不知道。

歐利是威爾夫的表弟，來作客幾個月。因為威爾夫沒兄弟，所以伴郎就讓歐利當。他比我大七個月，所以他跟我感覺都像小孩子，和威爾夫不一樣（我無法想像威爾夫曾經是個小孩）。歐利在結核病療養院住過三年，但現在好多了。他住院時，他們讓他一邊的肺塌陷，這種做法我聽過，我以為病人從此就剩一個肺能用，但顯然不是，他們只是在使用藥物治療以及包覆並控制感染時，暫時讓那邊的肺停止運作而已。（看我跟醫生訂婚，自己都快成了醫學權威！）威爾夫解

5 指的應是水果蛋糕（fruit cake），需靜置熟成數週後才食用。

釋這些時，歐利就用手蓋住耳朵，說他寧願不去想他們到底對他做了什麼事，假裝自己像賽璐璐娃娃一樣是空心的就好。他跟威爾夫真是截然不同，不過他們似乎相處得挺好。

我們要按照專業做法，把蛋糕冰在烘焙店裡，謝天謝地，否則我想巴克斯太太是承受不了那種壓力的。

六月十一日

剩不到一個月了。我根本不該在這裡寫日記，應該開始列結婚禮物清單才對。真不敢相信這些東西都會變成我的。威爾夫一直追著我挑壁紙。我原本以為那些房間都塗灰泥上白漆是因為他喜歡，但看來他似乎只是先放著，準備讓他太太挑壁紙。得自己面對這差事，我恐怕露出一臉目瞪口呆的樣子，但接著我控制了情緒，跟他說我認為他這樣十分體貼，只是我在真正住進去之前，實在無法想像要怎麼弄。（他準是希望我們度完蜜月回來，一切都弄好了。）我就這樣拖延了這件事。

我現在照常一週進工廠兩天。我有點希望即便婚後也繼續，但爸爸說當然不成。他繼續說著，說得好像雇用已婚婦女不太合法似的，除非是寡婦或有困境的婦女，但我點出這又不是雇用，因為他根本沒付我錢，他這才說了他一開始不好意思說的事，就是我結婚之後會有必須中斷的時候。

「之後妳也會有些時候不能拋頭露面啊。」他說。

「噢，我還不曉得。」我說，臉紅得像傻瓜。

因此他腦裡就產生了個想法，開始認為讓歐利接我的工作會很好，他也真的希望歐利能熟悉這工作，最後能接管事業。或許他但願我結婚的對象是這種人——儘管他覺得威爾夫也**很好呀**。而歐利無所事事，頭腦聰明，又是受過教育的人（我其實不知道他在哪受的教育或是受了多少教育，但他顯然比這裡幾乎所有人懂得都多），他似乎是一等一的人選。正因如此，我昨天還得帶他進辦公室，帶他看看那些簿冊之類的。爸爸也帶他去介紹給工人和所有剛好在場的人認識，而一切看起來好像挺順利。歐利全神貫注，在辦公室裡一副正經模樣，在工人面前則開朗逗趣（但又不會開玩笑開過頭），甚至連說話方式都恰到好處地調整了。而爸爸滿意又快活極了。我向他道晚安時他還說：「我覺得能有那年輕人來這裡真走運呀，他在尋找未來，也在找個能安身立命的地方。」

我沒反駁，但我認為歐利在這裡安頓下來、掌管一家切碎廠的機率，大概跟我去表演齊格菲歌舞秀[6]的機率差不多吧。

他就只是忍不住想裝模作樣一下。

我一度還想，金妮可能會把他從我手裡接過去。金妮飽覽群書，還會抽菸，而且雖然會上教

6 齊格菲歌舞秀（Ziegfeld Follies）是一九〇七到一九三一年間在美國百老匯演出的華麗歌舞劇。

堂，但她的意見在有些人看來算是無神論。而且她跟我說過，她覺得歐利雖然算矮（我看大概不超過一百七十五公分），但人長得不醜。他有她喜歡的藍眼睛，頭髮是奶油糖顏色，額前還垂著一綹鬈髮，看起來挺有心想展現魅力。他倆見面時，他對她當然十分客氣，會引導她多說話，而她回家後，他還說：「妳那位小友真像個知識分子呢，是不是？」

「小……」金妮至少跟他一樣高呢，我當然很想這麼對他說，但對一個在身高方面稍嫌不足的男人指出這種事挺不厚道，所以我就閉上了嘴。至於「知識分子」，我不曉得要說什麼，在我看來，金妮是知識分子沒錯（好比歐利會讀過《戰爭與和平》嗎？）但我從他的語氣，聽不出他究竟認為她是或不是，我只看得出就算她是，他也不太在意，而如果她不是，只是裝得像知識分子，歐利也不在乎。我真應該說一句惹人厭的酷話，好比「你好深奧喔」，但當然，這種話我總是事後才想到。而最糟的是，他說完那句話之後，我內心悄悄對金妮產生了某種印象，而雖然我一邊替她說話（在我腦中），但同時也以一種詭祕的方式同意了他的看法。不曉得以後她在我心中是否還一樣聰明。

威爾夫也在場，他一定聽到了整段對話，但他什麼也沒說。我大可以問他是不是不想維護他曾求婚的女孩，不過我從沒向他完全透露我知情的事。他經常只是聽我和歐利說話，俯著頭（他面對大部分人都得這樣，他太高了），臉上帶著淺笑，我甚至不確定他是在笑或嘴巴原本就長那樣。他們兩個晚上都會過來，最後經常是威爾夫和爸爸打克里比奇牌，歐利和我漫天閒聊，或者是威爾夫和歐利和我一起玩三人橋牌。（爸爸始終不愛橋牌，他認為橋牌太高高在上了。）有時威爾夫會接到醫院或愛西．班頓的電話（愛西就是他那管家，我一直記不得她的名字，總是得扯開喉嚨問巴克斯太太），就得離開，或者有時他打完克里比奇牌，便會坐到鋼琴前，沒看譜就彈起琴來，或許連燈也沒開。爸爸便會晃到外頭露臺，跟我和歐利一起坐著，搖著椅子聆聽。那時感覺威爾夫的琴是為他自己彈的，並不是演奏給我們聽，我們有沒有聽、是否聊起天，他都不會在意，而我們有時真的會聊起來，因為那音樂對爸爸來說有些太古典了，畢竟他最愛的曲子可是〈我的肯塔基老家〉[7]呀。你會發現他變得躁動不安，那種音樂使他頭昏腦脹，為了他，我們便會開個話題。然後也是爸爸會特別跟威爾夫說我們很享受聽他演奏。威爾夫會說聲謝謝，禮貌中帶點心不在焉。我和歐利都知道什麼都不必說，因為這時威爾夫根本不在意我們到底怎麼想。

有一次我聽見歐利跟著威爾夫的琴聲很輕聲地唱。

「清晨來了——皮爾金呵欠——」[8]

我低聲問：「你唱什麼？」

「沒什麼，就他現在彈的曲子。」歐利說。

我叫他告訴我「皮爾金」怎麼拼。P-e-e-r，G-y-n-t。

---

7 〈*My old Kentucky Home*〉，是一首敘事歌謠，也是美國肯塔基州的州歌。

8 原文為「Morning is dawning and Peer Gynt is yawning」，是大家用來記憶《皮爾金》劇中〈晨曲〉這首曲的句子。《皮爾金》為挪威劇作家易卜生的歌劇作品。

我該多懂一點音樂，這樣可以跟威爾夫多一些共通語言。

天氣突然就熱起來，芍藥都盛開了，一朵朵大得像嬰兒屁股，而繡線菊落英繽紛，雪花似的。巴克斯太太逢人就說，再這樣下去，等到婚禮，什麼東西都給曬乾了。

我一邊寫這篇，一邊喝了三杯咖啡，連頭髮都還沒梳。巴克斯太太說：「妳很快就要改改樣子了。」

她的意思是，因為那個愛西．某某已經跟威爾夫說，她要退休了，讓我接管他家。

所以現在我要改改樣子了，而且再會了，日記，至少暫時是這樣。我以前常覺得我的人生一定會發生很不尋常的事，所以把一切記錄下來是很重要的。那只是一種感覺嗎？

穿水手服的女孩子

「別以為你可以懶洋洋地癱在這裡，我有個驚喜要給你。」南希說。

歐利說：「妳的驚喜還真多。」

這天是星期天，歐利但願他能懶洋洋癱在那兒就好。南希有一點他不是總能欣賞，她太精力旺盛了。

他想她的精力大概很快能派上用場，因為威爾夫正指望她掌管家務呢，他那無喜無悲、穩定尋常的生活。

威爾夫剛去完教會就直接進了醫院，歐利則一道回來，準備跟南希和她父親一起吃晚餐。他們星期天晚上都吃冷食——這天巴克斯太太要上她自己的教會，下午則在她的小屋好好休息。歐利稍早幫南希清理了廚房。此時餐廳傳來一陣陣徹頭徹尾的鼾聲。

歐利瞥了一眼後說：「妳爸，他坐在搖椅上，膝蓋上放著《週六晚間郵刊》睡著了。」

「他老是不承認他禮拜天下午都在睡，他總認為他是要讀點東西。」南希說。

南希這時腰間繫了條圍裙——不是那種真要在廚房裡忙會穿的圍裙。她解下來，掛在門把上，對著廚房門邊的一面小鏡子把頭髮撥鬆。

「我這什麼樣子。」她帶著哭腔說，但聽起來並不真的喪氣。

「真的，我都不懂威爾夫看上妳哪裡。」

「你小心點，否則我揮你一記。」

她領著他出了門，拐過醋栗叢，走過那株槭樹——她已經跟他說過兩、三次，說以前她的鞦韆就掛在這樹下。接著他們沿著後巷走到這街區的最後面。沒人在割草坪，因為是禮拜天，後院實際上全都空無一人，房子都像關門歇業著，傲慢、隱匿著屋內的人事，似乎每間屋舍內都有像南希父親那樣有尊嚴的人在享受他們應得的歇息，闔眼小睡著。

這不代表鎮上寂寥無聲。週日下午正是這鄉間的人們和周圍鄉村居民到海邊戲水的時候，海灘大約在四百公尺外的懸崖底下，滑水道傳來的尖叫與兒童潑水、閃避的嚷聲混雜在一起；汽車嗚喇叭、冰淇淋車嘟嘟響，年輕人賣弄叫囂，孩童母親焦慮嚷嚷，一切糊成了一片噪音。

在巷子盡頭，穿過一條比較落魄、沒鋪路面的街，有一棟閒置的建築，南希說那是以前的冰塊廠，冰塊廠後面有一片空地，和一道跨越乾涸水溝的木板橋，接著他倆來到一條路，窄得只夠一輛車通過——或最好是一匹馬拉的馬車。這路的兩旁都有成道的矮樹叢，帶刺，生著小小的碧綠葉子和零落乾枯的粉色花朵，樹叢密得風完全吹不進來，又沒法提供遮蔭，一根根樹枝還直要勾歐利的襯衫。

「野生的**玫瑰**呀。」當他問這驚人的樹叢是什麼東西時，南希回答。

「我想這就是驚喜吧？」

「等著瞧。」

他在這隧道裡熱得要命，巴不得她能放慢腳步。他經常訝異自己花了多少時間跟這個女孩瞎混，她各方面都不突出，或許只有特別嬌慣、粗野和自我中心吧。也許他就喜歡煩她，她就比一般女孩子聰明了那麼丁點，正好能讓他逗弄。

放眼望去，他看見遠處的一方屋頂，有林蔭遮蔽，而既然沒可能從南希嘴裡套出半點資訊，他只能期待他倆能進那屋子坐下，在涼爽的地方歇息。

「有客人呢，我該想到的。」南希說。

路盡頭的回車道停著一輛黯淡髒汙的福特T型車。

「至少只有一輛，希望他們快結束了。」她說。

但他倆走到汽車那裡時，還沒有人從屋子裡出來。這是一棟一層半的房子，看起來挺像樣，磚砌的，這種磚在這裡鄉下叫「白色」，在歐利出身的地方則算「黃色」。（其實是一種髒髒的褐色。）房子沒樹籬，只有庭院四周拖著一道鐵絲網，而院子裡的草都沒修整，出入口到屋門前也沒有水泥通道，就一條泥土路，不過在城鎮外，這倒不是多不尋常——會鋪設通道或擁有割草機的農民不多。

或許這裡以前曾有花圃，至少高草裡到處點綴著一些白色和金色的花，那是雛菊，他滿確定的，但他懶得問南希，省得又要被她嘲諷糾正一番。

南希領他走進去，來到一座未上漆但是全實木的鞦韆前，有兩道長椅面對面的那種——從這鞦韆能看出這屋子從前上流或悠閒的榮景。鞦韆附近的草沒有踐踏的痕跡，顯然已經沒什麼人坐，而上方有樹蔭，是兩、三棵枝葉濃密的樹。南希才坐下便一躍而起，開始撐在兩道長椅之間，前後搖動這嘎吱作響的玩意兒。

「這樣她就知道我們來了。」她說。

「她是誰？」

「泰莎。」

「她是妳朋友嗎？」

「當然囉。」

「一位老太太朋友啊？」歐利的語氣毫無熱情。他已經有許多機會見識到南希如何浪擲她個性中「陽光」的一面——她必定在哪本給女孩子看的書裡讀過，並且謹記在心，或許大家也真這麼形容她。他想起她在工廠裡一派天真地逗那些老傢伙的情景。

「我們以前是同學，我跟她，我跟泰莎。」

這使他想起另一件事——她設法撮合他和金妮的事。

「那她這個人有什麼有意思的地方？」

「你等下就知道啦。噢！」

她從擺邊的鞦韆上直接跳下去，奔向鄰近屋子的一座手搖泵，使勁壓起水來，壓了好一陣且十分用力才壓出水來，即便這時她也絲毫沒有疲態，繼續壓著，把原本掛在鉤上等著接水的那個馬口鐵杯盛滿了，這才停手，把水捧過來，一路濺著水。他看她一臉殷切，以為她會立刻把水拿給他，她卻把水湊到自己嘴邊，痛飲起來。

「這不是城裡的水。」她說著，把水遞給他。「是井水，很好喝。」

她這女孩子，敢拿起掛在水井上的舊馬口鐵杯就喝未經處理的水。（他身體曾發生的苦難使他比一般年輕人更能留意到這種風險。）當然，她有點賣弄的意味，但她也是真真正正、自然天生地無所顧忌，滿心相信自己總能逢凶化吉。

他不覺得自己是那樣幸運的人，然而他腦中一直有個想法（這想法他不開個玩笑是說不出口的），那就是他注定不凡，他的人生自有某種意義。或許他倆也是因為這點而湊在一起，然而差別是他會繼續向前，他不會屈就，而她得要屈就——她已經屈就了，畢竟她是女孩子。他一想到自己擁有的選擇比女孩子多得多，霎時覺得自在了，對她同情起來，也輕鬆起來。有些時候，他不需要問自己為什麼跟她在一起，逗她、被她逗，就能使得時間過得飛快，輕鬆寫意。

水**確實**好喝，而且沁涼極了。

「泰莎總是有客人。」她邊說，邊在他對面坐下。「你永遠不知道誰會上門來。」

「這樣啊。」他說。他突發奇想，想到她是否太乖戾、太特立獨行，竟結交這樣一個半職業的、打打零工的鄉村娼妓，或總之是跟個走歪了路的女孩子保持交情。

她讀出他的心思——她有時是挺聰明的。

「噢**不**，我不是那意思，噢，這絕對是我聽過最糟的念頭，泰莎這女孩子是全天底下最不可能——太噁心了，你應該要覺得慚愧，她是全世界最不可能——啊，等下你就知道了。」她滿臉飛紅。

門開了，不見尋常那種拖拖拉拉的道別，根本沒聽到有人說再見，只見一對中年男女沿著小徑走出來，有些憔悴但不致疲態盡現，就像他們的車一樣。他們往鞦韆的方向看，看到南希和歐利，但沒說什麼，奇怪的是南希也沒開口，沒喊出什麼朝氣的招呼。男女分別走到車子兩旁，上車，驅車走了。

一個身影從門裡頭的陰影走出來，這會兒南希終於叫出聲。

「嘿，泰莎。」

那女子的體型渾像個結實的孩童，大大的頭上覆著深色鬈髮，闊肩膀，粗短腿。她的腿光裸著，穿著奇怪的服飾——一套水手服衣裙，至少大熱天穿這身衣服夠怪了，再說她不是學生了。這很可能是她從前上學時穿的衣服，而她是節省的人，現在在家就繼續穿到壞為止。這種衣服怎麼也穿不壞，而在歐利看來，也很不襯女孩子的身材。她穿著這身衣服看起來十分笨拙，就像絕大多數的女學生。

南希帶他上前，介紹了他。他便告訴泰莎（以一種意味深長、女孩子通常能接受的語氣），說他從南希那裡聽過許多她的事。

「才怪，他的話一個字都別信，我帶他來只是因為我不知道要拿他怎麼辦才好，老實說就是這樣。」南希說。

泰莎是垂眼瞼，小眼睛，但眼瞳是一種驚人的藍，深而柔和，她抬起眼望著歐利，雙眸熠熠盯著他，不帶善意或憎惡，甚至沒有好奇，就是那樣深邃而篤定，令他無法再說什麼愚蠢的客套話。

「你們進來吧。」她說著，帶他們往屋裡走。「希望你們不會介意我把奶油攪完，我剛剛在攪，客人來的時候停手了，但如果現在不趕快攪，奶油可能會毀在我手裡。」

南希說：「禮拜天攪奶油呀，真是個淘氣的女孩子。歐利，你看到了嗎，奶油就是這樣做的，我看你八成以為奶油是從乳牛身上直接弄下來、包起來就送進商店裡吧。妳繼續。」她對泰莎說：「攪累的話也可以讓我試試。其實我來，是想邀妳參加我婚禮。」

「我聽到消息了。」泰莎說。

「本來想寄帖子給妳，可是不知道妳會不會注意到，我就想最好還是來一趟，掐著妳的脖子逼妳答應比較好。」

他們直接走進廚房。百葉窗是放下的，直垂到窗臺，風扇在頭頂高處攪著空氣，廚房裡飄著煮食、幾碟毒蠅草、煤油和洗碗巾的味道，這些味道或許滲進牆壁和木板地裡幾十年了，但這裡的碗櫃和門片竟還有人大費周章漆成了知更鳥蛋殼的灰藍綠——無疑就是站在攪乳器前這個氣喘吁吁、用力得幾乎呻吟起來的女孩子。

為了不弄髒地板，攪乳器四周都鋪了報紙。餐桌和爐子周圍這些經常走動的路線上，地板都已經磨凹。若是面對多數的農場姑娘，歐利大概都會展現出紳士的殷勤，開口問能不能讓他試試身手，但眼前這情形，他卻沒有把握。她看起來不是個陰沉的女孩，這位泰莎，只是以她的年紀來說顯得老成，直率獨立，令人望而卻步。在她面前，就連南希過一會兒也靜了下來。

奶油攪出來了。南希跳起來，湊上前去看，也叫他過去看。他很驚訝奶油竟是這樣白，幾乎不帶什麼黃色，但他覺得南希準要斥他無知，就什麼也沒說。接著兩個女孩子便將那團白糊糊的東西放到桌上的一塊布上，拿木片壓平，用布包起來。泰莎翻起地板上的一道門，兩人就順著那道他根本沒發覺的地窖階梯，將奶油搬下去。南希險些沒站穩，發出一聲尖叫；他覺得泰莎根本自己搬更容易，她只是不介意給南希一些特權，就像對一個麻煩可愛的小孩子一樣。她讓南希收地板上的報紙，自己則打開她從地窖拿上來的幾瓶檸檬水，並從角落冰櫃取出一塊冰，洗掉上頭的木屑，用鎚子在水槽裡敲成碎冰，放進他們的玻璃杯，這回他同樣沒提議幫忙。

「好了泰莎。」南希喝下一大口檸檬水後說：「就是現在了，妳幫我一個忙，拜託妳了。」

泰莎喝著她的檸檬水。

「妳告訴歐利，妳告訴他，他的口袋裡有什麼東西，先從右邊口袋開始。」南希說。

泰莎頭也沒抬地說：「呃，我想應該放著他的皮夾吧。」

「啊，繼續說。」南希說。

「這個嘛，她說的沒錯。我是帶了皮夾，那她現在要猜皮夾裡放了什麼嗎？我沒放很多東西。」

「不用管那個，泰莎，妳告訴他還有什麼其他東西，他右邊口袋的東西。」南希說。

「現在這是在玩什麼？」歐利問。

「泰莎，拜託嘛，泰莎，妳知道我，記得我們是老朋友，我們從在學校第一堂課就是朋友了，妳就當幫我個忙。」南希用甜美的語氣說。

「這是什麼遊戲嗎？這是妳們兩個想出來的什麼遊戲嗎？」歐利說。

南希哈哈嘲笑他。

「怎麼，你有什麼見不得人的東西嗎？你有一隻臭襪子嗎？」她說。

泰莎說，聲音很低：「一枝鉛筆，一些錢，硬幣，我不知道是多少錢的。還有一張紙？上面寫了東西，印了東西？」

「把東西都拿出來，歐利，都拿出來。」南希大叫著。

「噢，還有一片口香糖，應該還有一片口香糖，沒了。」泰莎說。

口香糖的包裝都散了，上頭沾著棉絨。

「我都忘了有口香糖。」歐利說，儘管他其實記得。那一小截鉛筆、幾枚五分和一分硬幣，以及一張折起的破爛剪報，全都掏了出來。

南希抓起那張剪報並打開，歐利說：「那是別人給我的。」

她念了出來：「誠徵原創稿件，詩或散文皆可，尤優先錄取——」

歐利從她手裡搶回剪報。

「這是別人**給**我的，他們想聽聽我的意見，看我覺得這是不是正經的報社。」

「噢，歐利。」

「我根本不知道這還在口袋裡，跟口香糖一樣。」

「你不覺得驚訝嗎？」

「當然驚訝呀，我都忘了。」

「我說你不覺得泰莎很讓人驚訝嗎？你看她竟然**知道**？」

歐利勉強為泰莎擠出一個笑容，儘管此時他惶惶不安，很是激動。但不是泰莎的錯。

「很多人口袋裡都有這些東西吧，零錢？當然呀，還有鉛筆——」他說。

「口香糖呢？」南希說。

「這也可能啊。」

「印著東西的紙呢，她還說**印了東西**唷。」

「她是說一張紙，她不知道上面有什麼。對吧，沒錯吧？」他對泰莎說。

泰莎搖搖頭。她望向門的方向，耳朵聽著聲音。「好像有車開進巷子裡了。」

她說的沒錯，這會兒他們三人都聽到了。南希走過去透過窗簾往外看，就在這時，泰莎對歐利微笑，那笑突如其來，並非心照不宣，並非帶著歉意，也並非一般那種賣弄風情的笑，或許是表示友善，但又不帶明顯的鼓勵意味，僅是表達了幾分暖意，表達了她這人的某種坦然自在。在此同時，她那寬寬的肩膀動了一下，沉靜地垂下，彷彿那笑容在她整個人身上漫開。

「噢，討厭。」南希說。但她得控制自己的激動情緒。一如歐利也得控制自己失足的傾慕和驚喜之情。

泰莎打開門，一個男人正好下了車。他等在大門邊，先讓南希和歐利走出小徑。男人約莫六十來歲，肩膀厚實，面容嚴肅，身穿淡色短袖襯衫，頭戴一頂克莉絲蒂紳士帽，而他開的車是一輛新款雙門轎跑車。他朝南希和歐利點點頭，帶著那種短暫的禮貌和刻意表現的毫不好奇，就像他是替兩個從醫生診間走出來的人拉門一樣。

男人走進去，而泰莎的門才關上不久，巷子盡頭又出現另一輛車。

「要排隊呢，禮拜天下午很忙，至少夏天是這樣，好幾哩以外的人都會來找她。」南希說。

「讓她猜他們口袋裡放了什麼東西嗎？」

南希當作沒聽到。

「主要是問他們遺失的東西，有價值的東西，至少是對他們來說有價值的東西。」
「她收錢嗎？」
「我想沒有吧。」
「她一定收錢的。」
「為什麼？」
「她不是很窮嗎？」
「又沒窮到沒飯吃。」
「說不定她不常說對。」
「嗯，我覺得她一定都說對了，不然大家怎麼會一直來找她？」
他倆在那敞亮悶熱的隧道裡，走在玫瑰花叢之間時，對話的語氣變了；他們不時抹抹臉上的汗，也沒了精力，沒再鬥嘴。
歐利說：「我真沒辦法理解。」
南希說：「我想沒人能理解吧，而且還不只是大家弄丟的東西，她還能找屍體的位置呢。」
「**屍體**？」
「有個男人，大家覺得他應該是沿著鐵道走，結果被暴風雪困住，凍死了，他們找不到他，泰莎就告訴他們，在湖邊往崖下看，結果真是那樣，根本不是在鐵道。還有一次有頭乳牛走失，她也告訴大家牛淹死了。」

「所以呢？如果是真的，為什麼沒人研究？我的意思是，科學研究？」歐利說。

「百分之百是真的。」

「我不是說我不相信她，但我想知道她怎麼辦到的，妳從沒問過她嗎？」

南希的回覆讓他吃了一驚。她說：「那樣不是很沒禮貌嗎？」

這會兒倒像是她受不了這場對話了。

他仍堅持說下去：「所以，她小時候還在上學的時候就能看到東西嗎？」

「沒。我不知道，至少她沒透露。」

「她就跟其他人完全一樣嗎？」

「也不能說是跟其他人完全一樣，可是誰會跟其他人一樣啊？我的意思是，我從來不覺得**我**跟別人一模一樣。金妮也不會覺得她跟別人一模一樣吧。泰莎就是住在那地方，而且早上上學前還要幫乳牛擠奶。我們其他人不用啊，我一直都想跟她做朋友。」

「我相信。」歐利溫和地說。

南希彷彿沒聽見似的，兀自說下去。

「但我覺得——這好像是她生病後開始的。我們高二時，她生病了，一直發作，她就輟學，再也沒回去上課，那時她就有點跟大家脫節了。」

「發作，是癲癇發作嗎？」歐利問。

「我從沒聽過什麼癲癇。啊——」她突然別開身子。「我這樣好噁心。」

歐利停下腳步，說：「為什麼？」

南希也停下了。

「我帶你去那裡，是刻意想讓你看看我們這地方也有特別的東西，就是她，泰莎；我的意思是，我想把泰莎在你面前現一現。」

「對，所以怎樣？」

「因為你覺得我們這裡沒什麼值得注意的，你覺得我們就只能拿來開開玩笑，我們這裡所有的人，所以我才想把她現給你看，就像怪人秀一樣。」

「我不會形容她是個**怪人**。」

「但那就是我打的算盤。我真該把自己的腦袋敲爛。」

「沒這回事。」

「我應該去求她原諒我。」

「如果是我不會那樣做。」

「真的嗎？」

「對。」

那個傍晚，歐利幫忙南希擺出一頓冷餐。巴克斯太太在冰箱留了一隻煮好的雞和沙拉凍。南希禮拜六烤了個天使蛋糕，準備讓大家佐草莓吃。他倆把所有東西擺上露臺，這裡在中午過後就有遮蔭了。主菜用完，上甜點前，歐利把餐盤和沙拉盤端回廚房。

他突然天外飛來一句：「不知道那些人有沒有想過要帶點東西給她吃？像雞呀、草莓之類的。」

南希正忙著拿最好看的草莓浸果糖，過一會兒才開口：「不好意思，你說誰？」

「那女孩子，泰莎。」

「喔，她也養雞呀，她可以自己殺來吃，她如果有個莓果園我也不奇怪，鄉下人通常都有的。」南希說。

她在回家路上的痛悔已經使她舒坦許多，現在那股情緒早過了。

「而且重點不只是她不是怪人，重點是她也不認為自己是怪人。」歐利說。

「那是當然。」

「她對自己的一切安然自得。她有一雙很出色的眼睛。」

這時南希大聲喊威爾夫，問他想不想在她忙著弄甜點時彈彈琴。

「我要打發鮮奶油，天氣這麼熱，要打很久呢。」

威爾夫說他們可以等，說他累了。

但他依然去彈了琴，在他們用完餐點，天色已晚的時候。南希的父親沒去教會晚堂敬拜——他覺得那是有些要求過多了，然而他還是不允許大家在禮拜天打牌或下棋。威爾夫彈琴時，南希父親便又翻起郵刊。南希坐到露臺階梯上父親看不到的地方抽起香菸，並希望父親不會聞到。

「等我結婚——等我結婚，我愛什麼時候抽菸就什麼時候抽。」她對倚著欄杆的歐利說。

歐利沒抽菸，當然，因為肺的緣故。

他笑出聲。他說：「好了好了，這是結婚的好理由嗎？」

此時威爾夫正彈奏著莫札特的第十三號小夜曲，憑記憶彈。

「他彈得真好，他那雙手真靈活。但以前那些女孩子都說他的手冷冰冰的。」歐利說。

然而此時他想的其實不是威爾夫，不是南希，也不是他們的那種婚姻，而是泰莎，他想著她的奇特和泰然自若，想著這漫長而炎熱的夜晚，她在她那野玫瑰巷的盡頭正在做些什麼事。她還有訪客嗎，仍忙著解決別人生活中的問題嗎？或者她走到了屋外，坐在那座鞦韆上，吱嘎吱嘎地前後搖著，獨自一人，僅有逐漸升起的月亮為伴呢？

不久後他就會知道，原來她每晚都忙著從手搖泵搬一桶桶水到她種的番茄那裡，以及替那些豆子和馬鈴薯堆土，而他若想有機會跟她說話，也得幹這些活。

在此同時，南希則逐漸將全副精力放在籌備婚事，根本沒有半點心思想泰莎，也幾乎沒怎麼想到他，只除了說過一、兩次，說現在她需要他幫忙的時候，他似乎總是不見蹤影。

四月二十九日

親愛的歐利：

我們從魁北克回來後，我一直以為會接到你的消息，結果很驚訝，竟然沒有（連聖誕節也沒有！）但我又想，我應該知道為什麼了——我已經想提筆寫信給你好幾次，但得先整理好我的感覺，才有辦法動筆。你在《週六晚間郵刊》的那篇文章，或報導，或隨你怎麼稱呼的東西，該算是寫得不錯吧，登上雜誌呢，想必你引以為傲。我爸不喜歡你寫那是個「小小」湖港，他想提醒你，這可是休倫湖這一側最好也是最繁忙的港口。我則對你用的「平淡無奇」那詞有點意見，不曉得我們這裡真的比其他地方平淡無奇嗎，還有不然你期待這裡該怎麼樣呢——充滿詩意嗎？

然而主要的問題是泰莎，是這會對她的生活造成什麼影響，我想你應該沒想到這件事吧。我一直沒辦法跟她通上電話，我現在要坐到方向盤前也不太舒服（至於原因就讓你自己想像），沒辦法開車去找她。總之據我聽到的消息，現在很多人去找她，她應接不暇，而這時節那麼多車子湧進她住的那地方更是棘手，拖吊車成天忙著把那些人的車子拖出溝裡（絲毫不會得到他們的感謝，只會得到一頓我們這裡太落後的批評）。路面慘不忍睹，壞得連修也沒法修，野玫瑰也必將成為歷史了。鄉議會已經吵成一團，說這會造成多少花費，很多人也很生氣，認為這些宣傳是泰莎在幕後主使，認為她大撈了一筆，他們不相信她是義務幫忙，而如果這檔事有油水可撈，想必就是你撈去了——這是引述我爸的話，我知道你不是那種貪財的人，你只在意作品發表的榮耀，如果你覺得這話聽來諷刺，請原諒我，人有雄心壯志是好，但其他人怎麼辦呢？

也許你期待收到一封恭賀的信，但希望你能諒解，我就是不吐不快。

不過我還有最後一件事。我想問你，你那時就一直想著要把那件事寫出來嗎？我現在才知道你後來自己去了泰莎家好幾回，你當時從沒向我提起，也沒請我跟你一道去。你從沒表明你已經在「蒐集資料」（我相信你現在一定會用這種說法），而且就我印象所及，你最初明明是很不客氣地打發了那整件事。另外，你的文章也沒有半個字提及是我帶你去那裡以及將你介紹給泰莎，這些事實你隻字未提，也沒有私下致意或致謝。而我也懷疑你是否向泰莎坦白你的意圖，以及你在發揮你那「科學的好奇心」時（這是引用你的說法），是否徵得了她的同意？你向她解釋過你想對她做什麼事嗎？或者你只是隨意來去，利用我們這裡平淡無奇的人，開展你的作家生涯？

歐利，祝你好運吧，我也不期待收到你的消息了。（是說我們從來沒那個榮幸收到你的消息。）

表嫂南希

親愛的南希：

南希，我得說我認為妳實在沒必要這樣大做文章。泰莎注定要被人發現、「大書特書」一番，為什麼不能由我來當那個人呢？寫那篇文章的念頭，是我去找她聊過後才逐漸成形的，而我確實是秉持著「科學的好奇心」行動，我不會為我天性中的這種特質道歉。妳似乎認為我的所有計畫和行動都應該先徵得妳同意，而當時妳正成天奔忙，為妳的結婚禮服、婚前送禮會、為妳收到多少銀盤之類的玩意等事緊張興奮得不得了呢。

至於泰莎，如果妳以為我會在文章刊出後便忘了她，或以為我從沒想過這會對她的生活造成什麼影響，妳錯了，事實上，我還收到她寄的一封信，信裡沒寫到妳描述的那種混亂局面。而且反正她也不需要再忍受那裡的生活太久了，我聯繫了一些人，他們讀過那篇文章，對此事十分感興趣，而現在對這種事已經有正規的研究，這裡有，但主要在美國，我認為那裡有比較多經費能研究這種事，他們也比較真正感興趣，因此我正在了解是否可能去到那裡——泰莎去當研究對象，而我則以科學記者的身分去報導這些主題，可能在波士頓，或巴爾的摩，或者是北卡羅萊納州。

妳對我的看法如此嚴厲，我很遺憾，而妳也沒說說婚後生活如何——除了一句隱晦（也幸福？）的宣告外，妳隻字未提威爾夫，但我猜妳是帶他跟妳一起去魁北克吧，希望你們玩得盡興，也希望他健康快樂如昔。

歐利筆

親愛的泰莎：

妳顯然已經切斷了電話，妳現在這麼出名，可能不得不如此吧。我不是故意說些刻薄話，我最近常常話一出口語氣都變了樣，我現在懷了寶寶，不曉得妳是否聽說了，而懷孕似乎使我變得敏感不安。

我想像妳現在的生活應該忙碌混亂，成天那麼多人來看妳，想維持正常的生活步調很難吧。如果妳有機會，我真的很想跟妳見面，所以我寫這封信，其實是想邀請妳進城時來看看我（在商店聽說妳現在食品雜貨都請人送去妳家了）。妳還沒看過我的新家呢——我的意思是新裝潢過的，還有對我而言是新的房子，現在想想，妳甚至連我舊家也沒看過，每回都是我跑去找妳，而且我老想去，但真正去的次數也不多。生活總是這麼忙，在攫取和花費之間，我們浪擲力量[9]，為什麼我們要任憑自己鎮日奔忙，錯過真正該做或想做的事呢？還記得那次我們一起用舊木片壓奶油嗎？我好喜歡，就是我帶歐利去看妳那次，而我希望妳不會對那件事感到遺憾。

然後，泰莎，希望妳別認為我是管閒事或瞎攪和，但歐利在一封信裡提到，他聯繫上一些在美國做研究之類的人，我想他應該也跟妳有聯絡，提過這些事。我不曉得他指的是哪種研究，但我得說，讀到信裡那一段時，我心裡打了寒顫，我就是覺得妳離開這裡並非好事——不知妳是否有此打算，但去那些沒人認識妳的地方，那些人不會把妳當成朋友或正常人，我只是覺得我該把這件事告訴妳。

還有另一件我覺得該告訴妳的事，但我不知該如何啟齒。是這樣的，歐利絕不是壞人，但他有種影響力——而且我現在想起來，覺得他不僅對女性有影響力，對男性也一樣，而他並非不自

9 此兩句摘自英國浪漫詩人華茲華斯的〈世界太沉重〉（*The World Is Too Much with Us*）一詩。

覺，而是他不怎麼為此負責；坦白說，我想不到比跟他墜入愛河更悲慘的命運。他似乎想著要跟妳攜手合作，寫妳的事或那些實驗或其他進展，而他會表現得非常友善自然，但妳可能會誤會他的行為，以為他有其他意思，我這樣說，希望妳別生氣。來看我吧。

親妳親妳親妳。南希

親愛的南希：

請別擔心我，歐利一直跟我保持聯繫，什麼事都告訴我。當妳收到這封信時，我們已經結婚了，可能已經到美國了。沒機會去看妳的新家裝潢，真是不好意思。

泰莎敬上

頭破了個洞

密西根中部的丘陵滿覆著櫟樹森林。南希唯一一次造訪當地是在一九六八年的秋天，那時櫟樹的葉子已然變色，但還未掉落。她向來看慣的是闊葉灌木叢，而不是這種森林，會有數不盡的槭樹，在秋天時金紅交映，而此地櫟樹的碩大樹葉則色澤深沉，那些鐵鏽和酒紅顏色，即便在陽光照耀下也無法提振她的心情。

但這間私立醫院所在的山坡則沒有半棵樹，且附近沒有城鎮或村莊，甚至不見有人居住的農場。這所醫院是那種以前會在小城鎮見到的醫院，就是那種大戶人家凋零或落魄後「改成」的。這建築的前門兩邊各有幾道廣角窗，三樓則橫跨著幾個屋頂窗，建築由老舊汙穢的磚砌成，四周沒灌木，沒樹籬，沒蘋果園，只有理得薄薄的草皮，和一座碎石子停車場。

這裡的人就算腦袋裡還有逃跑的念頭，也無處可躲。

以前她根本不會有這種想法，或者不會這麼快想到——在威爾夫生病前。

她把車停在其他幾輛車旁，心想那些車是職員或訪客的呢？會有多少訪客來到如此與世隔絕的地方？

得先爬幾級階梯才能看到前門的告示，結果上頭寫著請繞至側門。這會兒走近了建築，她看見一些窗戶安著鐵條，不是那些廣角窗（而廣角窗卻連窗簾都沒裝），是廣角窗上方和下方的一些窗子；下面應該是半露在地面上的地下室。

她依循指示來到的門，就開往半地下這層。她按鈴又敲門，再按按鈴，以為按了能聽到門鈴聲，卻不確定究竟有沒有響，因為裡頭哐啷作響。她試著轉動門把，而十分驚訝的是（畢竟那些窗上還裝了鐵條），門應聲而開。只見她來到一間廚房的門檻前，是那種機構的大型廚房，十分忙碌，許多人在做午飯後的清洗和收拾工作。

廚房的窗戶全無遮蔽，天花板很高，放大了各種聲響，四面牆和櫥櫃都漆成白色。廚房裡開了幾盞燈，儘管清朗的秋日陽光正強。

當然，他們很快就注意到她，但似乎沒人急著上前招呼她，問她來做什麼。

她也注意到另一件事。除了燈光和噪音的壓迫感之外，這裡也有她自己家裡的那種感覺，那種其他人進到她家時尤其會感受到的氛圍。

就是一種不對勁的感覺，沒法矯正或改變，只能盡量抵抗。進到這樣的地方，有些人會立刻放棄，他們不知如何抵抗，會憤慨或駭然，只得逃之夭夭。

一個身穿白圍裙的男人推著推車走過來，車上放個垃圾桶。她看不出他走過來是要招呼她或只是經過，但他笑容可掬，似乎很親切，她便向他報上身分以及她想找的人。他聽她說話，點了幾次頭，笑得更開了，並開始搖頭，用手指輕拍自己的嘴——示意他沒辦法說話或是不准說話，彷彿某種遊戲，然後就繼續往前走，推著推車磕磕碰碰地走下斜坡，前往底下的地窖。

他是病院的患者，不是職員，這裡一定是院方讓還有工作能力的病人做事的地方，主張工作對病人有益，或許真是如此。

終於來了個像管事的人，是一位與南希年紀相仿的婦人，她穿著深色套裝，而非其他多數人圍在身上的白圍裙，南希便重新向她說明了一次，包括她收到一封信，信上說這裡有一位精神病患將她列為聯絡人——用他們的說法，應該說這裡的一位住客。

她想得果然沒錯，這些廚房裡的人並非雇員。

「不過他們好像滿喜歡在這裡工作的，他們都引以為傲。」這位總管說。她不時向四面八方露出警告的微笑，一邊帶著南希走進她鄰近廚房的辦公室。她倆聊著聊著，南希便明白她得應付各種打斷她的狀況，針對廚房工作做各種決策，哪個圍著白圍裙的人來到門邊張望時，她又得解決投訴，而周圍牆上的鉤子掛了許多檔案、帳單或通知單，看上去不怎麼有條理，這些她一定也得處理，此外還得招呼像南希這樣的訪客。

「我們看了一遍手上的舊紀錄，找出裡面列出的親屬名字——」

「我不是親屬。」南希說。

「就親友囉，然後我們就會寫像妳收到的那封信，問這些人想怎麼處理這樣的病例；我必須說，我們收到的回應不多，像妳這樣大老遠開車跑來真的很好。」

南希問，**這樣的病例**是什麼意思。

總管說，有些人長年住在這裡，但可能根本不該待在這地方。

「我要說，我也是剛到這裡不久，但我盡量把我知道的告訴妳。」她說。

據她的說法，這地方一直以來什麼人都收，真正來者不拒，收真的有精神疾病的人，收年老的人，也收各種發育異常的人，以及家人無力或不想照顧的人，形形色色，現在也還是這情形，真正病情嚴重的人都在北邊的廂房，有人看著。

這裡原本是一家私立醫院，是一個醫生經營的。他死後，醫院傳給家人，但他們按照自己的方式行事，醫院被部分改為救濟醫院，透過一些不尋常的方法，領取救濟病患的補助金，儘管那些人根本不符合救濟病患的資格；有些還在名冊上的人其實早已過世，有些人則沒有符合的權利和紀錄，其實根本不能住在這裡。當然，許多人會做事來換取吃住，這或許——這確實通常有益他們的士氣，但仍然不合常規，而且違反法律。

而現在的問題是經過一番徹查，這裡要關門了，反正這地方也老舊了，能容納的人太少，這年頭也不用這種方式照顧病人了。重病患者會轉到弗林特或蘭辛的大型機構，還沒定案，而有些人可以去庇護住宅、團體家屋，那是現在的趨勢，再來就是一些只要有親屬照顧就過得去的人。

泰莎就屬於這一類。她入院時似乎需要電療，但現在她長期只需要最輕度的用藥。

「妳是說電擊嗎？」南希問。

「可能是電擊**治療**。」總管回答，彷彿這樣說會有什麼區別似的。「妳剛說妳不是親屬，意思是妳沒有打算接她走。」

「我還有一個先生——我先生本身就——他本身就該進這種地方吧，但我自己在家裡照顧他。」南希說。

「噢，這樣啊。」總管回答，並嘆了口氣，那嘆氣不像懷疑，但也不帶同情。「而且還有個問題，就是她顯然根本不是美國公民，她自己認為不是——所以我想妳現在也沒打算見她吧？」

「要，我想見她，我來就是為了要見她。」南希說。

「那好吧，她就在轉角那裡，在烘焙間。她已經在那裡做烘焙好幾年了，我想最早這裡雇了烘焙師傅，但他離開後他們就沒再雇人，反正他們有泰莎。」

她一邊起身，又說：「好，那過一會我可以進去，說我有事找妳談，這樣妳就可以抽身。泰莎滿聰明，看得出苗頭，她看到妳沒要帶她走可能會難過，所以我會製造機會讓妳脫身。」

泰莎還不到滿頭白髮。她把鬈髮梳在腦後，用髮網緊緊紮起，額頭裸著，不見皺紋，光亮亮的，比從前還要高闊白潤，而她整個身形也寬了，胸脯很大，看上去硬得像兩顆大石頭，外面罩著她的白色烘焙服。而儘管她有那樣的重擔，而且這時是那種姿勢——俯身在檯前擀著一大片麵皮，但她的肩膀仍是直挺挺的，十分莊嚴。

烘焙間裡除了她，只有另一個高高瘦瘦、五官漂亮的女孩子，不，該是女人了，她那張標緻的臉不時扭曲成奇特的怪相。

「喔，南希，是妳。」泰莎開口。她說得相當自然，儘管她同時大剌剌吸了口氣，肉多的人都會有這種不由自主的動作。「好了，艾麗諾，別發蠢了，去幫我朋友搬一張椅子來。」

看見南希作勢擁抱她，像現在大家時興的那樣，她慌亂起來。「啊，我身上都是麵粉，而且這樣艾麗諾搞不好會咬妳，她不喜歡別人跟我太親近。」

艾麗諾急急忙忙搬了張椅子回來。南希特意注視著她，十分有禮地向她說：「艾麗諾，謝謝妳。」

「她不會說話，不過她是我的好幫手，我可不能沒有她，對不對，艾麗諾？」泰莎說。

「嗯，沒想到妳還認得我，我跟當年比老了不少呀。」南希開口。

「對。我還想不知道妳會不會來。」泰莎說。

「我也可能不在了呢；妳記得金妮·羅斯嗎？她就走了。」

「是。」

是派皮，泰莎在做的是派皮。她割下一塊圓形麵皮、拍在錫製派盤上，然後舉高，熟練地用一手轉動，另一手拿刀切割。她很快速地做了好幾個。

她問：「威爾夫還沒走嗎？」

「沒有，他還在，但他腦袋有點不清楚了，泰莎。」南希話出口才意會到這話不得體，便努力試著說得輕鬆一些。「他現在會做一些奇怪的事，可憐的小狼[10]。」她多年前試過叫威爾夫「小狼」，覺得這小名很符合他的長下巴、短髭和炯炯有神的嚴厲眼神。但他不喜歡，覺得聽起來帶有嘲諷，她便不再叫。現在他不介意了，這樣叫他能令她感覺愉快些，對他也多些感情，就現在的情況倒是好事一樁。

「譬如說，他現在很厭惡地毯。」

「地毯？」

「他會這樣繞著房間走。」南希邊說邊在半空中畫個長方形。「我得把家具從牆邊移開，他就這樣一直繞一直繞。」突如其來，又帶著點歉意，她笑出聲。

「喔，這裡有些人也會那樣。」泰莎點頭說，一副深諳情況的肯定模樣。「他們不希望有東西擋在他們和牆壁之間。」

「而且他非常依賴，成天嚷著『**南希在哪**？』現在他只相信我一個人了。」

「他有暴力傾向嗎？」泰莎又問，儼然專業、內行人的姿態。

「沒有，不過他疑心病很重，老覺得有人溜進來，把東西藏著不讓他找到；他覺得有人在亂撥時鐘，甚至亂改報紙上的日期，不過我只要一提到誰的病症，他就會突然好起來，能夠精準診斷。大腦真是奇怪的東西呀。」

又來了，又一句不得體的話。

「他腦袋糊塗了，但沒有暴力傾向。」

「那就好。」

泰莎放下了派盤，拿著杓子從一個沒品牌、標籤寫著「藍莓」的罐頭挖餡料進去，那餡看起來沒什麼料，滿黏稠。

她開口：「喏，艾麗諾，妳的碎麵團。」

艾麗諾剛剛始終站在南希的椅子後面——南希一直特意不回頭跟她對到眼。這會兒艾麗諾才一溜煙繞過烘焙工作檯，頭也不抬，開始將割下來的碎麵團捏成團。

「不過那男的死了，這我倒知道。」泰莎說。

「你說哪個男的？」

「就那個男人，妳的朋友呀。」

---

10 原文為 Wolfie，與「威爾夫」（Wilf）發音相近。

「**歐利**嗎？妳說歐利死了？」

「妳不知道嗎？」泰莎問。

「不，不知道。」

「我以為妳會知道。威爾夫之前不知道嗎？」

「威爾夫一**直**不知道。」南希不假思索地糾正她的說法，捍衛著自己的丈夫，把他歸到還活著的人這邊。

「我還以為他會知道。他們不是親戚嗎？」泰莎說。

南希沒回話。當然，既然泰莎到了這裡，她早該料到歐利死了。

「那我想他是默默放在心裡吧。」泰莎說。

「這威爾夫最會了。」南希說。「他在哪裡過世的？妳那時在他身邊嗎？」

泰莎擺擺頭，意思是**不在**，或者她不知道。

「是什麼時候？他們怎麼跟妳說的？」

「沒人告訴我，他們什麼事也不告訴我。」

「噢，泰莎。」

「我的頭破了個洞，很久很久了。」

「妳是用以前那種方式知道的嗎？妳還記得以前那種方法嗎？」南希說。

「他們拿氣體給我吸。」

「誰?妳說他們拿氣體給妳吸是什麼意思?」南希語氣嚴厲起來。

「就管這裡的人呀,他們拿針刺我。」

「妳剛剛說氣體。」

「他們拿針也拿氣體,用來治我的頭,還有讓我不要記得事情。有些事我還記得,只是說不出是多久以前的事。我頭破洞很久了。」

「歐利死是在妳來這裡之前還是之後?妳不**記得**他怎麼死的嗎?」

「噢,我看到他,他的頭裹在一件黑外套裡,脖子綁著繩子,被人弄的。」她的雙唇頓時緊箍。「那人應該上電椅。」

「搞不好那是妳的惡夢,妳可能把夢和真正發生的事混在一起了。」

泰莎抬起下巴,彷彿要了結某件事。「沒有,這件事我沒搞混。」

是電擊治療,南希心想。電擊治療讓她的記憶破了洞嗎?應該有些紀錄才對,她要再去找那位總管談談。

她看看艾麗諾拿廢棄的麵團做些什麼。艾麗諾巧手把麵團捏出形狀,黏上頭、耳朵和尾巴,做出一隻隻麵團老鼠。

泰莎一個飛快敏捷的動作,在派殼上劃出幾道氣口。麵團老鼠也放在另外的錫盤上,跟那些派一起進了烤箱。

然後泰莎伸出雙手,站在那裡等著,讓艾麗諾拿一條小小的溼手巾擦掉她手上殘餘的黏麵團和麵粉。

「椅子。」泰莎低聲說，艾麗諾便搬了張椅子到工作檯末端，在南希的椅子旁邊，讓泰莎坐。

「我看妳去幫我們沖杯茶好了，不要擔心，我們會看著妳的好料，妳的老鼠我們會幫妳看著。」泰莎說。

她對南希說：「我們忘了剛剛的話題吧。妳那時不是要生了嗎，我最後一次接到妳消息的時候？是男孩子還是女孩子？」

「男孩子，那是好多好多年前囉，那之後我又生了兩個女兒。他們現在都長大成人了。」南希說。

「在這裡不會注意到時間流逝，這可能是好事，也可能不是，我不曉得。那他們現在都在做什麼？」

「男孩子——」

「你們叫他什麼名字？」

「艾倫。他也學醫。」

「當醫生呀，真好。」

「兩個女孩子都結婚了。嗯，艾倫也結婚了。」

「那她們叫什麼名字？兩個女兒？」

「蘇珊和派翠夏，她們都做護理。」

「你們名字都取得很好。」

茶端來了——這裡的水壺必定一直滾著。泰莎倒了茶。

「不是多好的瓷器。」她說著，把一只稍有破損的杯子給自己用。

「沒關係。」南希說。「泰莎，妳還記得妳以前能做什麼事嗎？妳以前可以——妳以前可以知道一些事，大家掉了東西，妳可以告訴他們東西在哪。」

「噢不，我是假裝的。」泰莎說。

「怎麼可能。」

「現在講這件事我的頭會不舒服。」

「很抱歉。」

總管出現在門口。

她對南希說：「我不想打擾妳們喝茶，但如果妳不介意，喝完麻煩去我辦公室一趟好嗎——」

總管幾乎還沒走遠到聽不見，泰莎便開口了。

「這樣妳就不用跟我說再見。」她說道，彷彿是逐漸能夠欣賞一個開過許多次的玩笑。「那是她的老把戲，大家都知道。我知道妳不是來接我走的，妳怎麼有辦法呢？」

「這跟妳無關，泰莎，是我還有威爾夫呀。」

「是啊。」

「他應該被好好對待，他一直是個好丈夫，盡心盡力了。我自己立過誓，絕不能讓他被送進機構。」

「對，絕不能被送進機構。」泰莎說。

「啊，我說什麼蠢話呀。」

泰莎微笑著。南希在那笑容中看見了多年前令她不解的神情。那不完全是優越感，而是一種卓然非凡、沒來由的慷慨善意。

「妳來看我已經很好了，南希，妳看我身體還很硬朗呢，這就很了不起了。妳快去找那個女人吧。」

「我一點也不想去找她，我不想偷偷溜走，我真的想好好跟妳道別。」南希說。

這樣她就沒辦法向那總管問剛剛泰莎告訴她的事了，話說回來，她也不曉得自己該不該問，那樣好像背著泰莎做些見不得人的事一樣，說不定會招來報復呢。在這樣的地方，做什麼事會招來報復，誰也說不準。

「嗯，那吃一隻艾麗諾的老鼠再走吧，艾麗諾的瞎老鼠[11]，她想給妳吃，她現在很喜歡妳了。而且不要擔心，我都讓她把手維持得很乾淨。」

南希吃了那隻麵團老鼠，並跟艾麗諾說老鼠很好吃。艾麗諾答應跟她握握手，接著泰莎也握了南希的手。

「如果他沒死，那他為什麼不來這裡接我走呢？他說他會來接我的。」泰莎用很正常而理智的語調說。

南希點點頭。「我之後再寫信給妳。」她說。

她確實想寫信給她，真的想寫，但她一回到家，威爾夫就令她勞心勞力，去密西根那趟在她腦中變得如此讓她不安，又顯得很不真實，因此她從未寫信給泰莎。

方框、圓圈、星形

一九七〇年代初夏末的一天，一名婦人在溫哥華街頭遛達。這城市她從沒來過，而就她所知，以後或許也不會再來。她從下榻的市區飯店走來，剛過柏拉德街橋，過了一會兒，來到第四大道。這時的第四大道還是一條被眾多小店占據的街，一家家店販售著焚香、水晶、偌大的紙花、達利和白兔海報[12]，也賣廉價的服飾，要不色澤鮮豔、質料單薄不耐穿，要不就是大地色

11 此為引用英文兒歌〈三隻瞎老鼠〉（*Three Blind Mice*）。

12 白兔海報為一九六〇年代晚期美國舊金山一家海報及記事卡公司「東方圖騰西來」（East Totem West）所出品，這

系、厚重如毯，由世界上一些貧困、大家津津樂道的地區製造。行經這些店時，店內播放的音樂彷彿襲擊著人，幾乎要將人撂倒在地，那些略香的異國氣味也是，那些男孩女孩的懶散模樣亦然——或者該說年輕男女，他們幾乎在人行道上搭起住家了。對於這種青年文化——她想應該是這樣稱呼沒錯，她聽過也讀過相關消息，這種文化顯然風行好幾年了，事實上這時應該已經開始沒落，然而她以前從不須行經這種文化的集散地，也不用像此刻這樣獨自身處其中。

她現在六十七歲，身材消瘦得幾乎不見臀乳，而走起路來步履果敢，頭往前挺，不時左看右盼，帶著挑戰和探詢的意味。

放眼望去，四周似乎沒有年紀跟她相差三十歲以內的人。

一對男孩女孩朝她走來，臉上掛著莊嚴神情，卻顯出幾分傻樣。兩人頭上都圈著編織的帶子。他們向她兜售一小捲紙。

婦人問，紙裡面會寫著她的命運嗎。

「有可能呀。」女孩說。

男孩用責備的語氣說：「這裡面是智慧箴言。」

「噢，既然這樣。」南希說著，便在那只伸過來的刺繡鴨舌帽裡放了一塊錢。

「好，那告訴我你們叫什麼名字。」她說著，無法抑制地咧嘴一笑。但他們並未回以笑容。

「亞當和夏娃。」女孩說著，伸手拿起鈔票，塞進她那身布幔的一處。

「亞當和夏娃捏捏我，他們週六晚上去河裡……[13]」南希說。

然而那對男女隨即走開，一臉不屑和厭煩。

好吧，沒辦法。她繼續往前走。

我出現在這裡難道犯了法嗎？

一家不起眼的小餐館在窗戶上掛了招牌。她在飯店吃過早餐後，到現在都還沒吃東西，這時已經下午四點多了。她停下來看看招牌上寫了什麼。

天佑青草[14]。而在這幾個潦草的字後面，有一張皺紋橫生的臉，神情憤怒，幾乎要潸然淚下，稀疏的頭髮被風吹得從臉頰和額頭往後飄，淺紅棕的髮絲看上去十分乾枯。永遠要染得比妳真正的髮色淺一點，美髮師如是說。她真正的髮色是深色的，深棕，接近黑色。

不，不對，現在她真正生了一頭白髮。

這樣的情境一輩子只會發生幾次——至少對女人來說，只會發生幾次。那就是妳像這樣措不及防地撞見自己。這簡直跟她有時夢見自己穿著睡袍，或漫不經心地只套著上半身睡衣走在街上一樣糟。

約莫近十年或十五年來，她當然也曾花時間在強光下檢視自己的臉，看清楚化妝品發揮了什

家公司將海報推上藝術地位，設計作品富含嬉皮精神。

13 英文童謠歌詞，也是一種能邊唱邊玩的遊戲。

14 此為一九六六年發行的歌曲〈天佑青草〉（*God Bless the Grass*），歌詞歌頌大自然。

麼功效，或看看是否該開始染髮了，然而她從未像這樣猛然一震。這一刻，映入她眼簾的不是幾個舊有或新增的問題，或某個再也無法忽視的衰老之處，而是一個徹頭徹尾的陌生人。

一個她素昧平生、也不想認識的人。

當然，她立刻放鬆表情，看起來就好了些，可以說她又認出了自己。而她隨即搜索著希望，彷彿一分鐘也不能耽擱；她想著，必須噴點髮膠，頭髮才不會散亂成那樣，還有得選鮮明一點的唇膏顏色，珊瑚紅吧，這年頭幾乎找不著了，但她不能再用這種近乎裸色、時尚但沉悶的粉棕色。她決心要立刻找到她需要的東西，於是轉過身去，在三、四個路口前看到一家藥妝店，而她也很不希望再碰上那對亞當夏娃，因此過了馬路。

若非如此，他們便不會相會。

另一個也上了年紀的人從人行道那頭走來，是個男的，身材不高，但直挺健碩，頭一路禿到頭頂，而最上面還有一小道白髮，細細軟軟，就像她的頭髮一樣往四面八方亂飛。他穿著開領牛仔襯衫、舊外套和長褲，身上沒有半點看起來像是想模仿街頭的年輕人——沒紮馬尾，沒綁頭巾，沒穿牛仔褲，儘管如此，她絕不可能把他看成過去這幾週來她天天看到的那些男人。

她幾乎立刻就認出來，是歐利。但她僵住了，她有足夠的理由相信這不是真的。

歐利。**還活著**。歐利。

他開口喚道：「南希！」

她此時臉上的表情必定跟他的差不多（她很快從片刻驚恐中回神。他似乎沒注意到）。難以置信，歡樂，歉意。

為何有歉意呢？因為他倆當年不歡而散，從此失聯多年嗎？或者是因為各自都改變太多，此時不得不以這副模樣出現在對方眼前，別無指望呢？

當然，南希有充分的理由比他更震驚，但她不會立刻提起那件事。得等他倆都進入狀況再說。

「我在這裡過夜而已，我的意思是，昨天晚上和今天晚上；我搭往阿拉斯加的郵輪，跟一堆死了老公的老太婆——威爾夫死了，你知道嗎，他死快一年了。我餓死了，走好多路，有點不知道怎麼走到這裡來的。」她說。

她又補了一句：「我不知道你住這裡。」這話滿傻的，因為她其實根本不曉得他還活著。但她也沒能完全確定他死了。就她看來，威爾夫是真的沒他的消息，儘管她也沒法從威爾夫那裡問出什麼；她去密西根看泰莎那趟短短的旅途後，威爾夫便徹底無法溝通了。

歐利說他不住溫哥華，他也只是短暫停留，來這裡的醫院看病，是例行檢查而已。他住特克塞達島，至於那個島的位置呢，要解釋太複雜了，總之從那裡來這裡得坐三趟船，搭三班渡輪才到得了。

他帶她走向一輛停在小街裡、髒兮兮的白色福斯廂型車。兩人驅車前往一家餐廳。她覺得車上有海的氣息，有海草、魚和橡膠的味道。原來他現在只吃魚，完全不碰其他肉類了。餐廳頂多只有六、七張小桌子，是日式餐館。櫃臺後方，一個日本小伙子正以快得嚇人的速度剁魚，他垂著頭，面容溫和，小和尚似的。歐利喊道：「彼特，你好嗎？」年輕人便對他喊：「好得不得了。」操的是嘲諷的北美腔，而剁魚的節奏絲毫沒停下。南希霎時不太舒服——是因為歐利叫了年輕人的名字，他卻沒喊歐利的名字嗎？還有因為她希望歐利沒發現她注意到這件事嗎？有些人——有些男人，他們就是覺得跟商店和餐館的人有交情是多重要的事。

她無法接受生魚，點了麵。筷子她也拿不慣，這種筷子跟她用過一、兩次的中式筷子不同，但餐館就只給這種筷子。

這會兒他們坐定，她該說泰莎的事了。不過等他自己告訴她或許比較不唐突。

因此她便說起搭渡輪的事。她說打死她也不要再搭第二次渡輪。與天氣無關，雖然天氣有時挺差，下雨起霧，妨礙視線，但一路上看的風景其實多得很，簡直看夠一輩子的量了，一座又一座山，一個又一個島，石頭呀水呀樹的，大家一直說，太壯觀，太驚人了。

驚人，驚人，驚人。壯觀。

他們看了熊。看了海豹、海獅，還有一頭鯨魚。人人都在拍照。一直流汗，一直咒罵，一直擔心新買的相機出問題。然後就下船，搭著名鐵道的火車去某個著名淘金小鎮，然後又是拍照，看一些演員打扮得像歡樂九〇年代[15]的人，然後大部分人做什麼呢？排隊買巧克力牛奶糖。

在火車上就是大家一起唱歌，在船上呢，就是喝酒，有些人從早餐就開始喝。一直打牌，賭錢。每晚跳舞，十個老太婆配一個老頭。

「我們每個人都繫了緞帶、捲了頭髮、穿金戴銀，裝模作樣，就像參加狗狗秀的狗一樣，我告訴你，競爭可激烈了。」

她說這段經歷時，歐利不時大笑，儘管她一度發現他眼睛沒看著她，而是飄向櫃臺，一臉心不在焉的焦慮神情。那時他已經喝完他的湯，或許是想著接下來要上的菜。或許他像其他男人一樣，餐點上得不夠快就覺得自己被怠慢了。

南希一直夾不起麵條。

「我就一直想，老天呀，我到底在這裡做什麼？大家都一直叫我出去走走，威爾夫狀況不好了幾年，我都在家裡照顧他，他死後，大家都說我該走出家門、參加一些活動，參加銀髮族讀書會啦，銀髮族大自然健行啦，水彩畫社團啦，甚至當銀髮探病志工，就是去醫院騷擾那些沒法抵抗的可憐病人；反正這些我都沒興趣。然後大家又開始叫我出門走走、出門走走，我那幾個孩子也是，說什麼妳需要一場完整的假期，我就猶豫不決呀，不知道要走去哪兒，然後就有人說，哎，妳可以去搭郵輪啊，我就想，好吧，我可以去搭郵輪。」

「真有意思，如果我太太死了，也不會讓我想到要去搭郵輪。」歐利說。

南希幾乎是隨即接了話。「那你聰明。」她說。

她等著他說泰莎的事。但這時他的魚已經送上來，他忙著吃。他還試圖說服她也嘗一點。

15 歡樂九〇年代（Gay Nineties）指的是一八九〇年代。

她不肯。事實上，她完全放棄了這頓餐，點了一根香菸。

她開口說，她一直看著，等著看他在那篇引起軒然大波的文章後還會寫什麼新作。她說，看那文章就知道他很能寫的。

一時間，他神情困惑，似乎想不起來她說的是什麼事，接著才搖搖頭，彷彿大為吃驚，並說，都是很多很多年前的事了。

「那不是我真正想做的事。」

「什麼意思？你後來變了，對吧？你跟以前不一樣了。」南希問。

「當然。」

「我的意思是，是很根本、具體的改變，你連身材都不同了——你的肩膀，還是我記錯了？」

他說正是如此。他了解到自己想要的是靠勞力過活；不對，事情的先後順序應該是他的老毛病復發（她猜他指的是肺結核），他便意識到自己在做的事完全錯了方向，於是他做了改變。那是很多年前的事了。他當學徒跟一位師傅學造船，並結交了一位經營深海漁業的朋友。然後替一個億萬富翁照看船隻，那是在奧勒岡州。他工作攢錢，回到了加拿大，在這裡（溫哥華）待一段時間，接著到錫謝爾特買了一小塊地，是濱水區，當時還在跌價。他展開愛斯基摩艇的生意，造艇、出租、販售、授課都做。接著他開始覺得錫謝爾特的人太多，便把土地半賣半送給一位友人。就他所知，他是唯一一個沒從錫謝爾特地產賺到錢的人。

「但我這一生本來就不是為了錢。」他說。

然後他聽說在特克塞達島可以弄到土地。現在他已經不太離開島上了。他幹各種活維持生計，經營一點愛斯基摩艇生意，有時也捕魚。他也打零工，當修繕工人，蓋房子，也做木工。

「勉強過得去囉。」他說。

他向她描述他自己蓋的住屋，外觀看起來是一間簡陋棚屋，裡頭卻十分可喜，至少他自認如此。有睡覺的閣樓，開了個小圓窗；日常所需的東西都擺在隨手可得的地方，放在外頭，而不是在櫥櫃裡。在離小屋幾步路的地方，他在地上嵌了個浴缸，就在一塊香草植栽中間，他會拎著一桶桶的熱水，在那裡頂著滿天星斗悠哉泡澡，即便冬天也是。

他種了些蔬菜，與野鹿共享。

他對南希說這些事的全程，南希都感覺不大愉快。她並非不相信他的話——雖然與事實有一大出入；但主要是一種益發不解、接著轉為失望的感覺，因為他現在說話的方式就像一些其他男人（好比她在郵輪上共度了一些時光的一位男性；她其實不是從頭到尾都如她跟歐利形容的那樣冷淡）。許多男人除了事件的具體時間和地點之外，不知道如何描述自己的生活，但也有另一種男人，比較新時代的那一種，他們會發表這類像是隨口說說、其實精心演練過的言論，指出人生雖是一條坎坷路，但塞翁失馬焉知非福，境遇皆有道理，陽光終會再度普照云云。

其他男人這樣說話她沒意見。她通常就想些其他事；然而當歐利做了相同的事，看他那樣從搖搖晃晃的小桌子對面俯過來，隔著那木盤裡令人心驚的魚肉，她感到一陣悲哀襲遍全身。

他跟以前不一樣，真的不一樣了。

她自己呢？啊，麻煩就在於她一**如往昔**。她說起郵輪經歷時，是整個人都興奮緊張起來——沉醉在自己的話裡，沉醉在那傾洩而出的描述之中。其實她以前不是用這種方式跟歐利說話的——她是暗暗希望自己當年能這樣跟他說話，在他離開後，她有時會在腦中以這種方式跟他說話。（當然是在她不氣他了之後。）有時發生了什麼事，她就會想，真希望能告訴歐利。當她用她想的方式跟其他人說話時，有時會過了頭，她能看出他們想些什麼：她太挖苦，太批判，甚至太尖酸了。威爾夫不會講出這些字眼，但他或許這麼想吧，她從來也看不出。而金妮則會面帶微笑，但跟她從前的那種笑不同。金妮沒嫁，她中年後變得神神祕祕，溫和而寬厚。（神神祕祕的原因直到她死前不久才揭曉：她坦承皈依了佛教。）

因此南希一直極為想念著歐利，卻從未弄清楚自己想念他的什麼。他身上有一種令人心煩的特質悶燒著，像一種持續的低燒，是她怎麼也勝不過的。在她認識他的短暫時光中，那些讓她覺得煩的特質，後來回想，卻正是他熠熠生輝的部分。

現在他說話說得如此誠摯，看著她的眼睛笑，令她想起他從前想施展魅力時會用的招數。但她以前總認為他不會把那種招數用在她身上。

現在她有點害怕他會說：「聽我說這些，妳不會覺得無聊吧？」或者是：「人生多美好，不是嗎？」

他說：「我的運氣好得不得了，我這輩子很幸運，啊，我知道或許有些人不認為，他們會說我沒在任何事持之以恆，或我沒賺什麼錢。他們會說我落魄的那段時間在虛度光陰，但都錯了。

「我聽到了召喚。」他說著，揚起眉毛，半對自己微笑。「是真的，我聽見了召喚，叫我走出框架，走出那種『做大事』的框架，走出自尊心的框架。我一路都很幸運，甚至得肺結核病倒也是幸運，讓我不必念完大學，念了我腦裡可能就會塞一堆沒用的廢物，還有如果戰爭早點開打，我還可以免徵呢。」

「你如果已婚，就不可能被徵召呀。」南希說。

（她曾有一度在憤世嫉俗的情緒下，對威爾夫說出她心中的懷疑，那就是他是否因為這原因才跟她結婚。威爾夫當時回答：「別人的理由跟我沒什麼關係。」他說而且總之又沒有戰爭。而確實十年後才開戰。）

「嗯，是沒錯，但其實我在法律上不是已婚身分，我很新派呀，南希。但我總忘記自己其實沒結婚，可能因為泰莎是那種很深沉嚴肅的女人吧，你跟她在一起就是在一起了，跟泰莎沒有隨隨便便這回事。」歐利說。

南希開口，語氣盡可能輕鬆：「所以，嗯，你跟泰莎。」

「是股市崩盤礙了事。」歐利說。

他接著說，他的意思是，那之後大部分人就沒了興趣，撥款也隨之而去——用在那些研究的撥款。大家的想法變了，科學界必定將那種事斥為小道，不再關注。有些實驗仍持續了一段時間，但都是打馬虎眼、交差了事，甚至那些原本似乎最感興趣、最投入的人——一開始是那些人聯絡他，可不是他找上他們，但正是那些人最早失聯，不再回信，聯絡不上，最後要他們的祕書寄封信來，說計畫取消。風向變了之後，那些人就視他和泰莎如糞土，把他們當成煩人東西、機會主義者。

「那些學者，虧我們一路走來任他們擺布。我真是瞧不起他們。」他說。

「我還以為你們主要跟醫生打交道。」

「醫生、創業家、學者，都有。」

南希為了讓他別再鑽進昔年創傷和氣惱的死胡同，便問起實驗的事。

多數實驗都使用紙牌，不是一般的紙牌，而是特殊的超感知覺紙牌，這種紙牌有自己的符號。十字、圓圈、星形、流水和方框。他們會將每種花色的牌各抽一張，翻在桌上，剩下的整副牌則經過洗牌，牌面朝下拿著。泰莎應該要能說出她面前哪個符號跟那疊牌的最上面那張相同。這是開放配對測試，而盲眼配對測試的方法相同，只是那五張關鍵牌也蓋著。其他測試則難度更高，有時會用到骰子，或是硬幣，有時什麼也沒有，只猜腦中的圖像，一系列的腦中圖像，完全沒具體的呈現；受測者和施測者可能在同個房間、兩個房間，或相距數百公尺。

然後他們將泰莎的成功機率與純粹偶發機率相比，運用機率法則，他認為是百分之二十。房間裡除了一張椅子、一張桌子和一盞燈，什麼也沒有，儼然像偵訊室。泰莎從裡面出來時往往已被榨乾，接下來數小時，無論她眼睛看向哪裡，那些符號都縈繞不去。她開始犯頭痛。

實驗結果並未得出什麼結論。許多人紛紛提出反對意見，並非針對泰莎，而是質疑這些測驗是否有瑕疵。據說人都是有偏好的，例如我們擲錢幣時，大多會猜人頭朝上，而非反面朝上，人就是這樣，諸如此類。再加上他剛說的，風向變了，學術界的風向改變，使得這類研究淪為小道。

天色暗了。餐廳門掛上「休息中」的牌子。歐利一直看不清楚帳單；原來他南下到溫哥華的原因，他要看的病，正是眼睛問題。南希笑出聲，把帳單拿過去，付了帳。

「應該的——我不就是有錢的寡婦嗎？」

接著，因為他們還沒聊完——依南希看來，離聊完還遠得很，因此他倆走到同條路上的丹尼美式連鎖餐廳，去喝咖啡。

「妳會不會想去好一點的地方？會不會妳其實想喝酒？」歐利問。

南希很快說她在船上喝得夠多了，這陣子都不想再碰酒。

「我也喝夠多了，這輩子都不想再碰酒，我戒十五年了，準確來說，是十五年又九個月；聽到一個人用月當計算單位，妳就知道他是個老酒鬼。」歐利說。

當年實驗期間，他和泰莎這兩個通靈人士結交了幾個朋友。他倆結識了一些靠這種能力謀生的人，並非朝促進科學的方向，而是利用他們的能力，他們稱之為算命，或讀心術，或心電感應，或特異功能。有些人找到好地點安頓，在住家或店面營業，一待就是多年，這些人從事的是個人諮詢，做的是預測未來、占星術和一些療法。另一種人則從事公開表演，可能跟著類似肖托夸[16]的表演活動巡迴；這類集會裡，有各種演講、朗誦和莎士比亞戲劇摘演，有歌劇演唱，有遊歷各地的幻燈片（這些都屬教育而非獵奇性質），但也有低檔的廉價遊藝團，結合了滑稽脫衣舞歌舞雜劇、催眠術，還有近全裸的女人把蛇繞在身上。歐利和泰莎自然認為他們自己屬於第一種人，他們腦子裡想的正是教育而非獵奇。然而時機不利於他們，那類高檔次的東西已經幾乎沒戲唱，廣播上就有音樂聽，也有一些教育內容，而旅行紀錄大家更在教會聚會看夠了。

他們倆發現，唯一掙錢的方法就是跟著巡迴遊藝會到各地的鎮公所或秋季遊樂會，與催眠術士、蛇女、下流的獨腳戲演員和羽毛蔽體的脫衣舞孃同臺演出。這類表演原本也在式微，卻讓開戰意外扶了一把，在人為因素下延續了生命：當時汽油配給，大家沒辦法去城裡的夜總會或大型電影院，而電視又還沒發明，大家沒辦法坐在自家沙發上享受魔術花招的娛樂；到一九五〇年代早期，到艾德．蘇利文[17]出現，凡此種種，才使這類巡迴演出真正沒落。

然而他們一度擁有不少觀眾，座無虛席。歐利有時也真的樂在其中，他會講一小段真誠但引人入勝的開場白來炒熱觀眾氣氛。沒過多久，他自己也下海演出，因為他們得弄出比泰莎一人演出更刺激的橋段，多點戲劇或懸疑效果。而且也有另一個考量，那就是她自己雖然頂得過，在神經和體力方面能耐住，但事實證明她的能力，無論那到底是什麼能力，終究沒那麼可靠。她開始掙扎；她得使出前所未有的專注力，而且還經常不奏效。頭痛如陰魂般不散。

多數人的懷疑是真的，這類表演確實充滿花招，滿是造假，滿是欺騙，有時根本全是假的。但有時候，大家——大部分人所希望的其實也是真的；大家希望表演不全是假的，而泰莎這些表演者，其實為人光明磊落，而他們知道並理解觀眾的期盼——他們自然再理解不過，因此才開始用些花招和套路，確保結果是對的，因為每一晚的演出，每一晚的結果都得是對的。

有時招數十分粗糙，跟那種被攔腰鋸斷的箱中女郎用的假隔板一樣明顯，可能是隱藏的麥克風，或更常用的是暗號，臺上的人和臺下搭檔套好的暗號。這種暗號可謂本身就是一門藝術，都是祕而不宣，連白紙黑字的紀錄都不留的。

南希問，他的暗號——他和泰莎的暗號，也是一門藝術嗎？

「我們的暗號可有一系列呢，各有細微的區別。」他說著，臉都發亮起來。

然後他說：「其實我們也可以很做作，我還會披一件黑斗篷呢——」

「歐利，真的假的，你披黑斗篷呀？」

「真的，一件黑色斗篷，我還會找一位觀眾上來，幫我把斗篷脫下來，披到他們自己身上，在泰莎的眼睛蒙起來之後——也是找觀眾幫她蒙的，才能確保真的蒙緊了。然後我就對她喊：『我的斗篷罩住誰了？』或『披著斗篷的人是誰？』或者我會說『披風』或『黑布』，或是說『我

16 肖托夸（Chautauqua）是十九世紀末到二十世紀早期盛行於美國的成人教育集會，許多採巡迴形式，內容包括娛樂、戲劇、音樂、討論和演講等等，盛行一時，最後隨著廣播、電視、電影等媒體崛起而消亡。

17 艾德・蘇利文（Ed Sullivan）是美國長青綜藝節目《蘇利文劇場》的主持人，此節目從一九四八年開始播放到一九七一年。

找了誰？』或『妳看到了誰？』『這位觀眾的頭髮是什麼顏色？』『觀眾是高或矮？』我可以靠用字，靠聲音的細微變化來暗示，愈問愈深入；這還只是我們的開場技。」

「你應該把這些事寫下來。」

「我確實想過，想過寫那種爆內幕的東西，但我又想，可是誰會在乎？大家要不就是想被唬，要不就是不想，他們不是看有沒有證據才決定的。我想寫的另一個東西是懸疑小說，當時要寫這些很合乎常情，我想應該可以賺很多錢，我們就可以洗手不幹了。我也想過寫成電影劇本，妳看過費里尼[18]那部片嗎——」

南希說沒看過。

「總之都是胡扯，我不是說費里尼的電影，是我那些想法，那時候想的事。」

「多跟我說說泰莎的事。」

「我應該寫過信給妳吧，我沒寫信給妳嗎？」

「沒。」

「我一定寫過信給威爾夫。」

「有的話他應該會告訴我。」

「這樣，那可能我沒寫吧，可能我那時太低潮了。」

「那是哪一年的事？」

歐利記不清楚了。當時正在打韓戰，美國總統是哈瑞．杜魯門。泰莎最早似乎只是得了流感，但病情沒好轉，她愈來愈虛弱，身上愈來愈多莫名的瘀傷。她患了白血病。

那年炎夏，他倆在一個山上小鎮安身。他們本來希望在冬天前抵達加州，卻連下一場談好的表演都趕不上：他們原本跟著巡迴的團拋下他們走了。歐利在那鎮上的廣播電臺找了工作，他跟泰莎一起演出時練出了好嗓子。他在電臺播報新聞，許多廣告也由他配音，有一些還是他寫的稿。電臺原本的播音員暫時休息，到戒酒醫院接受黃金療法[19]之類的治療去了。

他和泰莎從旅館搬進一間附家具的公寓，當然，沒有空調，但幸運的是有一小方陽臺，上方還有棵樹遮著。他把沙發推到陽臺上，讓泰莎可以呼吸新鮮空氣。他不希望得送她進醫院——當然，一部分是因為錢，他倆什麼保險也沒有，但也因為他認為她在那裡比較平靜，還能欣賞風吹葉搖。只是最後他仍不得不送她進醫院，住院兩、三個禮拜後，她便撒手人寰了。

「她就葬在那裡嗎？你難道不覺得我們會寄錢給你嗎？」南希問。

「不是，不會。我的意思是，我沒想過開口，我感覺那是我的責任。還有我把她火化了，我帶著骨灰匆匆離開那個鎮，設法到了西岸，那差不多是她對我說的最後一件事，就是她希望死後火化，骨灰灑在太平洋的海浪上。」

18 義大利國寶導演費德里柯・費里尼的不少電影作品以馬戲雜耍為主題，如《大路》、《八又二分之一》、《青藝春秋》等等。

19 黃金療法（gold cure）指的是十九世紀末到二十世紀中的一種非正規戒酒療法，會替酗酒患者注射氯化金。

因此他照做了，他說。他仍記得那奧勒岡的海岸，那段夾在海水和公路之間的海灘，那天清晨的霧氣和寒意，那海水的味道，那波濤的憂傷轟隆；他脫了鞋襪、捲起褲腳，涉水而行，海鷗跟著他飛，等著看他會不會灑什麼給牠們吃。但他手裡只有泰莎。

「泰莎她——」南希開口。但她說不下去。

「那之後我就開始酗酒了。我還算能正常生活，但很長一段時間，我其實就像行屍走肉，直到最後我不得不振作起來。」

他眼睛沒看著南希。氣氛一度十分沉重，他手指撫弄著菸灰缸。

「我想你是發現生活還是會繼續下去吧。」南希說。

他嘆口氣。自責又如釋重負。

「妳一張嘴不饒人呀，南希。」

他載她回下榻飯店。廂型車裡工具碰得哐啷響，車子本身也喀嗒喀嗒震個不停。

這間飯店沒特別貴或豪華——不見門僮，往裡頭瞥也沒看到小山一般、豔麗如食蟲植物的花藝，然而當歐利說「我看這裡大概很少有像這樣的破銅爛鐵開進來吧」，南希趕緊笑出聲並附和他。

「你要搭的渡輪呢？」

「走了，早開走了。」

「那你要去哪過夜？」

「我有朋友在馬蹄灣，或者如果我不想吵醒他們，就在這裡過夜也行。我也在這裡睡過不少次。」

她的飯店房間有兩張床，兩張單人床，有他跟著走進去，她可能會招來一、兩個下流的眼神，但她禁得起，反正事實跟大家所想的相差甚遠。

她吸了口氣，準備開口。

「不，南希。」

她一直等著他說出一句發自內心的話。這整個下午，或者說這大半輩子，她一直等待著，而此刻他終於說出口。

不。

或許可以當他在拒絕她這個未出口的邀約，她可以視之為傲慢、難以忍受。然而事實上，這個字在她耳裡聽來如此清楚而溫柔，那一刻，似乎是她這輩子聽人說過最富理解的話語。**不**。

她明白自己開口的危險。明白自己欲望的危險，因為她其實不清楚那是怎麼樣的欲望，追求的是什麼。多年前曾經有過的可能，他們已經閃躲，如今他們老了，當然也得繼續閃躲下去——儘管還不到老態龍鍾，但這把年紀再做些什麼，也夠荒謬難看了。而且他們一起度過一段撒謊的時光，也夠遺憾了。

因為她自己也在撒謊，因為她沒開口明說。此時此刻，她也將繼續撒謊下去。

「不。」他又說一次，態度謙卑，但不帶尷尬。「這樣不會有好結果的。」

的確不會。而其中一個原因是，她回家後要做的第一件事，就是寫信到那家密西根的機構詢問泰莎的下落，把她帶回她所屬於的地方來。

若懂得輕裝便行，路走起來便簡單。

那對亞當夏娃賣給她的紙捲還在她外套口袋裡。她回到家，近一年沒再穿過那件外套，當她終於從口袋撈出那張紙，看到上頭印的這行字，她困惑又心煩。

路並不好走。寄去密西根的信原封不動退回來，顯然那家醫院已經不在了。但南希發現有些方法能查詢，便著手開始查。一些有關單位都能去信詢問，若有舊紀錄也能調出來。她沒放棄，她不願承認線索已經斷了。

至於歐利那邊，她或許得承認線索是斷了。

她寄過一封信去特克塞達島——她以為有大概的地址就夠了，那裡居民少，寫個名字就一定寄得到。然而信退了回來，信封上寫了兩個字。搬離。

她不敢再打開那封信看自己寫的東西。必定說得太多了，她敢肯定。

窗臺上的蒼蠅

她坐在自己的屋子裡，日光室裡威爾夫那張舊的可調式躺椅上。她沒打算睡，這時是秋末的燦爛午後；事實上，這天是格雷盃決戰日[20]，她原本要參加一個百樂餐宴[21]，一起看電視轉播比賽，但最後一刻找藉口推辭了。現在大家逐漸習慣她這種行徑——有些人依然會說他們擔心她這樣，但有時她依約出席，或許出於老習慣或她自己的需求，她有時又忍不住要成為聚會的焦點，因此他們又能好一陣子不擔心。

她的兒女說，希望她不是「沉溺在過去裡」。

但她認為自己現在做的，她想做的（若她有足夠的時間），與其說是沉湎過往，倒不如說是揭開過往，好好看個透徹。

她發覺自己走進另一個房間時，覺得並非進入夢鄉。敞亮的日光室在她背後縮成一個陰暗的門廳，而這另一個房間的門上插著旅館鑰匙，她相信鑰匙從前就是這樣插著的，雖然她今生不曾實際看過這個景象。

這地方看起來滿寒酸，一間給落魄旅人住的落魄房間。有一盞頂燈，一根桿子，掛著幾支衣

20 格雷盃（Grey Cup）為加拿大美式足球聯盟的冠軍賽。
21 百樂餐宴（potluck party）是請客人各帶一道菜的聚餐宴。

架；一道窗簾，黃粉花布，拉上就能遮住掛著的衣物。那花布的用意應該是給這房間增添一點正面甚至歡樂的氣氛，但不知為何卻造成了反效果。

歐利突然往床上躺，用力躺下，彈簧發出淒慘的哀鳴。看起來他和泰莎現在開車代步了，並且都是他開的車。這天春天正熱起來，漫天塵埃，令他格外疲倦。泰莎沒辦法開車。她剛剛打開服裝箱，發出不少噪音，接著又在只隔著一層薄木板的浴室裡弄出更大的聲響。她走出來時，他裝睡，但透過眼皮縫看見她在照斗櫃鏡子，那面鏡的背漆已然斑駁，鏡子照起來都斑斑點點了。她這時穿著那件黃緞五分裙，配黑色短版小外套，披一條玫瑰圖案的黑披巾，披巾的流蘇有四、五十公分長。她的登臺服裝都是她自己的搭配，而往往既不原創也不合適。她臉上現在抹了胭脂，但肌膚已顯得暗沉。她的頭髮別著髮夾，噴了髮膠，原本粗硬的鬈髮如今變得平直，宛若一頂黑色頭盔。她的眼皮抹成紫色，眉毛畫得高高的，塗得深黑，烏鴉羽翼一般。眼瞼沉沉地壓在她褪了色的眼瞳上，宛若懲罰；事實上，她整個人看起來就像被那一身衣著妝髮重重壓著。

他不小心發出一點聲音——抱怨或不耐煩的聲音。她聽見了，便走到床前，彎腰想幫他脫鞋。

他叫她別脫了。

「我馬上又要出去，我得去找他們。」他說。

他們指的是劇場的人，或籌畫表演的人，總之他有人要找就對了。

她不發一語，站在鏡前，看看自己，然後頂著那身重量——沉重的服裝，以及頭髮（那是假髮），以及她的情緒，在房間裡走來走去，想看看有沒有什麼事要做，但她無法靜下來做任何事。

即便是彎腰準備替歐利脫鞋時，她也沒看著他的臉。而如果他一倒到床上便闔上眼睛（她是這樣認為的），八成也是為了避免看她的臉。如今他倆成了一對職業雙人檔，同睡同吃，一起旅行，如此貼近彼此呼吸的韻律。然而除了對觀眾的共同責任將他們綁在一起的時間外，他們從來無法注視彼此的臉，唯恐看見什麼太可怕的東西。

那座鏡子黯淡褪色的斗櫃沒有合適的牆邊空間可以擺放，因此一部分擋在窗前，遮蔽了陽光。她遲疑地凝視斗櫃片刻，使出全身力氣，將斗櫃的一角拉離牆邊幾吋。她喘口氣，揭開那骯髒的紗簾，窗臺最遠的角落、平常被簾子和斗櫃擋住的一隅，有一小堆死蒼蠅。

想必這房間不久前的房客用殺蒼蠅打發時間，然後將那些小小屍體集合起來，藏到了這地方。蒼蠅整整齊齊堆成了一座鬆散的金字塔。

這景象令她驚呼出聲。並非出於厭惡或恐慌，而是驚喜。**噢**，**噢**，**噢**。這些蒼蠅令她喜悅，彷彿珠寶，把牠們放到顯微鏡下就會變成一顆顆寶石了，金藍碧綠，閃亮的羅紗羽翼。**噢**。她大叫出聲，但不是因為她看見窗臺上的昆蟲光華；她並沒有顯微鏡，而那些死去的蒼蠅也早已褪盡光澤。

她大叫是因為她看見蒼蠅在那裡，看見了那堆小小的屍體，亂糟糟的，一起散成灰，藏匿在這角落，而她早在伸手碰斗櫃和拉窗簾前就看見蒼蠅在那裡了。她知道蒼蠅在那裡，就像她能知道許多事情。

但好一段時間以來，她喪失了這種能力，什麼也沒辦法知道，一直依賴著排演好的招數和手段。她幾乎已經忘記——她已經質疑——這種事原來有其他的方法。

歐利被她吵醒，從那不寧靜的小寐中醒來。他說，怎麼啦？妳被什麼蟲螫到嗎？他呻吟著站起身。

不是。她說。她指著那些蒼蠅。

我知道蒼蠅在那裡。

歐利立刻明白這對她意味著什麼、她該是多麼如釋重負，儘管他不太能分享她的喜悅。這是因為有些事他也幾乎忘卻了，他已幾乎忘記自己曾相信她的能力，現在他成天只為她和他自己焦慮不安，盼望著他倆的招數能奏效。

妳什麼時候知道的？

照鏡子的時候；看窗戶的時候；我也不曉得是什麼時候。

她如此快樂。以前她從未因為自己的能力快樂或不快樂——她視之為理所當然。而此刻她的雙眸好比滌淨了髒汙般煥發光采，嗓音也彷彿甘泉潤過喉嚨似的。

太好，太好了，他說。她抬起手，雙臂摟住他脖子，頭貼著他的胸膛，貼得極緊，弄得他放在內側口袋裡的文件沙沙作響起來。

這份祕密的文件，是他從一個鎮上認識的男人拿到的——是一位醫生，專門照顧巡迴演出的人，有時也應他們之託，提供一些逾越尋常的服務。當時他告訴那醫生他很擔心他太太，說她會躺在床上盯著天花板好幾個小時，一臉渴求的專注神情，還會好幾天不說話，只有面對觀眾不得不時才開口（這些全是事實）。他當時先是自問，然後問了那醫生，問是否她那些超凡的能力其實跟她頭腦和天性中某種具威脅性的失衡有關。她曾經發作過，他想知道如今她是否又要再度發作了。她不是個性壞或習慣差的人，但她並非普通人，只是個特別的人，而跟一個特別的人一起生活有時壓力很大；事實上，或許超過一個普通男人所能忍受的限度。那位醫生理解這點，並告訴他，有個地方他或許能送她去，讓她休養一下。

她貼著他時必定聽到了那沙沙聲，他害怕她會問那是什麼聲音。他不想回答那是**文件**，那樣她就會接著問，是什麼文件？

但倘若她的能力真的恢復了——他確實認為如此，而且他那幾乎遺忘、深為著迷的尊重也恢復了——倘若她變回了從前的她，那她豈不是連一眼也不必看，就知道那些文件的內容嗎？

她確實知道，但她努力讓自己別知道。

因為假使重獲從前的能力——眼睛深察，唇舌直言——就意味著這樣的後果，她是不是沒有這種能力反而才好？而且如果是她自己揚棄那能力，而不是那能力揚棄她，她難道不能欣然接受這樣的改變嗎？

她相信，他們倆可以去做其他事，過另一種人生。

他告訴自己，他將盡快處理掉那些文件，他要把那件事忘掉。他也可以當個有希望、有尊嚴的人呀。

太好，太好了。泰莎感覺臉頰下那微弱劈啪聲的所有脅迫都消散殆盡。

暫時得救的感覺照亮了整個空間，如此清楚，如此強大，令南希感覺那已知的未來在這強勁的力道下凋萎，如骯髒的枯葉般飛掠而去。

但深藏在那一刻的，是某種不穩定的狀態在等待，南希決心不理會；可是沒用，她已經意識到自己被帶離、抽離那兩個人，回到她自己身上，似乎有某個平靜而堅決果斷的人擔下這任務，要帶她離開那個掛著衣架和花窗簾的房間——是威爾夫嗎？溫柔而堅定，帶她離開背後那開始崩裂的一切，那些人事物逐漸崩解黯淡，輕柔地化作塵土。

木馬文學 105

出走

Runaway

作者 艾莉絲・孟若（Alice Munro）
譯者 汪芃
副社長 陳瀅如
總編輯 戴偉傑
初版主編 張立雯
責任編輯 丁維瑀（二版）
行銷企畫 陳雅雯、趙鴻祐
封面設計 鄭婷之
排版 宸遠彩藝工作室

出版 木馬文化事業股份有限公司
發行 遠足文化事業股份有限公司
地址 231 新北市新店區民權路 108-3 號 8 樓
電話 (02) 2218-1417
傳真 (02) 2218-0727
E-mail service@bookrep.com.tw
郵撥帳號 19588272 木馬文化事業股份有限公司
客服專線 0800-221-029
法律顧問 華陽國際專利商標事務所　蘇文生 律師
印刷 前進彩藝有限公司
初版 2016 年 8 月
二版一刷 2023 年 5 月
二版二刷 2024 年6月
定價 380 元
ISBN 978-626-314-441-5
EISBN 9786263144385（EPUB）、9786263144378（PDF）